DU MÊME AUTEUR

QUELQU'UN D'AUTRE

TONINO BENACQUISTA

QUELQU'UN
D'AUTRE

roman

GALLIMARD

Pour Alain Raix

PROLOGUE

Cette année-là, pour la première fois depuis longtemps, Thierry Blin décida de rejouer au tennis dans l'unique but de se confronter à celui qu'il était naguère : un joueur honnête qui, sans jamais se faire une place dans un classement officiel, avait fait trembler plus d'un ambitieux. Depuis, la machine s'était enrayée, ses coups s'étaient émoussés, et le simple fait de courir après une petite balle jaune n'allait plus vraiment de soi. Pour en avoir le cœur net, il ressortit sa vieille raquette Snauweart à moyen tamis, ses Stan Smith, quelques autres reliques, et fit une entrée prudente aux Feuillants, le club le plus proche de chez lui. Après avoir réglé son inscription, il demanda au gardien s'il connaissait un joueur en quête de partenaire. On lui désigna un grand type seul qui, devant un mur, se renvoyait la balle avec une belle régularité.

Nicolas Gredzinski fréquentait le club depuis maintenant deux mois mais ne se sentait pas encore assez à l'aise pour défier un joueur aguerri, ni assez patient pour retenir ses coups face à un débutant. En fait, Gredzinski refusait de s'avouer que son éternelle peur de la confrontation s'illustrait là encore, dans ces deux heures de sport hebdomadaires ; il avait tendance à voir une logique de guerre dans les domaines les plus paisibles. Qu'un inconnu vienne lui proposer quelques balles, et pourquoi pas un set, était sans doute l'occasion ou jamais d'entrer pour

11

de bon sur un court. Pour jauger le niveau de son adversaire, il posa quelques questions auxquelles Blin ne répondit que ce qu'il voulait répondre, et tous deux se dirigèrent vers le court n° 4. Dès les premières balles d'échauffement, Blin retrouva des sensations perdues, l'odeur de feutre des balles neuves, la pluie rouille de la terre battue sur ses chaussures, le crissement du cordage qui se détend sous les premiers impacts. Il était encore trop tôt pour parler du reste, le toucher de balle, l'évaluation des distances, le positionnement, la souplesse du jeu de jambes. La seule priorité était de renvoyer. Renvoyer, quoi qu'il arrive. Il lui fallait amorcer le dialogue et retrouver l'usage de la parole, même si ses premières phrases n'étaient pas de celles qui font les beaux discours, encore moins les sentences.

Gredzinski, rassuré sur l'éloquence de son coup droit, sentait son revers bafouiller. Depuis toujours, ce revers avait quelque chose de contraint; il rechignait à l'utiliser comme coup d'attaque et préférait risquer de se déporter, pour placer, à ses risques et périls, son coup droit en bout de course. Si bien qu'avec le temps, il avait réussi à inclure cette faiblesse dans son jeu, ce qui, paradoxalement, avait créé un style. Il lui suffit de quelques balles pour rattraper un léger temps de retard dans l'attaque, et son revers retrouva ce petit déclic du poignet qui n'avait rien d'académique mais qui se révélait la plupart du temps efficace. Il s'étonna lui-même en proposant un match; il avait beau se méfier de la compétition, il se voyait déjà sortir de la tranchée pour foncer en héros vers les lignes ennemies. «Ça devait bien se terminer comme ça», pensèrent-ils l'un et l'autre, c'était même l'unique moyen pour Blin d'en avoir le cœur net, et pour Gredzinski de briser la fatalité qui l'empêchait de prendre le tennis pour ce qu'il était avant tout : un jeu.

Les premiers échanges furent courtois mais sans fioritures, chacun voulant réviser son argumentaire avant la grande dialectique. Avec ses longs coups droits qui maintenaient Blin derrière la ligne de fond de court, Gredzinski cherchait à dire quelque chose comme : *Je peux bavarder comme ça des heures.* Ce à quoi Blin répondait des : *Comme vous voudrez*, précis et patients, en alternant coups droits et revers. En perdant son service à 4/2 dans le premier set, il décida d'entrer dans le vif du sujet avec une montée à la volée à contretemps qui voulait clairement dire : *Et si on arrêtait de jacasser ?* Gredzinski fut bien contraint de répondre *Oui* en servant, sèchement, une balle de 15/0. Et la conversation devint de plus en plus passionnante. En montant systématiquement au filet dès le retour de service, Blin rejetait toutes les propositions de son adversaire, autant de *Pas question!*, *À d'autres!* ou même des *Vain!* et des *Nul!* qu'il assenait à coups de volées définitives. La tactique était bonne et lui fit gagner le premier set 6/3. Gredzinski avait l'esprit d'escalier ; c'est en s'épongeant le front à l'occasion du changement de côté que lui vint en tête ce qu'il aurait dû répondre à de si péremptoires attaques. Il se proposa d'en faire la démonstration devant les deux ou trois curieux venus s'agripper au grillage de leur court. D'emblée, il se mit à servir au milieu du carré pour donner le moins d'angle possible à son adversaire, puis il s'amusa à croiser et décroiser son coup droit pour promener Blin jusqu'à épuisement, histoire de lui faire comprendre que : *Moi aussi, je peux, prendre de vitesse, le farfelu, ou l'ignorant, qui voudrait, me faire passer, pour un crétin.* Le farfelu en question tomba dans le piège et gâcha bon nombre d'occasions, le geste mal fini et le souffle court. Certaines de ses volées basses quémandaient un peu d'écoute et avouaient un message étrange, une sorte de *Laissez-moi au moins en placer une.* Le deuxième set prenait des allures d'exécution sommaire, et les membres du club des Feuillants, joueurs ou badauds, ne s'y trompaient pas. Il y avait désormais une bonne dizaine de spectateurs pour applaudir les prises de risques de Gredzinski et les trop rares répliques de Blin, qui perdit le set. Pourtant, Blin avait un avantage psychologique qui avait toujours fait défaut à Gredzinski, une intime conviction de son bon droit, une assurance dans ses propres raisonnements qui le poussait à jouer à l'intérieur des lignes, comme si le principe allait de soi. Gredzinski se laissa impressionner et, bien vite, Blin fit les questions et les réponses, pour mener 5/2 dans le troisième set avec la victoire en ligne de mire. Une règle élémentaire de la dialectique appliquée vint alors au secours du malheureux Gredzinski : l'interlocuteur borné ne supporte pas qu'on lui renvoie ses arguments au visage. En vertu de quoi, il se mit à jouer long en donnant un maximum d'effet, comme s'il avait décidé de reprendre la parole à un bavard invétéré. Si étrange que cela puisse paraître, Blin perdit un jeu de 5/3 et se fit rapidement déborder pour, au bout du compte, laisser Gredzinski remonter à 5/5, avec son service à suivre. Mais Blin avait encore quelques arguments dans sa raquette ; c'était un pervers, un de ceux qui ne mentent jamais mais qui ne disent pas tout. Il plaça pour la toute première fois de magnifiques revers décroisés qui lui permirent de reprendre un service à Gredzinski, pétrifié dans la ligne de couloir. Celui-ci s'attendait à tout mais pas à cette mauvaise foi de la part d'un adversaire qui avait eu, depuis le début du match, l'élégance d'avancer en pleine lumière. D'où sortait ce revers décroisé ? C'était malhonnête ! Il aurait dû en faire état d'entrée de jeu, comme on énonce une vérité profonde pour montrer à qui on a affaire. Le troisième set se conclut par un douloureux tie-break qui les ramena tous deux au cœur du match. Et la suite prouva de quoi chacun était capable quand il se sentait menacé. Blin monta trois fois de suite à la volée, la dernière fut de trop, Gredzinski décocha un lob si haut qu'on pouvait clairement lire dans sa parabole un message : *Ce type de raisonnement vous passera à jamais au-dessus de la tête.* C'était mal connaître l'autre qui ne craignait pas de placer des amortis du fond du court juste pour voir courir son adversaire : *Dieu que vous êtes loin de tout ça.* Gredzinski courut de toutes ses forces, remit la balle dans le court et se planta derrière le filet : *J'y suis, j'y reste !* Et il restait là, massif, attendant la réaction de celui qui l'avait fait courir comme un dératé, lequel détestait se servir du lob, même en fâcheuse posture — pour lui c'était un truc de couard. Il alla chercher très loin dans sa raquette un superbe passing-shot qui signifiait : *Je vous scie à la base*. Un début de larme vint embuer l'œil de Gredzinski ; non seulement il avait parcouru des kilomètres pour rattraper in extremis cet amorti, mais voilà qu'il était terrassé par la repartie la plus humiliante de ce sport du diable : le passing-shot le long de la ligne. Le coup de grâce fut donné par une poignée de spectateurs enflammés par la qualité de leur jeu, les premiers applaudissements retentirent. Un des plus anciens membres des Feuillants grimpa sur la chaise d'arbitrage pour énoncer froidement :

— 3/0, changement de côté.

Gredzinski se vit fracasser sa Dunlop sur la tête de ce pauvre diable ; il ne fit que changer de côté comme on venait de le lui rappeler. Comme tous les timides qui se sentent humiliés, il chercha dans ses sentiments les plus noirs un reste d'énergie. Blin, lui, fêtait ses retrouvailles avec lui-même, celui qu'il avait été, celui qu'il serait peut-être encore longtemps, un type toujours agile, facétieux, et sûr de lui dans les moments importants. Il gagna le quatrième point à l'arraché et perdit le suivant avec autant d'effort. Quand l'un disait : *Je serai là jusqu'au bout*, l'autre répondait : *Vous me retrouverez sur votre chemin*, mais aucun des deux n'était allé si loin dans le surpassement. À 5 partout, les deux joueurs échangèrent un dernier regard avant l'estocade finale. Un regard qui disait la même chose, comme un regret de ne pouvoir trouver de gentleman's agreement ou un moyen de s'en tirer, chacun, avec les honneurs. L'heure de vérité sonnait, il fallait bien en passer par là. Gredzinski relâcha la pression et perdit le point suivant, puis le match, en livrant des balles fatiguées et dépourvues de malice. Une manière de dire à Blin que *la victoire revient à ceux qui la désirent le plus*.

*

En sortant des vestiaires, ils laissèrent de côté les sodas et les chaises de jardin du club pour se réfugier dans un bar américain des environs de la porte Brancion. Il leur fallait un endroit digne de leur match, une récompense à tant d'efforts.

— Thierry Blin.

— Nicolas Gredzinski, enchanté.

Ils échangèrent une seconde poignée de main, assis sur de hauts tabourets, face à des myriades de bouteilles d'alcool alignées sur trois niveaux. Un barman leur demanda ce qu'ils voulaient boire.

— Une vodka bien glacée, dit Blin sans y réfléchir.

— … Et pour monsieur ?

Le fait est que Gredzinski ne savait jamais quoi prendre dans les cafés, a fortiori dans les bars où il n'allait pratiquement jamais. Encouragé par une sorte de complicité due à ce match, il répondit au barman avec une franche bonne humeur :

— La même chose !

Il faut s'arrêter un instant sur ce «la même chose», car Gredzinski, malgré de lointaines origines polonaises, n'avait jamais bu de vodka. Il goûtait parfois un verre de vin pour accompagner un plat, une bière pour se rafraîchir en sortant du bureau, mais il n'avait, pourrait-on dire, aucune histoire personnelle avec l'alcool. Seuls l'enthousiasme et l'euphorie de ce match pouvaient expliquer ce «la même chose» qui le surprit lui-même.

Pour aucun des deux le tennis n'était une véritable passion, mais nul autre sport ne leur avait procuré autant de joies. Accoudés au long comptoir en bois, ils passèrent en revue les joueurs qui les avaient fait rêver. Bien vite, ils tombèrent d'accord : que l'on fût sensible ou non à son jeu, Björn Borg avait été le plus grand de tous les temps.

— Et son extraordinaire palmarès n'en est que la plus petite preuve, dit Blin. Il suffisait de le voir jouer.

— Ce silence, dès qu'il apparaissait sur le court, vous vous souvenez ? Ça planait dans l'air et ça ne laissait déjà plus aucun doute sur l'issue du match. Il le savait, on le lisait sur son visage ; l'adversaire tentait quand même sa chance.

— Pas un seul spectateur ne se demandait s'il était dans un bon jour, s'il était remis du match précédent, s'il avait mal à l'épaule ou au genou. Borg était là, lourd de son secret qui, comme tous les vrais secrets, exclut le reste du monde.

— Borg n'avait pas besoin de chance. Borg niait l'idée même de hasard.

— Le mystère que l'on n'explique pas, c'est sa morosité, ce quelque chose d'évidemment triste dans les traits.

— Moi, je ne parlerais pas de tristesse mais, au contraire, de sérénité, dit Gredzinski. La perfection ne peut être que sereine. Elle exclut l'émotion, le drame et, bien entendu, l'humour. Ou peut-être avait-il une forme d'humour qui consistait à voler à ses adversaires les dernières armes qui leur permettaient de se défendre. Quand on essayait de le faire passer pour une machine à renvoyer les balles de fond de court, il revenait avec un jeu de volée d'une rare cruauté.

— Borg va affronter le meilleur serveur du monde ? Il commence par lui infliger un jeu blanc, tout en aces !

— Borg cherche la faute ? Borg gagne à l'usure ? Il pouvait, s'il en avait envie, donner un coup d'accélérateur qui faisait gagner une bonne heure à un public pressé d'aller voir un match moins monotone.

— Un seul jeu perdu, et les journalistes parlaient déjà de son déclin !

— Le second finaliste face à Borg pouvait être sacré grand gagnant du tournoi. Être le numéro deux face à Borg, c'était être le meilleur aux yeux du monde.

Ils se turent un instant pour porter les petits verres glacés à leurs lèvres. Blin avala machinalement une bonne gorgée de vodka.

Gredzinski, sans y être préparé, sans aucune pratique de la chose, garda un long moment le liquide en bouche pour le laisser s'exprimer jusqu'au bout, le fit tournoyer pour n'épargner aucune papille, déclencha un cataclysme jusque dans sa gorge puis ferma les yeux pour laisser passer la brûlure.

Il trouva cet instant-là divin.

— Il n'y a qu'une seule ombre au tableau dans la carrière de Borg, dit Blin.

Gredzinski se sentit prêt à relever un nouveau défi :

— Jimmy Connors ?

Blin en fut abasourdi. Il avait posé la question avec l'assurance de celui qui connaît la réponse. Et ce n'était pas *la* réponse, mais *sa* réponse, une simple vue de l'esprit, une bizarrerie visant uniquement à déstabiliser les prétendus spécialistes.

— Comment avez-vous deviné ? C'est exactement à lui que je pensais !

Et comme si c'était encore possible, la simple évocation de Jimmy Connors enflamma les esprits à peu près autant que la vodka.

— A-t-on le droit d'aimer une chose et son exact contraire ?

— Parfaitement, répondit Gredzinski.

— On peut dire alors que Jimmy Connors était le contraire de Björn Borg, vous ne croyez pas ?

— Connors, c'était le déséquilibre, l'énergie du chaos.

— Borg était la perfection, Connors la grâce.

— Et la perfection manque souvent de grâce.

— Cette volonté de toujours tout miser sur toutes les balles ! Cette fantaisie dans la victoire, cette éloquence dans la défaite.

— Cette audace du désespoir, cette élégance dans la déconfiture !

— Comment expliquer qu'il avait tous les publics du monde pour lui ? On l'adorait à Wimbledon, on l'adorait à Roland-Garros, on l'adorait à Flushing Meadow, on l'adorait partout. On n'aimait pas Borg quand il gagnait, on aimait Connors quand il perdait.

— Vous vous souvenez de sa façon de s'élancer dans les airs pour frapper une balle sans lui laisser le temps d'arriver ?

— Il avait fait du retour de service une arme encore plus redoutable que le service lui-même.

— Son jeu était anti-académique, et même anti-tennistique. Comme s'il s'était ingénié, dès le plus jeune âge, à contredire ses professeurs à chaque leçon.

— On t'aime, Jimbo !

Ils trinquèrent à Connors, et une fois encore, à Borg. Puis se turent, un instant, chacun perdu dans ses souvenirs.

— Nous ne sommes pas des champions, Thierry, mais ça ne nous empêche pas d'avoir un peu de style.

— Parfois même un peu de panache.

— Ce revers décroisé, vous l'avez depuis toujours ? demanda Gredzinski.

— Il n'est plus ce qu'il a été.

— J'aurais tant aimé posséder un coup pareil.

— Vos accélérations sont bien plus redoutables.

— Peut-être, mais le revers décroisé a quelque chose d'arrogant qui m'a toujours plu. Une réponse terrible à tous les prétentieux, un truc qui scie les pattes des plus insolents.

— Je l'ai tout bonnement volé à Adriano Panatta, Roland-Garros, 1976.

— Comment peut-on *voler* un coup ?

— Avec une bonne dose de prétention, répondit Blin. À quinze ans, on ne doute de rien.

— Ça ne suffit pas, à moins d'être exceptionnellement doué.

— N'ayant pas cette chance, il ne me restait plus qu'à suer sang et eau. J'ai négligé tous les autres coups pour multiplier les revers décroisés. J'ai perdu la plupart de mes matchs, mais chaque fois que j'arrivais à en placer un, je terrassais mon adversaire contre toute attente, et pendant ces cinq secondes-là, j'étais un champion. Aujourd'hui, il a disparu faute de pratique, mais ça me fait un souvenir.

— Il réapparaît, vous savez, et quand l'autre s'y attend le moins, faites-moi confiance !

Gredzinski s'étonna de trouver son verre vide au moment où une curieuse sensation venait détendre son corps entier. Une sorte de trouée claire dans le ciel brumeux qui planait en permanence au-dessus de lui. Sans être malheureux, Gredzinski avait fait de l'intranquillité son état naturel. Depuis longtemps, il acceptait de retrouver chaque matin sur son chemin le monstre froid de son anxiété, que rien ne venait calmer, sinon une activité fébrile qui lui interdisait de goûter au moment présent. Tout au long de la journée, Nicolas s'efforçait de garder un temps d'avance sur elle jusqu'aux douces minutes qui précédaient le sommeil. Ce soir, en revanche, il avait l'impression d'être là où il avait envie d'être, le présent se suffisait à lui-même, et ce petit verre de vodka tout fumant de givre y était pour quelque chose. Il se surprit à en commander un second et se jura de le faire durer le plus longtemps possible. Le reste suivit ; les mots qu'il prononçait étaient bien les siens, sa pensée était affranchie de toute interférence, et un curieux souvenir lui revint en mémoire pour faire écho à celui que Blin venait d'évoquer.

— L'histoire de ces cinq secondes de bonheur a quelque chose de beau et de tragique, je comprends mieux ce *vol*. J'ai vécu quelque chose de similaire vers les vingt-cinq ans. Je partageais un appartement avec un professeur de piano, et la plupart du temps — Dieu soit loué ! — elle donnait ses cours pendant mon absence. Ce piano était au centre de tout, de notre salon, de nos conversations, de notre emploi du temps puisque nous l'organisions autour de lui. Certains soirs, j'ai pu le détester et, paradoxalement, il m'arrivait d'être jaloux des élèves qui y posaient les doigts. Même les plus mauvais arrivaient à en tirer quelque chose, moi pas. J'étais nul.

— À quoi bon en découdre avec ce piano s'il vous agaçait tant ?

— Sans doute pour l'insulter.

— ... C'est-à-dire ?

— Jouer moi-même était la pire vengeance que je pouvais m'offrir. Jouer sans avoir jamais appris, sans pouvoir différen-

20

cier un *la* d'un *ré*. Le crime parfait, quoı. J'ai demandé à ma colocataire de m'enseigner un morceau en mémorisant les touches et la position des doigts. C'est techniquement possible, il suffit de beaucoup de patience.

— Quel morceau?

— C'est là que les ennuis ont commencé! J'avais visé haut et mon amie avait tout fait pour m'en dissuader, mais je n'en démordais pas : le *Clair de lune* de Debussy.

Thierry ne semblait pas connaître, Nicolas fredonna les premières mesures ; ils poursuivirent en chœur.

— Amusée, malgré tout, par la gageure, la prof m'a fait travailler le *Clair de lune* et, comme un singe savant, j'ai fini par y arriver. En quelques mois, je jouais le *Clair de lune* de Debussy.

— Comme un vrai pianiste?

— Non, bien sûr, elle m'avait mis en garde. J'étais certes capable de créer l'illusion grâce à un peu de mimétisme, mais il me manquerait toujours l'essentiel : le cœur, l'esprit du piano, l'instinct que seul peut donner un apprentissage dans les règles, une passion pour la musique, une intimité avec son instrument.

— Mais voilà, on a vingt ans et on n'a rien d'autre à faire qu'à épater son monde. Et ça a dû vous arriver une fois ou deux.

— Pas plus, mais chaque fois j'ai vécu un moment exceptionnel. Je jouais ce *Clair de lune* en prenant un air ténébreux, le morceau était tellement beau qu'il exaltait lui-même sa propre magie, et Debussy finissait toujours par apparaître entre deux phrases. J'ai eu droit à des bravos, aux sourires d'une poignée de jeunes filles, et pendant quelques minutes, j'avais l'impression d'être quelqu'un d'autre.

Ces derniers mots restèrent en suspens, le temps de les laisser résonner. Le bar commençait à se peupler, ceux qui allaient dîner faisaient place à ceux qui en venaient, et ce mouvement fondu créa, entre Thierry et Nicolas, une nouvelle qualité de silence.

— Le moins qu'on puisse dire est que nous avons été jeunes.
En proie à une nostalgie inattendue, Thierry commanda un Jack
Daniel's qui lui rappela un voyage à New York. Nicolas négociait
sa vodka avec la patience qu'il s'était promise mais il lui en coûtait ; plusieurs fois il faillit l'avaler d'un trait comme il avait vu
Blin le faire, juste pour voir jusqu'où ce tout début d'ivresse pouvait le mener. Il vivait, sans le savoir, les prémices d'une histoire
d'amour avec son verre d'alcool, une histoire qui se déroulait en
deux mouvements classiques : se laisser envahir par les effets du
coup de foudre, et les faire durer le plus longtemps possible.

— J'ai trente-neuf ans, dit Thierry.

— Moi quarante depuis deux semaines. On peut se croire
encore un peu… jeunes ?

— Sans doute, mais l'apprentissage est terminé. Si l'on
considère que l'espérance de vie est de soixante-quinze ans pour
un homme, il nous reste la seconde moitié à parcourir, et peut-
être la meilleure, qui sait ? Mais c'est la première qui nous a fait
devenir ce que nous sommes.

— Vous êtes en train de dire que la plupart de nos choix sont
irréversibles.

— Nous avons toujours su que nous ne serions ni Panatta ni
Alfred Brendel. Durant ces années-là, nous nous sommes
construits et nous avons peut-être trente ans devant nous pour
savoir si nous nous sommes plus ou moins réussis. Mais plus
jamais nous ne serons *quelqu'un d'autre*.

Ça tombait comme un verdict. Ils trinquèrent à cette certitude.

— D'ailleurs, à quoi bon vouloir être quelqu'un d'autre,
mener la vie de quelqu'un d'autre ? poursuivit Gredzinski.
Éprouver les joies et les peines de quelqu'un d'autre ? Si nous
sommes devenus nous-mêmes, c'est que les choix n'étaient pas
si mauvais. Qui d'autre auriez-vous aimé être ?

Thierry se retourna pour désigner la salle d'un geste ample.

— Pourquoi pas ce type, là-bas, avec cette superbe fille qui
boit des margheritas ?

— Quelque chose me dit que ce gars-là doit avoir une existence compliquée.

— Ça ne vous dirait rien d'être le barman?

— J'ai toujours évité les boulots qui ont trait au public.

— Ou le pape en personne?

— Pas de public, je vous ai dit.

— Un peintre exposé à Beaubourg?

— Ça demande réflexion.

— Que diriez-vous d'un tueur à gages?

— ... ?

— Ou simplement votre voisin de palier?

— Aucun de tous ceux-là, mais pourquoi pas moi-même, dit Nicolas. Mon moi rêvé, celui que je n'ai jamais eu le courage de faire naître.

Il éprouva soudain comme une nostalgie.

Par jeu, par curiosité, ils évoquèrent chacun cet *autre*, à la fois si proche et tellement inaccessible. Thierry le voyait porter tels vêtements, exercer tel métier, Nicolas dévoila ses grands principes de vie et quelques-uns de ses défauts. Chacun s'amusa à décrire la journée type de son autre moi, heure par heure, avec une abondance de détails qui finit par les troubler. Si bien que, deux heures plus tard, ils étaient bel et bien quatre, accoudés au comptoir. Les verres s'étaient succédé jusqu'au point rédhibitoire où l'idée même de les compter frôle l'indécence.

— Cette conversation vire à l'absurde, dit Nicolas. Un Borg ne devient pas un Connors, et inversement.

— Je ne m'aime pas assez pour vouloir rester moi-même à tout prix, dit Blin. Ces trente années qui me restent, j'aimerais les passer dans la peau de cet autre !

— Je n'ai pas l'habitude : est-ce que nous ne serions pas un peu soûls?

— Il ne tient qu'à nous de partir à la recherche de ce quelqu'un d'autre. Qu'est-ce qu'on risque?

Gredzinski, captivé, avait enterré son inquiétude dans un

désert et dansait maintenant sur sa tombe. Il chercha la seule réponse qui lui semblait cohérente :

— … De se perdre en chemin.

— C'est un bon début.

Ils trinquèrent une fois encore sous l'œil d'un barman blasé qui, compte tenu de l'heure, ne leur servirait plus rien. Bien plus lucide que Gredzinski, Blin prit tout à coup un faux air de conspirateur ; sans même s'en douter, il avait orienté la conversation pour en arriver à ce point précis, comme s'il avait trouvé chez Gredzinski l'interlocuteur qu'il cherchait depuis longtemps. Sa victoire à leur match l'encourageait maintenant à en jouer un autre où il serait à la fois son propre adversaire et seul partenaire, un combat d'une telle envergure qu'il lui faudrait réunir en lui toutes ses énergies, réveiller son libre arbitre, rappeler ses rêves, croire à nouveau, repousser des limites qu'il commençait à entrevoir.

— Il me faudra du temps — disons deux ou trois ans pour fignoler le moindre détail —, mais je vous fais le pari que je serai ce quelqu'un d'autre.

Un défi que Thierry se lançait à lui-même, comme si Gredzinski n'était plus qu'un prétexte, au mieux un témoin.

— … Nous sommes le 23 juin, poursuivit-il, je vous donne rendez-vous dans trois ans, jour pour jour, dans ce même bar, à la même heure.

Loin, ailleurs, grisé par la vitesse que prenait ce moment-là, Gredzinski se laissait guider par son ivresse, un pilotage automatique qui lui permettait de se concentrer sur l'essentiel.

— Un rendez-vous… entre nous, ou entre les deux *autres* ?

— C'est tout le sel de ce pari.

— Et l'enjeu ? Si par extraordinaire l'un de nous y parvenait, il mériterait une énorme récompense !

Pour Blin, la question n'était plus là. Conquérir cet *autre* était en soi le plus fort des enjeux. Il s'en sortit par une pirouette :

— Ce soir-là, 23 juin, à 21 heures, dans trois ans exactement, celui de nous deux qui aura gagné pourra demander n'importe quoi à l'autre.

— ... N'importe quoi ?

— Existe-t-il un plus gros enjeu au monde ?

Là où se trouvait Gredzinski, plus rien ne semblait extravagant ; tout et son contraire rivalisait d'intérêt. Il découvrait sa propre faculté d'exaltation, un sentiment rare qui habitait à la fois sa tête et son cœur.

Il était temps pour eux de se quitter, quelque chose donna le signal du départ. Ni l'un ni l'autre n'aurait su dire quoi.

— C'est peut-être la dernière fois que nous nous voyons. Thierry.

— Ce serait la meilleure chose qui puisse nous arriver, vous ne croyez pas ?

THIERRY BLIN

Il se leva sans prendre le temps de remettre en question les décisions de la veille ; en se lançant dans une gageure impossible, hier, face à un inconnu, il avait, du même coup, enclenché un compte à rebours.

Sur la porte du réfrigérateur, un mot de Nadine lui rappela le dîner prévu le soir même chez leurs plus vieux amis. Se préparer un café l'aurait mis en retard pour l'ouverture de sa boutique, il se contenta d'un fond de thé tiède abandonné sur un coin de table par sa compagne et entra dans la salle de bains pour prendre une douche rapide. Plein d'une énergie inhabituelle au saut du lit, il en profita pour tailler son épaisse barbe qui commençait à lui manger les pommettes. Quand on lui demandait pourquoi il la gardait, Thierry répondait qu'il détestait se raser. C'était en partie vrai, mais il ne disait pas combien lui était pénible de se regarder en face.

Quand parfois, dans un café, il lui arrivait de se retrouver devant un miroir au-dessus de la banquette, il proposait à Nadine d'échanger leur place pour faire face à la salle ; Thierry savait éviter son reflet comme une seconde nature. Quand la rencontre s'avérait nécessaire, il s'y résignait et finissait par accepter ce qu'il voyait mais ce qu'il voyait ne lui revenait pas. Un visage rond aux sourcils épais, des yeux ternes, des oreilles légèrement décollées, une lèvre supérieure qui dessinait un minuscule V au milieu de la bouche, et surtout, une terrible absence de menton. C'était le détail rédhibitoire, le point névralgique de toute sa personne, d'où sa barbe drue. Certains maudissaient leur petite taille, d'autres supportaient mal de se dégarnir, Blin aurait donné n'importe quoi pour avoir les mâchoires carrées. Tout jeune, un gosse de sa classe l'avait surnommé « la tortue » sans qu'il sache pourquoi. Quelques années plus tard, pendant une séance de diapos prises lors d'un camp itinérant, Thierry avait entendu une jeune fille chuchoter à sa copine : *Tu ne trouves pas que Blin a un profil de tortue ?* Il s'était mis à poser des questions à son entourage mais personne n'avait su le renseigner vraiment, il avait dû attendre l'âge d'homme pour comprendre. En se lavant les mains dans les toilettes d'un restaurant dont les murs, recouverts de miroirs, créaient un effet de kaléidoscope, il vit, pour la première fois, son profil de près, ses contours et son mouvement dans l'espace ; il discerna enfin cette courbe convexe qui allait du front au nez et du nez à la lèvre inférieure, ses yeux qui tombaient sur les joues, le tout faisant irrésistiblement penser à une tortue de dessin animé, une tortue triste qui peine à avancer.

Si encore il avait été laid, littéralement laid, mais la vraie laideur est aussi rare que la beauté, et Blin n'entrait pas plus dans cette catégorie. Il se serait peut-être plu, laid. Son drame était d'avoir une tête exceptionnellement banale, à la limite inférieure de l'insignifiant. Un faciès *inutile*, c'était le terme qu'il employait. Il se voyait vieillir d'une bien curieuse manière : la tortue, de plus en plus triste, de plus en plus lente, s'arrondissait et se voûtait à la fois, la peau flasque, les membres fondus. Et ça n'aurait eu aucune importance si, ne fût-ce qu'un été, il s'était senti beau. Il y aurait cru sans être dupe : ceux qui ont un physique agréable le savent. On s'ingénie à le leur répéter depuis l'enfance et, à l'âge adulte, on se charge de leur rafraîchir la mémoire de temps en temps. Blin n'avait jamais deviné le regard traînant d'une fille sur son passage, et les femmes qui s'étaient données à lui n'avaient jamais fait allusion à sa silhouette. Il leur plaisait mais aucune ne l'avait trouvé beau ; les plus honnêtes l'avaient reconnu. Les rares fois où il abordait la question, Nadine évoquait maladroitement son *charme* pour le gratifier au passage.

— À ton âge, on se fait à la gueule qu'on a. Et je l'aime, moi, ta gueule.

Mais pourquoi diable n'aurait-il qu'une seule gueule dans toute cette chienne de vie ? On devait pouvoir en changer comme on rompt un mariage qu'on pensait éternel.

Il quitta son appartement pour s'engouffrer dans la bouche de métro Convention, sortit à Pernety, commanda un café à emporter dans son bistrot habituel et ouvrit sa boutique, «Le Cadre bleu», où l'attendait une série de lithographies à encadrer avant la fin de la semaine. En laissant son esprit échafauder une structure complexe afin de concrétiser le pari lancé la veille, ses mains s'attelèrent à la tâche sans avoir besoin d'être commandées.

Blin avait-il jamais aimé son métier ? Il avait voulu être artisan par désir d'indépendance et non par amour des tableaux, de l'encadrement, ni même du bois. Il s'était trouvé une vocation comme on croise une amourette qu'on quittera tôt ou tard. Pendant son stage de documentaliste au cabinet d'arts graphiques du Louvre, il avait rencontré un type qui avait mis au point un système ingénieux pour consulter dessins et pastels sans avoir à les toucher ; des Degas, des Boudin, des Fantin-Latour. De fil en aiguille, il avait appris ce que l'on doit savoir sur le métier d'encadreur ; un examen lui donna le grade d'ouvrier professionnel. À la suite d'une demande à la direction des Musées de France, on lui proposa un poste au musée d'Orsay, et le tour était joué. Un atelier tout neuf partagé avec un restaurateur, la plus belle vue de Paris, et une spécialisation dans la photographie ancienne. Nadar, Le Gray, Atget et quelques autres lui devaient, aujourd'hui, le repos éternel entre deux feuilles de Plexiglas. Certains de ses collègues avaient une approche presque sensuelle des matériaux, les vernis, le papier, la feuille d'or, et avant tout, le bois. Des experts, des amoureux du bois, les sens en éveil devant un bout de sycomore. Peu à peu, il se rendait à l'évidence : il n'était pas de cette famille-là. Son premier souvenir ayant trait au bois datait de cette épée fabriquée à la diable par son père, désastreux bricoleur, à partir de deux tasseaux mal dépolis qui lui avaient occasionné bien des échardes. Durant ses années de musée, il avait fait son boulot sans fausse note, mais sans la moindre inventivité. Il donna sa démission sur un coup de tête pour se colleter à d'autres supports, à un art non plus sacré mais vivant. Il reprit le bail d'une épicerie dans une rue tranquille du XIVe arrondissement, installa son atelier, un massicot, une étagère à baguettes, des néons crus et quelques cadres dans la vitrine. Il fit un peu de publicité dans le quartier en comptant sur la bienveillance des commerçants alentour, et ouvrit grand la porte du Cadre bleu, heureux d'être un artisan, grisé par sa liberté toute neuve, flatté par ceux qui voyaient de la noblesse dans son métier et de l'authenticité dans ses gestes.

C'est là qu'*ils* sont arrivés.

Les patrons de restaurants et leurs aquarelles, les gosses et leurs posters pliés en quatre, les cinéphiles et leurs affiches rongées par l'acide du ruban adhésif, les amateurs éclairés et leurs nus, les amateurs ambitieux et leurs nus hyperréalistes, et quelques collectionneurs de gravures piquées de rouille trouvées aux puces de Saint-Ouen. Sont arrivés ensuite les artistes en personne, les purs abstraits qui osent l'huile mais abusent du siccatif, les bucoliques et leurs pastels du jardin d'enfants, les récents lauréats de divers concours, dont la palette d'Or du XIVe, et pour couronner le tout, les autoportraits au fusain de Mme Combes. Blin n'avait pas à se plaindre ; sans être submergée de commandes, la boutique marchait assez pour le faire vivre.

Huit ans plus tard, il ne prenait plus aucun plaisir à soigner le travail. Au nom de quoi ? Du beau ? De l'art ? Après le Louvre et le musée d'Orsay, le mot *art* prenait une autre résonance quand il l'entendait dans sa petite échoppe. Une de ses premières clientes avait été cette petite dame et ses « douze Klimt » à encadrer.

— Douze Klimt ! Gustav Klimt ? Vous êtes sûre ?

— Oui, douze dessins.

— Des originaux ?

— Je ne sais pas.

— Ils sont signés ? Ce sont des œuvres sur papier ?

— Non, sur un calendrier.

Avec un peu d'expérience, il avait pris l'habitude de traduire. Un *dessin de Gauguin* était, en général, une affiche d'exposition, et *J'ai un original de* annonçait un mauvais quart d'heure.

— J'ai un original de Bourrelier, une marine.

— De qui ?

— Romain Bourrelier ! De la meilleure période de Bourrelier. Je ne savais pas que mon grand-père en avait un, vous vous rendez compte, un Bourrelier, en très bon état !

— ... Je ne suis pas très doué en histoire de l'art...

— Sa meilleure période ! Tout de suite après guerre ! C'est ce qu'on m'a dit à Villebonne, il était originaire de là. Je voudrais le faire estimer mais je ne sais pas à qui m'adresser. Vous connaîtriez quelqu'un, vous ? Un spécialiste ?

— Il faudrait que je me renseigne...

— Vous saviez qu'il y avait un Bourrelier accroché à l'hôtel de ville de Corcelles, en Bourgogne ?

— Je vais voir ce que je peux faire.

— Discret, hein.

La palme revenait au *pur abstrait* de l'atelier d'en face, artiste local, indigent comme il se doit, très en retard sur les paiements, mais son statut de peintre lui en donnait le droit. Il confiait à son encadreur ses états d'âme et ses coups de gueule — tous ces fonctionnaires du ministère qui n'y connaissent rien ! — et estimait que montrer ses toiles à La Tavola di Peppe, une pizzeria de la rue de l'Ouest, était indigne de son talent, ce qui avait au moins le mérite de laisser la place à un autre.

Au début, Blin était plein de bienveillance à leur égard, il acceptait leur part de naïveté, il les enviait même d'oser ce qu'il n'osait pas, c'était sa manière de leur rendre hommage en étant leur premier public. Aujourd'hui, il n'était même plus curieux des petits accidents créatifs des environs ; quiconque entrait dans son commerce provoquait déjà l'ennui. Il en devenait aigri et ne respectait plus leur liberté d'expression. Certains matins, il avait envie d'en faire trinquer un pour tous les autres, de se gargariser de sa misère stylistique, de le dénoncer au comité de vigilance du bon goût, de hurler au dérisoire. En fait de quoi, il restait affable, flatteur, il fallait bien vivre. Impossible de s'en ouvrir à Nadine, elle était une des leurs. Ils s'étaient rencontrés comme ça. Une grande photo dont elle était fière, ça se lisait dans ses yeux quand elle l'avait sortie du carton à dessin ; on y voyait des silhouettes grises se croiser sur une avenue, dans l'indifférence totale, un banc vide en arrière-plan. Métaphore, allégorie, vie moderne, incommunicabilité, sous-exposition intimiste, etc.

— Elle est belle. Le tirage aussi est bien.

— ... Merci. Qu'est-ce que vous me conseillez ?

— C'est comment, chez vous ?

Question qu'il posait souvent, sans malice, mais cette fois-ci, il eut droit à un petit sourire amusé, étrangement ambigu, presque gênant.

— Je voulais dire... c'est dans quels tons ?

Elle y mit un peu plus de connivence, il vit même le moment où elle lui proposerait d'aller y voir par lui-même.

— Tout est noir et blanc, comme dans mes photos.

Elle disait vrai, il le vérifia vite ; c'était il y a cinq ans. Aujourd'hui ils vivaient dans un trois pièces, rue de la Convention, elle était assistante dans un cabinet de cardiologie, et Thierry continuait d'encadrer ses photos pour une exposition qu'un galeriste reportait de mois en mois. Avec le temps, il avait fini par avoir bien plus d'estime pour elle que pour son travail, sans oser le lui avouer. Le plaisir que Nadine y trouvait aurait dû suffire, mais Thierry avait du mal à se faire à cette idée : elle n'était pas une vraie photographe comme il n'était pas un vrai encadreur.

Il aurait pu continuer toute sa vie à faire illusion en donnant un peu de relief au talent de l'homme de la rue, mais cette mauvaise bifurcation dans son existence lui coûtait plus cher à mesure que le temps passait et que la perspective de la retraite n'était plus une élucubration futuriste.

Il n'était pas meilleur gestionnaire. Il aurait fermé boutique depuis bien longtemps s'il n'avait pas rencontré celle qui avait su mettre de l'ordre dans ses livres, faire son bilan et sa feuille d'impôts. Brigitte maniait les chiffres comme d'autres tricotaient ; elle savait tout à la fois triturer une calculette, prendre des notes et parler du dernier film qu'elle avait vu. Quand elle débusquait une erreur de dix francs, elle poussait un soupir de soulagement comme si elle gagnait une finale d'échecs. Elle avait l'habitude de dire qu'elle «ne connaissait rien à la peinture», mais parlait de Matisse avec ses mots à elle, et chaque fois, Thierry en retirait quelque chose. Il avait beaucoup d'affection pour elle, il la trouvait drôle, entière. Il aimait par-dessus tout la taquiner sur le côté vieille fille dont elle jouait sans le savoir ; les premières années il l'avait appelée Mlle Brigitte puis simplement «Mademoiselle», ce qui avait créé une bizarre intimité entre eux. Mais malgré ses robes chinoises en satin, fendues sur le côté, qui inspiraient à Thierry des commentaires un peu lestes, il ne la regardait jamais vraiment comme une femme. De temps à autre, il avait l'impression qu'elle le regrettait ; il ne voyait en elle qu'une alliée.

— La peinture ou les papiers découpés, ça ne vous a jamais tentée, Mademoiselle ?

— Mon seul talent, c'est les pourcentages, c'est mon bleu à moi. Si j'avais eu ne serait-ce que le plus petit désir de peindre, je n'aurais pas hésité, parce que dans ce domaine-là, je pense exactement le contraire de vous. Plus il y aura de gens qui s'exprimeront, qui peindront, qui écriront et qui feront des ronds dans l'eau, et plus nous aurons les moyens de lutter contre l'apocalypse programmée. Tout le monde est artiste, certains ont l'aplomb de le penser plus fort que d'autres. Quand je vois entrer dans la boutique un petit monsieur qui porte sur les épaules toute la misère de Van Gogh, tout ça pour venir faire encadrer son chou-fleur à la gouache, ça me touche.

— Moi aussi, j'ai même peur qu'un jour il se coupe l'oreille.

— Vous jouez bien au tennis, non ? dit-elle en haussant les épaules.

— Et alors ?

— Vous vous situez comment par rapport à McEnroe ?

— Vous savez qui est McEnroe, Mademoiselle ?

— Ne me prenez pas pour une idiote et ne détournez pas la conversation. Sur une échelle de 1 à 20, vous mettez combien à McEnroe ?

— 17, 18.

— Et vous ?

— Oh, entre 1/2 et 1.

— Et vous n'avez pas abandonné, depuis le temps ? Vous rendez-vous compte que Mme Combes et ses autoportraits sont bien plus proches de Rembrandt que vous de McEnroe ? Et vous savez pourquoi ? Parce qu'elle n'a jamais vu un autoportrait de Rembrandt. Son geste est spontané, elle travaille énormément, il y a une nécessité dans ce qu'elle fait. Rembrandt avait un gros nez et un double menton, ce n'est pas seulement ses traits qu'il reproduisait, il cherchait une autre vérité. La brave Mme Combes travaille exactement dans ce sens-là, aucun narcissisme ne l'agite, elle utilise le seul sujet qu'elle a sous les yeux : elle-même. Et vous auriez l'audace de lui dire qu'elle perd son temps ?

Les jours où elle lui rendait visite, il aimait la savoir dans la boutique pendant qu'il travaillait ; rien ne pouvait mal se passer tant qu'elle était dans les murs.

En milieu d'après-midi, il considéra en avoir assez fait pour la journée et entreprit de mettre un peu d'ordre dans l'atelier. La libraire d'en face vint partager un thé et un reste de gâteau au chocolat ; toujours absorbé par le plan qu'il avait en tête, il ne fit que ponctuer le panégyrique de sa collègue sur les joies de la vie de quartier en plein Paris. Un client vint mettre un terme à leur petit rituel et Thierry prit une nouvelle commande : un Grand Prix d'architecture à mettre sous verre dans les deux jours.

La plupart du temps, quand le chaland le laissait en paix, il restait seul au fond de son atelier et s'installait dans un fauteuil sans rien faire d'autre que rêver à tout ce dont il n'avait pas encore fait le deuil. Rien que de très banal, un peu d'exaltation dans sa vie, un quotidien qui laisserait une place à l'inattendu, était-ce trop demander ? Que le reste de son existence, à quarante ans à peine, fût vouée à la résignation lui fichait une peur bleue. Sans savoir comment, il aurait voulu consacrer sa chère indépendance à autre chose qu'à ses outils et ses cadres en bois, se confronter à un matériau plus humain — l'échantillon qui passait dans sa boutique ne pouvait être représentatif de l'ensemble de l'espèce ! — percer les secrets de ses semblables sans qu'on lui en donne la permission. Depuis quelques mois lui revenait en mémoire la silhouette d'une blonde qui jouait au tennis dans les jardins du Luxembourg. Elle avait si bien excité sa curiosité qu'il avait tout fait pour s'installer près d'elle dès la sortie du court. En manœuvrant bien, il avait pu s'asseoir à une table voisine, dans la buvette presque vide. Il s'était amusé à jouer les espions au petit pied, pour la voir de plus près, l'entendre. En captant des bribes de sa conversation avec sa partenaire, il avait goûté à d'étranges sensations, toutes inédites, et avait fini par obtenir ce qu'il voulait : lui voler un éclat d'intimité. Il imaginait les suites de son intrusion dans la vie privée de cette femme, les découvertes qu'il aurait pu faire, et plus son imagination s'emballait, plus il ressentait une jubilation inavouable et suspecte à ses propres yeux. Si tout individu sur terre s'est un jour demandé ce que cachait son voisin, Blin, lui, trouvait la question assez passionnante pour la prendre au sérieux.

En remontant plus loin dans son passé, il aimait se remémorer la canicule de 1976, un été entier passé sous l'appentis de la petite maison de Rugles, en Normandie. Dès les premiers jours, l'adolescent qu'il était avait bien plus souffert de l'ennui que de la chaleur ; il n'avait pas su se lier d'amitié avec les gosses du coin, la télévision était restée à Paris, et les promenades à vélo n'étaient envisageables qu'en fin d'après-midi, au premier souffle d'air, quand le village retrouvait un semblant d'animation. Son calvaire commençait sur les coups de 9 heures du matin et durait tout au long de l'après-midi, autant dire une éternité quotidienne qui lui fit maudire les vacances.

Jusqu'à ce qu'il fût sauvé par un miracle.

Lui qui d'ordinaire lisait le strict minimum imposé par ses professeurs avait eu la curiosité d'ouvrir un recueil de nouvelles de Georges Simenon, trouvé dans un carton. Il se revoyait, allongé à l'ombre, en sueur, dans sa salopette rouge, la tête calée sur une couverture roulée en boule, le livre posé sur sa poitrine. Il avait lu les treize nouvelles du *Petit Docteur* à raison d'une par jour, et les avait relues pour tenir jusqu'à la fin juillet en espérant un nouveau miracle pour le mois d'août. Le petit docteur en question était un jeune généraliste de campagne qui s'amusait à jouer les détectives amateurs au lieu de soigner ses patients, et chaque nouvelle le précipitait dans une aventure qui l'exaltait bien plus que tout ce qu'il avait connu auparavant. Ce qui fascinait le jeune Thierry était la manière dont la soudaine vocation du personnage s'était déclenchée, dès les premières lignes du livre, à la suite d'un mystérieux coup de téléphone qui mettait en branle des mécanismes inconnus dans l'esprit du petit docteur. À partir d'un simple indice que seul le bon sens, et non le métier, rendait visible, l'intrépide Jean Dollent se mettait à échafauder un raisonnement qui le rendait de plus en plus curieux de la suite, de plus en plus téméraire devant l'inconnu. Il sentait que le suspens et l'aventure entraient dans sa vie de médecin ; dès lors, plus rien ne serait jamais pareil. Thierry avait compris qu'il s'agissait là d'un incident déclencheur qui allait révéler un formidable désir de démêler le vrai du faux. Ce qui rendait le récit passionnant était justement l'amateurisme du docteur ; Thierry suivait pas à pas ses raisonnements logiques, et les précédait parfois car ils ne ressemblaient en rien aux déductions alambiquées des limiers en série. Au fil des nouvelles, le bon docteur se piquait si bien au jeu qu'il saisissait la première occasion de fuir son cabinet pour la plus grande joie de Thierry qui voyait là quelque chose d'irrépressible de l'ordre du destin. Le docteur Dollent, aguerri au fil du récit, se faisait désormais payer par ses clients et envisageait d'abandonner la médecine pour devenir un professionnel de l'investigation policière. Qu'est-ce qui pouvait à ce point détourner un médecin de sa vocation, sinon quelque chose de bien plus fort encore ?

Vingt-cinq ans s'étaient écoulés depuis cette histoire d'amour avec un bouquin. Comme toutes les passions de jeunesse, elle restait inoubliable. Il avait même l'impression qu'avec le temps, elle revenait le visiter de manière troublante, comme si l'oubli n'était qu'une boucle et que les défaillances de la mémoire dues à l'âge étaient un moyen détourné de revenir à l'essentiel. Derrière la somme de ses doutes professionnels, de ses choix, revenaient le hanter des fantasmes de jeunesse, et parmi ceux-là, il y en avait un qui s'imposait à lui comme une injonction, et se cachait derrière deux mots qui sonnaient de façon magique et pourtant bien réelle dans son esprit : Détective privé.

Avant même de rêver à son devenir, Thierry allait devoir se semer lui-même. Toutes les épopées avaient tourné un premier coin de rue, le reste n'était qu'une affaire d'étapes à franchir et d'obstacles à surmonter. Il lui fallait commencer par un geste symbolique.

À 19 heures, il avait encore le temps de fermer sa boutique, filer en direction des Feuillants et être de retour chez lui pour assister à la sortie de bain de Nadine.

— Je m'appelle Thierry Blin, je me suis inscrit hier, vous vous souvenez ?

— Vous nous avez fait un bien beau match. Si M. Gredzinski avait passé un peu plus de premières balles de service, il avait ses chances. Vous voulez un court ?

— Non, je suis venu résilier mon abonnement.

*

Nadine et sa cérémonie du bain. Très chaud, mousse à l'amande. Une tablette en bois posée devant elle, petit autel où étaient disposés son magazine, un apéritif, une serviette pour s'éponger les mains, un miroir. Thierry faisait partie du cérémonial, il lui suffisait de s'asseoir au bord de la baignoire, d'em-

brasser Nadine sur les lèvres, d'échanger quelques mots avec
elle sur la journée passée et de lui servir un second verre, en
général un fond de whisky avec beaucoup d'eau gazeuse.
Machinalement, il regardait ses seins, à demi immergés, son
petit nez rentré, ses yeux sérieux, sa peau légèrement mate. Son
sourire à peine triste, son corps menu. Il avait toujours aimé le
petit chez les femmes. Le pied, le sein, le ventre. Ce n'était plus
si important, désormais. Il avait révisé ses critères depuis sa rencontre avec cette blonde du jardin du Luxembourg. Une petite
culotte blanche offerte aux regards à la moindre accélération,
des jambes dures et fuselées qui mettaient son nombril à la hauteur exacte de la bande du filet. Elle avait dans les quarante-cinq
ans, le sourire et les rides de celles qui aiment toujours autant
la vie, une peau habituée aux crèmes hors de prix, une voix de
canaille, un maniement du subjonctif qui ressemblait à son
revers coupé, et une poitrine bien trop forte pour être émou-
vante, mais Thierry se foutait bien de l'émotion ce jour-là, seule
comptait la gourmandise. Des seins opulents retenus par une
brassière de championne, sculptés par des milliers de coups
droits, de revers et de services gagnants, aucun muscle épargné,
à la longue ça portait ses fruits. Avec ceux de Nadine, il jouait,
leur donnait des formes qu'ils n'avaient pas et passait à autre
chose. Thierry Blin s'était imaginé faire un bout de route avec
une femme comme celle-là, un grand machin qui se débrouille-
rait seul et saurait le faire rire. Rien à voir avec la frimousse
d'une brunette qui ne pensait qu'à se blottir. Nadine posait sa
voix avec délicatesse mais laissait le plus souvent parler les
autres. Au fil des années, Blin s'était mis à détester sa discrétion ; il lui arrivait même de trouver sa douceur intolérable.
    — Thierry ?
    — Oui ?
    — Je mets un peu de rouge et on file à ce dîner ?
    — Prends ton temps.
    Nadine ne l'avait jamais appelé que par son prénom. Certains
jours, il aurait aimé être son canard ou son trésor, n'importe

quoi, même ridicule, mais pas son Thierry. Son entourage l'appelait aussi *Thierry* mais personne, pas même ses parents, ne s'était approprié son prénom pour en faire un son familier, naturel. Aucune femme n'avait jamais soupiré de *Thierry!* pendant qu'ils faisaient l'amour, comme un cri du cœur, un râle. Il n'avait pas souvenir de diminutif dérivé de Thierry, de sobriquet dérivé de Blin, et Dieu sait s'il y en avait mille. Il ne trouvait pas le prénom détestable en soi, mais il allait tellement mieux à d'autres. Tout gosse, il n'avait jamais cherché à devenir un Thierry, à exister comme un Thierry, et pourtant, il avait connu de vrais Thierry, à l'aise avec leurs deux syllabes, le sourire du Thierry aux lèvres. Avec les années, rien ne s'était arrangé, il se vivait de plus en plus mal en Thierry et s'appelait Thierry comme il aurait pu s'appeler Bernard ; le problème était le même, il n'était pas plus un Bernard. Non contents de l'appeler Thierry, ses parents n'avaient pas daigné lui accorder d'autres prénoms auxquels se raccrocher. Si encore il avait pu choisir parmi Thierry Louis Bastien Blin, il aurait imposé Louis à tout le monde et la question était réglée. Il se sentait bien plus Louis que Thierry. En fait de quoi, c'était un Thierry contrarié. Un Thierry indigne. Ou indigne d'être un Thierry.

La question du nom ne lui avait jamais posé problème, il y avait si peu d'intimité dans le nom de famille. Il avait connu des dizaines de Blin, à commencer par ses oncles et tantes, des vieillards et des enfants, rien que des Blin ; il ne se sentait ni plus ni moins Blin qu'un autre. Et là, oui, il n'était question que de sonorité. *Dites, Blin, j'aimerais que vous passiez à mon bureau.* Il avait fini, comme tout le monde, par s'y habituer, et pourtant, il était bien certain que le nom de famille n'était inscrit ni dans le cœur ni dans l'âme, tout juste dans la mémoire. Et encore, un chien appelé Sultan durant toute sa vie pouvait, en moins d'une semaine, répondre à *cafetière* ou *Versailles*. L'être humain ne devait pas être si différent.

De la question du nom découlaient toutes les autres. *Après tout, qu'est-ce que l'état civil ?* se demanda-t-il. *Qu'est-ce qui fait que j'ai une existence légale, un numéro de sécurité sociale et des obligations militaires ?*

La seule affirmation de son père qui, un beau matin, était allé déclarer sa naissance à un employé de mairie ? Tout partait-il vraiment de là ? Et si, ce fameux jour, tout à sa joie, il avait été bien trop occupé à fêter l'enfant, existerait-il, aujourd'hui ? On dit que personne ne passe entre les mailles du filet mais les rares exceptions se font-elles connaître ?

Il n'était pas né de parents inconnus dans un pays lointain où les archives auraient brûlé lors d'une guerre civile. Il était bien Thierry Blin, il avait une carte d'identité, un passeport, une carte d'électeur, une mutuelle et des livres de compte, des impôts à payer et une concubine officielle. Que faire pour revenir en arrière, clamer haut et fort qu'il n'était pas ce Thierry Blin dont tous lui parlaient ? Biffer ? Rayer ? Brûler ? Retourner à la mairie de Juvisy pour arracher la bonne page du grand document fondateur ? En admettant que cela fût possible, ça ne suffirait pas. Il allait falloir trouver des moyens définitifs pour se défaire de Thierry Blin.

Un œil sur Nadine aux prises avec sa garde-robe, il s'allongea sur le canapé, le calendrier des postes en main.

— Quand j'ai acheté cet almanach, tu t'es moqué de moi, dit-elle, amusée.

En parcourant, jour après jour, les noms des saints du calendrier, il fit une synthèse inconsciente, immédiate et instinctive des mille connotations, dénotations, références et a priori dont on les avait affublés. L'exercice était plaisant et les choix s'imposaient d'eux-mêmes. Au bout du compte, il avait coché :

Alain, Antoine, François, Frédéric, Julien, Jean, Paul, Pierre.

Il aimait les prénoms sobres, élégants, ceux qui existaient depuis toujours mais qui n'étaient pas donnés à tout le monde. De la même manière, il éprouvait une certaine admiration pour ceux qui les portaient. Des gens discrets, racés, qui avaient la tâche délicate d'être une énième variation sur le thème de Pierre ou de Paul. Celui qu'il serait demain pouvait fort bien s'appeler Pierre ou Paul. Il aimait le son à peine rugueux de Pierre, le côté caillou venait contrebalancer la résonance biblique. Blin aurait rêvé qu'on s'adresse à lui d'un :

— *Qu'en dites-vous, Pierre ?*

Qu'on lui dise :

— *Ah Pierre, vous m'épaterez toujours.*

Jamais on ne lui avait dit : *Ah Thierry, vous m'épaterez toujours.*

S'il s'était appelé Paul pendant quarante ans, il ne faisait aucun doute que son parcours aurait été différent. Peut-être aurait-il peint des toiles au lieu de les encadrer, qui sait ? Un Paul avait forcément une âme d'artiste, ou même l'étoffe d'un espion international. Question femmes, sa vie entière aurait été parsemée de *Emmenez-moi où vous voudrez, Paul* ou *Paul, refais-moi ce truc dans les reins !* La grande blonde du tennis rêvait à coup sûr de croiser un Paul dans sa vie.

Sans parvenir à se l'expliquer, Blin se sentit devenir un Paul. Il avait dû s'illustrer en tant que Paul dans une vie antérieure, peut-être même avait-il été l'apôtre en personne. En quelques minutes, Paul l'emporta définitivement sur Pierre.

— Encore deux minutes, et je suis prête !

Il posa l'almanach à terre et, stylo en main, allongea le bras pour atteindre l'annuaire sans quitter le canapé.

Quel nom de famille était parfait pour un Paul ? En parcourant des colonnes entières de noms, il se rendit compte que Paul allait avec tous. Nagel, Lesage, Brunel, Rollin, Siry, Viallat, la liste était infinie. Paul n'était plus un critère de sélection, ce qui rendait le choix encore plus vertigineux. Blin ne savait plus comment procéder et perdit pied très vite. Il essaya de se raccrocher à quelques principes, rationnels selon lui, pour lui permettre de progresser. Impératif numéro un : le nom devait comporter au minimum deux syllabes, idéalement trois, pour en terminer une bonne fois pour toutes avec ce *Blin* à peine audible qui le rétrécissait depuis l'enfance. Par ailleurs, *Paul* appelait un nom plutôt long, dans des consonances légèrement nordiques mais encore douces, quelque chose de vallonné et de paisible. Impératif numéro deux : l'initiale devait être comprise entre les lettres R et Z. Une revanche tardive mais juste. Toute sa vie, il avait été l'un des premiers à l'appel, la victime désignée des profs, le corvéable numéro un, le volontaire qui n'a pas même besoin de faire un pas en avant. *Blin, au tableau!* Combien de fois il avait haï ce B majuscule! Le temps était venu de se retrouver en fin de liste, bien au chaud. Il feuilleta à nouveau quelques pages de l'annuaire en attendant un miracle qui ne vint pas et, toujours allongé dans le canapé, balaya du regard les rayonnages de la bibliothèque. Parmi ces dizaines de livres, ces encyclopédies, et tout un tas d'ouvrages qu'il ne consultait plus, il devait bien y avoir, coincé entre deux pages, un nom à consonance nordique de trois syllabes qui commencerait par U, V ou même W, pourquoi pas Z. Intuitivement, il se dirigea vers son dictionnaire de la peinture flamande, l'ouvrit au dernier tiers, prononça à mi-voix des noms qui lui avaient toujours semblé élégants et en même temps familiers. Rembrandt, Rubens, Ruysdael, Van der Weyden, Van Eyck, pour finir avec le plus prestigieux de tous, un nom qui à lui seul évoquait l'harmonie même : Vermeer.

Personne ne s'appelait Vermeer, mais c'était une bonne base de départ. Il se mit à faire des variations sur un nom propre en le distordant, le combinant de divers suffixes, en lui cherchant de nouvelles sonorités. L'évidence lui apparut enfin.

Il s'appellerait désormais : Paul Vermeiren.

Nadine était prête, jolie, parfumée, souriante. Thierry fit preuve ce soir-là d'une galanterie à toute épreuve. Durant le dîner, il fut à la fois éloquent et discret, attentif à chacun des convives. Sur le chemin du retour, Nadine le regardait conduire, attendrie, rassurée de l'avoir à ses côtés. Elle se voyait même, un jour ou l'autre, en Mme Thierry Blin.

Elle était loin d'imaginer qu'elle venait de passer la soirée avec Paul Vermeiren.

NICOLAS GREDZINSKI

Dieu sait si Gredzinski s'y connaissait en inquiétude. Discrète ou sournoise, hésitante ou ostensible, il les avait toutes éprouvées et savait même les nommer quand il les sentait poindre dans ses entrailles. Celle de ce matin, d'origine inconnue, remettait en question le moindre de ses gestes. Elle s'accompagnait de dérèglements qu'il était bien le seul, cette fois, à ne pas reconnaître : bouche pâteuse, étau dans le crâne, lassitude générale. Il les identifia par recoupement : la gueule de bois. Nicolas manquait de force intérieure pour survivre à tant de tristesse ; la première cuite de sa vie serait la dernière. Depuis toujours, il n'avait besoin de rien pour rejoindre les zones d'ombre où l'invitait son pessimisme naturel, et si, chaque matin, le retour à la vie était une mauvaise nouvelle qu'il finissait par accepter, la gueule de bois en faisait une condamnation sans aucune chance de recours en grâce.

Les deux aspirines prises dès le lever ne se décidaient pas à faire effet, il allait devoir subir. Sur le chemin du bureau, il ferma un instant les yeux pour localiser le point névralgique de cette migraine qui l'empêchait d'être lui-même depuis le réveil. Il identifia une zone située entre le lobe gauche et le sinciput, peut-être le siège même de la culpabilité, là d'où partaient toutes les décisions morales, donc toutes les punitions. Comment savoir s'il s'agissait vraiment d'une punition ? Avait-il trop

43

demandé à un corps mal préparé à tant de corrosion liquide ? Les médecins lui répondraient qu'il ne faut pas boire plus de vodka en une seule soirée qu'on en a bu dans toute une vie, mais ils diraient aussi que nous ne sommes pas tous égaux devant le vice. Certains ne vivent que pour ça, d'autres meurent de n'en avoir connu aucun. Nicolas ne savait toujours pas de quel bois il était fait.

À l'heure habituelle où ses neurones entraient en fibrillation à l'idée d'un café, il aurait donné n'importe quoi pour un peu d'eau pétillante. De l'eau, du froid et du gaz. Intuitivement, il voyait dans la combinaison de ces trois éléments le seul moyen de lutter contre cette insupportable chimie du remords. En entrant dans l'atrium du Groupe Parena, il s'arrêta un instant à la cafétéria pour acheter une boîte de Perrier glacée et prit l'ascenseur. Les yeux mi-clos, il salua Muriel, la standardiste du cinquième étage, et alla se réfugier dans son bureau. Il but sa canette d'un seul trait et poussa un râle de bête ; la fraîcheur de l'eau chassa la pénible impression d'avoir la langue gonflée et collée au palais. Loin d'être tiré d'affaire, il ouvrit une lettre ou deux, feuilleta une des revues auxquelles son service était abonné, reprit en main le dossier *Vila* qu'il n'arrivait pas à faire aboutir depuis trois jours, le referma aussi sec. Rien ne pouvait le détourner d'une douleur morose qui le rendait encore plus pessimiste sur l'avenir du monde et le sien en particulier. Il croisa les bras sur son bureau, y posa la tête, ferma les yeux, et se revit, la veille, le énième verre brandi, prêt à mettre la nuit à feu et à sang ; cette image lui parut si incroyable, si débordante, qu'il crut ne jamais pouvoir la ranger dans ses propres souvenirs.

*

En ce jour pitoyable, le plateau sur les rails du self, il se surprit à répondre « Je ne sais pas » à la question « Poulet basquaise ou hachis ? » Sans y parvenir, il essaya de donner le change auprès de ses camarades de table, personne ne chercha à en savoir plus, et tous évoquèrent, un par un, ce qu'ils avaient vu, la veille, à la télévision. Puis ils passèrent à la cafétéria où Gredzinski prit le double express de la dernière chance avant de remonter dans son bureau.

Le chantier qu'il voyait de sa fenêtre — le secteur Téléphonie du Groupe — avançait à une vitesse folle. La Parena se consolidait de mois en mois, gagnait du terrain et chassait dans tous les secteurs avec une férocité qu'on citait en exemple dans les écoles de commerce. Nicolas passait la moitié de sa vie au 7, allée des Muraux, à Boulogne, une adresse désuète qui cachait un empire sur les bords de Seine. Trois bâtiments : un ovale qui abritait le secteur Environnement et la direction générale, un autre l'Électronique, et le troisième, plus modeste, la Communication, dont Nicolas dépendait. On trouvait, sur l'esplanade arborée, au centre des trois blocs de verre, un café, le Nemrod, une supérette et une maison de la presse. Une gigantesque passerelle surplombait les boulevards extérieurs et reliait la majorité du personnel au R.E.R. Distribution des Eaux, Publicité, Câble, Satellite, Énergie, Informatique, et désormais Téléphonie, le siège parisien du Groupe comptait 3 200 employés, dont un petit homme déprimé qui n'avait pas mérité ça. Magda entra dans son bureau pour lui demander ses dates de vacances. Pris au dépourvu, Nicolas répondit qu'il devait attendre le retour de son chef de service. Comme chaque année, ses vacances dépendaient de celles de Bardane qui aimait se décider en dernière minute : un privilège de directeur de clientèle.

— Tu peux pas l'appeler ?

— Si je le dérange pour une histoire de vacances, il va me prendre pour un dingue. Il est chez un client, à Avignon.

Plus précisément à Gordes, dans la magnifique maison de campagne d'un ami : inauguration de la piscine. Bardane s'était absenté du jour au lendemain sans laisser à son assistant le quart des informations requises sur le dossier Vila. Simple oubli ou rétention, Nicolas n'essayait plus de comprendre. Depuis trois ans, il jouait son rôle d'interface entre Bardane et l'équipe de graphistes, relisait les contrats, contrôlait les maquettes, supervisait les projets, présentait les devis, et ainsi de suite.

— Repasse demain matin, Magda, il sera rentré. Il a réunion de direction à 16 heures.

— Tu comptes aller où, cet été ?

— Si j'ai deux semaines en août, je crois que je vais accepter l'invitation d'un couple d'amis qui loue une maison dans les Pyrénées.

— Comme l'année dernière ?

Magda avait bonne mémoire, il le lui fit remarquer. Dès qu'elle fut sortie, Gredzinski ferma les yeux très fort pour tenter de discerner les petits monstres qui lui voletaient dans la tête depuis le matin. De minuscules choses imprécises mais bien réelles, bruissantes et bien décidées à s'accrocher. La sonnerie du téléphone le réveilla.

— Monsieur Gredzinski ? M. Jacques Barataud demande à vous parler.

— Jacques quoi… ?

— Barataud. C'est personnel.

— Merci, Muriel, passez-le-moi.

Nicolas reconnut Jacot et s'en voulut de s'être laissé surprendre. Comment avait-il pu oublier qu'il s'appelait Jacques Barataud ?

— Comment ça va, Gred ?

La question était bienveillante et la réponse impossible. Comment parler d'un mal de crâne à un homme atteint du cancer ? Jacot n'avait rien de spécial à raconter, il appelait uniquement pour parler de *ça*.

Quelques mois plus tôt, l'autorité naturelle de Maître Jacques Barataud, avocat au barreau de Paris, rassurait ses clients et déstabilisait ses adversaires. Il avait tiré Nicolas des griffes de la justice lors d'un procès en responsabilité civile qui le mettait en cause injustement. La scène s'était déroulée comme un gag de cinéma, mais personne n'avait ri. Nicolas, à vélo sur un chemin de terre, débouche sur une petite route en prenant toutes les précautions nécessaires. Une voiture arrive à grande vitesse, le double et, par excès de prudence, fait une légère embardée qui effraie une famille de cyclistes cheminant en sens inverse ; le fils aîné freine d'un coup sec, son petit frère vient le percuter et tombe, la tête la première, dans le fossé. La voiture est loin quand les parents, paniqués, ont déjà intercepté Nicolas, téléphoné à la gendarmerie, à leur assurance, et à leur avocat. Tout ce beau monde remonte la chaîne de la culpabilité et, faute de mieux, les regards se tournent vers Nicolas Gredzinski en personne.

Ce fut le début d'une période kafkaïenne dont ses nerfs fragiles se seraient bien passé. L'enfant avait une grosse bosse, mais les parents avaient dramatisé l'événement jusqu'à réclamer des dommages et intérêts exorbitants. Bouc émissaire de toute l'affaire, Nicolas fut pris dans un engrenage, personne ne songea à remettre en question sa «faute grave», et il vit s'entrouvrir les portes de l'enfer, en l'occurrence celles de la prison. Il ne connaissait pas d'avocat et s'était souvenu d'un copain de lycée qu'il avait revu, par hasard, bien des années plus tard : maître Barataud. Il fut assigné devant le tribunal de grande instance, le procès eut lieu un an plus tard, et maître Barataud réussit à incriminer l'automobiliste et la réaction disproportionnée du grand frère qui avait fait chuter le petit. Pour Nicolas, le cauchemar se terminait. Cette année-là, son angoisse avait gagné un peu plus de terrain chaque jour, au point d'être prioritaire sur tout le reste, sur la vie même ; une dépression qui n'osait pas dire son nom. Maître Barataud, devenu Jacot, avait su être présent aux bons moments, sa parole avait le pouvoir de calmer une machine d'anxiété qui pouvait s'emballer à chaque instant, surtout la nuit.

— Jacot ? Je te réveille ? Je sais qu'il est tard mais... Tu crois que je vais aller en prison ?

— ... Non, Nicolas. Tu n'iras pas en prison.

— Je sens dans ta voix comme une volonté de me rassurer, mais tu n'en crois pas un mot.

— J'ai la voix d'un type qui se réveille à 3 heures du matin.

— Je vais y aller ou pas?

— Non. C'est impossible, pas dans un cas comme celui-là.

— Et si le juge est un type dont le fils a été victime d'un accident de la route? Il voudra se venger sur moi.

— …?

— Tu ne parles plus, là… Tu n'avais pas prévu un cas pareil.

— Non, je n'avais pas prévu un cas pareil. Mais ça ne changerait rien. Tu n'iras pas en prison. Même si tu écopais du maximum prévu, tu n'irais pas. Tu me fais confiance?

— … Oui.

— Je dois raccrocher, je plaide demain.

— Jacot! Une dernière question : quelle est la différence entre «Centrale» et «Maison d'arrêt»?

Aujourd'hui, Nicolas avait beau se sentir redevable, il était terrorisé à l'idée de parler de *ça*. Il ne savait ni rassurer par la parole ni écouter intelligemment. On sentait la gêne sous ses silences, parfois la panique.

— J'ai eu des résultats hier. Les leucocytes ça va, l'hémoglobine ça va, c'est les plaquettes.

— … Oui?

— Elles baissent depuis le début de la cure, il y a risque d'hémorragie, ils vont me faire une transfusion.

— …

— Je devais partir un jour ou deux à la campagne pour me remettre des chimios, mais je crois que je vais rester. Tu es là, ce week-end?

— Je ne sais pas encore.

— Si tu es libre, on se prend un café?

— Je te fais signe.

La gueule de bois n'en finissait plus et cette bouffée de lâcheté en fin de journée n'arrangeait rien. Au lieu de profiter de cette chaude soirée de juin, Gredzinski quitta son bureau avec la ferme intention de se coucher avant la tombée de la nuit. Une fois dehors, il respira un grand coup pour chasser les miasmes

48

de l'air conditionné et se dirigea vers la passerelle, à gauche de l'esplanade. À la terrasse du Nemrod, José, Régine, Arnaud, Cendrine et Marcheschi lui proposèrent de se joindre à leur apéritif. Ce verre quotidien était devenu un rite de décompression, le café proposait des *happy hours* — deux verres pour le prix d'un entre 18 et 20 heures — et les membres de ce petit club ultra-fermé, dont Nicolas faisait partie, ne cherchaient plus à recruter, comme si le bon équilibre avait été trouvé.

— Tu as bien cinq minutes, non ?

Nicolas se sentit en devoir de résister et se pencha à l'oreille de José.

— J'ai un peu bu hier et j'en ai bavé toute la journée. Je vais rentrer.

— Surtout pas ! Il faut traiter le mal par le mal ! Assieds-toi.

Nicolas Gredzinski n'avait jamais appris à dire non, c'était un des nombreux effets pervers de son anxiété.

— Qu'est-ce que tu as bu, hier ?

… Qu'avait-il bu, hier, pour le mettre dans un tel état ?

— Je crois que c'était de la vodka.

José se tourna vers le serveur et commanda une vodka glacée pour réconcilier remèdes de bonne femme et ivrognerie universelle. Les autres regardaient passer le rush des employés du Groupe, et certaines têtes leur inspiraient d'impitoyables quolibets. À ce jeu-là, Nicolas n'était pas le meilleur. Il avait, comme tout le monde, sa dose de malveillance, mais sa timidité naturelle, a fortiori devant Régine et Cendrine, l'empêchait de trouver l'adjectif qui tue. Jean-Claude Marcheschi, en revanche, ne manquait pas de repartie, c'était presque son métier. Grand ponte du secteur Fusions & Acquisitions du Groupe Parena — plus précisément *Managing Director of the Merger and Acquisition Department* — il jonglait avec les marchés financiers, achetait et vendait tous types de sociétés de par le monde. Le Groupe lui devait une belle contribution au chiffre d'affaires, et donc une partie non négligeable du salaire des gens présents à la table. Pendant que le serveur posait devant Nicolas un petit verre glacé, tous écoutaient Marcheschi égratigner le directeur financier des trois chaînes câblées que possédait le Groupe. En souriant à ses bons mots, Nicolas but les premières gouttes de ce liquide incolore et inodore, apparemment sans âme, porteur de lendemains qui déchantent. Fallait-il que la bouche ne soit qu'une plaie ouverte pour la soigner à l'alcool.

— Magda est passée vous voir pour vos dates de vacances? demanda Régine à la cantonade.

— Première quinzaine de juillet au cap d'Agde, dit José, seconde quinzaine de septembre à Paris, pour finir mes travaux.

Dès la première gorgée, Nicolas reçut un uppercut dans la poitrine, ferma un instant les yeux et bloqua sa respiration en attendant la brûlure.

— Moi, je pars à Quiberon avec ma famille, dit Arnaud, ça repose, j'en ai besoin.

Et cette brûlure contenait en elle l'imminence d'un plaisir, celui de la délivrance. Un feu purificateur emportait tout sur son passage : sa journée perdue, sa mauvaise conscience, ses vains remords, ses pensées sinistres. Tout.

— Si j'ai assez d'argent, je pars avec mon chéri en Guadeloupe, dit Régine.

L'incendie se calma vite pour ne laisser qu'une flammèche allumée quelque part à l'intérieur. Tout irait mieux, maintenant. Il le sentait dans tout son corps. Sans même s'en rendre compte, il poussa un soupir de sérénité, comme si le cœur atteignait enfin son point d'inertie et d'équilibre. De paix.

— Moi, c'est la mer, dit Cendrine, n'importe laquelle, sinon j'ai l'impression de n'avoir pas pris de vacances.

Le goût commençait seulement à apparaître, subtil. Le poivre, les épices, le sel et la terre. Le pouvoir brut.

— J'hésite, dit Marcheschi, on m'a proposé la descente des gorges du Verdon en rafting, mais je peux aussi passer à Séville voir quelques corridas.

Ainsi donc, on trouvait en ce bas monde un liquide capable de déclencher un incendie dans un dé à coudre et de le délivrer du fardeau qu'il portait depuis toujours. Il vida son verre en cherchant une dernière piqûre de bonheur sur la langue.

— Et toi, Nicolas, tu retournes chez tes copains dans les Pyrénées ?

Il ne se donna même pas le temps de réfléchir, sa vie venait de prendre un coup d'accélérateur, les horizons s'ouvraient, il se sentait la force de les affronter tous.

— Je pars dans les îles Trobriand jouer au cricket avec les Papous.

Ça lui était venu d'un trait comme la réponse la plus exaltante, donc la plus sincère.

— Vous n'avez jamais entendu parler des îles Trobriand, au large de la Nouvelle-Guinée ? En pleine Papouasie ? C'est une ancienne colonie anglaise du début du siècle. Les colonisateurs n'ont laissé aucune trace de leur passage, sauf le cricket, que les natifs ont transformé en rite folklorique.

— … Le cricket ?

— Leur cricket n'a plus rien à voir avec le jeu anglais, les équipes sont en général deux tribus voisines qui s'affrontent, le nombre de joueurs peut aller jusqu'à soixante au lieu de onze. Ils portent des tenues et des maquillages de guerre, les battes sont protégées par des rituels de magie, les balles sont en bois poli à la défense de sanglier. Après chaque point, l'équipe qui vient de marquer chante et danse : « Mes mains sont magnétiques ! La balle colle ferme ! » Quant à l'arbitre, il appartient à l'une des deux équipes, il peut lui-même jouer et jeter des sorts.

Nicolas s'amusait de la soudaine immobilité autour de la table. Sans vraiment l'avoir cherché, il se retrouvait au centre d'une conversation qui n'en était plus une. Son corps entier se détendait après tant de lutte inutile contre une journée maudite. Il ressentait ce début de soirée comme une aube.

— Tu y es déjà allé ?

— Non, justement.

José lui demanda s'il s'agissait d'un vieux rêve, d'une lubie ou d'une décision prise depuis longtemps.

— Les trois. Pour 15 000 francs, c'est donné. Un vol Paris-Sydney, puis Sydney-Port Moresby, capitale de la Papouasie, puis un petit coucou jusqu'à Kiriwina, l'île principale des Trobriand. Plages de rêve et forêt vierge. Deux villages pratiquent le cricket, on loge chez l'habitant. Il ne faut pas avoir besoin de téléphoner pour un oui ou pour un non, à part ça, c'est le bonheur.

On lui demanda encore d'où lui venait cette idée bizarre, s'il avait l'habitude des grands voyages, s'il comptait y aller seul, et toutes ces questions firent de lui un aventurier. Nicolas Gredzinski en était l'exact contraire. Il n'aurait pas su placer Nairobi sur une carte ni enduré un trekking au Népal, il n'avait aucune envie de boire du thé dans une datcha ukrainienne, il se serait ennuyé dans le musée d'art moderne de Chicago, au carnaval de Rio, aux fêtes religieuses de Kyoto. Chez son kiné, le *National Geographic* le passionnait bien moins que *Paris-Match*. Mais quand le *National Geographic* était le seul journal disponible, il pouvait lire un article sur les mœurs d'une peuplade indigène et en retenir jusqu'aux détails les plus pittoresques. L'idée d'aller voir des Papous jouer au cricket lui semblait irrésistible. Il chercha, sans la trouver, une seule vraie raison qui l'empêcherait d'aller visiter, avant qu'il ne soit trop tard, les îles Trobriand.

*

Attablé, seul, à une terrasse de la montagne Sainte-Geneviève, il étudiait le verre de Wyborowa posé devant lui. Le soir tombait doucement, l'air était doux, toute la fatigue de la journée s'était estompée. Il n'avait plus envie de rentrer et cherchait juste à retenir le moment présent, à le sentir entre ses doigts avant de le laisser filer. Un éclat de sérénité, un instant volé à lui-même. En prenant une gorgée de vodka, il rendit hommage à tous ceux qui avaient contribué à faire couler ce nectar dans sa gorge. Dieu y avait sans doute la plus grande part ; en créant l'homme, il avait créé l'ivresse. Ou bien l'homme l'avait créée tout seul, ce qui amusait encore plus Nicolas. Un beau jour, un homme avait distillé des grains d'orge dans un alambic et des milliers d'autres hommes s'étaient mis à rêver. Nicolas n'oubliait pas le camionneur qui avait fait le voyage de Varsovie jusque dans cette ruelle du Ve arrondissement de Paris, ni le serveur qui avait pris soin d'entreposer la bouteille dans un freezer pour en tirer le meilleur. Ce troisième verre lui procura une nouvelle sensation de quiétude, la vraie. Au Nemrod, il n'en avait ressenti que la douce promesse. Il but cette vodka avec l'étonnante lenteur du recueillement. Il avait tout le temps du monde, ce soir. Et le monde pouvait bien s'écrouler, ça ne lui faisait plus peur.

Quiétude.

Hier encore, le mot lui était interdit. Il osait à peine le formuler de peur de mettre ses démons en colère. La quiétude des philosophes antiques, celle d'avant le big bang, celle que l'on goûte les yeux fermés. Pourquoi la vie ne ressemblait-elle pas à ça tout le temps ? Si une seule réponse en valait la peine, Nicolas voulait la connaître.

Le souvenir de la veille lui revint en bloc. Comment s'appelait ce fou ? Brun ? Blin ? Sa barbe épaisse et ses yeux de furet. Ce matin, il avait dû se réveiller dans un tunnel, honteux lui aussi de toutes les bêtises proférées dans la nuit. Ils devaient être aussi soûls l'un que l'autre pour imaginer ce pari ridicule. Dans l'état où ils étaient, ils auraient pu tout aussi bien escalader l'Arc de triomphe ou chanter sous les fenêtres d'une ex aujourd'hui mariée. Au lieu de ça, ils avaient rêvé de devenir quelqu'un d'autre.

Où seraient-ils, d'ici trois longues années ?

Malgré toute l'absurdité de ce pari, Nicolas ne pouvait plus faire comme s'il n'avait jamais été lancé. Il lui fallait l'annuler avant qu'il ne soit trop tard.

*

— Il est passé il y a une heure.

— Pour jouer ?

— Même pas, c'est ce que j'ai trouvé bizarre.

Tout en répondant aux questions de Nicolas, le gardien des tennis arrosait et lissait un court piétiné par quatre types qui commentaient leur match autour du distributeur de boissons. La nuit était enfin tombée, le vent venait tout rafraîchir, un double mixte terminait un set avant de se retrouver dans le noir absolu.

Et Blin avait disparu.

— Qu'est-ce que vous avez trouvé bizarre ?

— Il m'a demandé de résilier son abonnement au club.

— Pardon ?

— Il a prononcé le mot « résilier ». Il venait juste de s'inscrire. D'habitude les gens ne reviennent pas et ça s'arrête là. Lui, il voulait que je lui rende le formulaire.

— Et vous avez résilié son abonnement ?

— C'était la première fois que je faisais ça, j'ai même dû téléphoner au gérant.

— Vous devez bien avoir un moyen de le contacter, ou ses coordonnées sur un ordinateur ?

— Son dossier n'a pas eu le temps de passer en machine, mais même si je les avais, je ne vous les donnerais pas.

Nicolas le pria de l'excuser et de prévenir Thierry Blin au cas où il réapparaîtrait. Il savait déjà que c'était peine perdue. Blin ne réapparaîtrait plus.

De retour vers le centre, il demanda au taxi de le déposer rue Fontaine. Il aimait la vodka depuis moins de vingt-quatre heures mais elle lui était déjà si familière qu'il avait besoin de la retrouver en tête à tête pour faire le point sur cette disparition. Il chercha un lieu d'accueil et se sentit attiré par le Lynn, un bar de facture classique, tout de cuir noir et rouge, des serveurs en livrée blanche, un comptoir en bois encore plus imposant que celui de la veille.

On dit que seul un fou sait en reconnaître un autre. Nicolas ne cherchait même plus à savoir s'il avait lu dans la folie de Blin ou si Blin avait lu dans la sienne. Une chose était sûre, Blin avait pris au sérieux le moindre mot prononcé hier soir, comme si le projet avait traîné déjà longtemps dans son esprit, et que cette rencontre avec Nicolas lui permettait de le concrétiser enfin.

Il commanda un verre et le but cul sec. Du haut de son territoire de sérénité, il se laissa glisser vers celui de l'euphorie. Il leva son verre bien haut pour s'adresser à Blin comme à un ami défunt.

Nous ne nous reverrons sans doute jamais, Blin, mais si vous m'entendez, où que vous soyez, dites-vous bien que les propos avinés d'hier méritaient juste de se perdre dans les brumes du sommeil. Personne ne devient quelqu'un d'autre. Ne prenez rien de tout cela au sérieux, vous risquez de vous perdre dans des contrées dont il est impossible de revenir. Croire à ce pari, essayer de le gagner serait pure folie et déclencherait à coup sûr des phénomènes étranges, irréversibles. Y penser, c'est déjà aller trop loin. Il ne faut pas réveiller les démons intérieurs ni les ridiculiser en leur trouvant des remplaçants. Les nôtres sont déjà en poste, ils tiennent nos âmes comme des places fortes, ils veillent ! Et nous aurions le toupet de les mettre à la porte ? Ils ne nous le pardonneraient pas. On ne peut rien changer à ce qu'on est, tout est écrit, ancré, gravé, et nul ne peut effacer ça. Notre esprit n'est pas un repentir, une page que l'on réécrit chaque jour. Notre cœur ne battra plus jamais que comme notre cœur, il ne cherchera plus de nouveaux rythmes, il a trouvé sa mélodie depuis longtemps. À quoi bon la changer, il faut des années pour s'en composer une.

Il eut tout à coup envie d'une cigarette et demanda un paquet au serveur.

— Nous n'en vendons pas.

— Vous n'en auriez pas une à m'offrir ?

— J'ai arrêté.

— Moi aussi, mais…

— Je vais demander.

Nicolas remarqua le paquet de Dunhill bleu d'une cliente,

assise, tout près de lui, au bar. Quitte à bazarder ses bonnes résolutions, autant choisir une vraie cigarette, forte et goûteuse, comme celles qu'il fumait il y a encore cinq ans. Le serveur lui tendit une Craven sans filtre, il la porta à ses lèvres, conscient du risque qu'il prenait ; s'il la fumait, des milliers suivraient peut-être, toutes moins bonnes. Les matins d'angoisse, certaines auraient même le goût de la mort. Il repéra un Zippo près du verre de sa voisine — la première femme qu'il voyait utiliser un briquet à essence — et le lui emprunta. Avant d'allumer sa cigarette, il hésita encore, le temps de prendre une autre vodka.

Et s'il n'était pas aussi prévisible, après tout ? Et si, après cette cigarette, il n'en fumait que deux ou trois, juste pour profiter de l'ivresse du moment ? Et s'il avait, lui, Gredzinski, la force de triompher là où tous les autres échouaient ? Déjouer un scénario écrit longtemps à l'avance, renvoyer dos à dos les fumeurs invétérés et les repentis de la tabagie. Il fit jaillir la flamme, alluma enfin sa Craven, suspendit cette seconde-là, le poitrail gonflé, puis laissa échapper un soupir de fumée.

L'avenir dirait la suite.

Il était minuit et demi, l'endroit était clair et frais, la ventilation avalait le peu de fumée que ses lèvres rejetaient, son verre ne laissait aucune auréole sur le comptoir en bois, demain il n'avait pas de rendez-vous avant 10 heures, plus rien ne pouvait l'empêcher de prendre un dernier verre. À chaque nouvelle bouffée de cigarette, les très légers effluves d'un parfum de luxe lui effleuraient les narines ; il s'étonna un instant de ce curieux phénomène et flaira discrètement ses doigts qui auraient dû puer l'essence. Sans demander la permission à sa voisine, il saisit à nouveau le briquet et le renifla sous tous les angles.

— Ne me dites pas qu'au lieu de le recharger à l'essence, vous le rechargez avec du parfum !

— Miss Dior. Sinon c'est une infection, dit-elle. Ça brûle aussi bien, et en plus, ça fait une jolie flamme bleue.

Ses yeux aussi étaient bleus, il suffisait d'avoir la curiosité de les regarder, ce qu'il fit, enfin. On ne voyait même que ça et pourtant, elle en jouait peu. Nicolas aurait aimé voir ce visage à la lumière du jour, quelque chose lui disait que ce regard d'acier venait contredire la chaude harmonie de sa peau mate et de ses cheveux châtains. En temps normal, il aurait déjà bafouillé une banalité et détourné le regard, timide, pris au dépourvu, incapable de répondre au charme innocent de cette drôle de fille. Mais ce soir, la cigarette au coin du bec, l'âme en paix, il la regardait en face, sans chercher à meubler le silence avec des phrases toutes faites, et laissait l'instant s'écouler sans avoir besoin d'un temps d'avance sur lui.

— Vous pensez que ça marcherait avec de la vodka ? demanda-t-il.

Elle sourit. Curieux de ce qu'elle buvait, il se pencha vers son verre.

— C'est quoi ?

— Du vin.

— … Du vin ? répéta-t-il, surpris.

— Vous savez, ce liquide rouge et âcre qui modifie les comportements.

— Je ne pensais pas qu'on en trouvait dans les bars. Pour tout vous dire, je suis un débutant.

— Qu'est-ce que vous voulez dire ?

— Je ne bois que depuis hier.

— … Vous me charriez, là ?

— Ma première cuite date de la nuit dernière !

Malgré un irrésistible accent de vérité, elle refusa d'y croire.

— Je vous jure que c'est vrai. Ce matin, j'ai même fait connaissance avec la gueule de bois.

— Ça donnait quoi ?

— J'avais envie de quelque chose de gazeux.

— Et alors ?

— J'ai bu du Perrier.

— Efficace ?

— Je n'ai pas émergé de la journée.

— Je ne devrais pas dire ça à un novice, mais l'idéal c'est la bière. C'est triste à dire mais ça marche.

— ... ?

— Quelle chance vous avez de commencer si tard ! Vous avez un foie de bébé, un estomac à toute épreuve, un système cardio-vasculaire qui ne vous lâchera pas avant longtemps. Si j'étais vous, je ferais un tour du monde des tord-boyaux, ils produisent tous des effets différents et ne vous mènent pas forcément où vous voulez. Je vous sens une âme d'aventurier.

— Votre destination préférée ?

— Je ne bois que du vin. Peu mais rien que du bon. Ici, ils ont une excellente cave, c'est rare dans les bars de nuit.

— Je m'appelle Nicolas Gredzinski.

— Loraine.

Elle portait un fin pull gris, une longue jupe noire qui lui arrivait aux chevilles, des bracelets en pagaille à son poignet droit, des bottines en cuir et toile noires. Ses pommettes saillantes et ses cernes naturels ne trahissaient aucune usure mais donnaient de l'élégance à tout le visage. Sa peau légèrement aurifiée avait des reflets plus mats sur les joues et le front. Une peau de Latine sur des traits slaves. Un visage unique que Nicolas venait de fixer pour toujours dans sa rétine.

— Vous faites quoi, dans la vie ? demanda-t-il.

Et tout s'arrêta net.

Ce moment de grâce inattendu prit fin à cette seconde précise.

Elle demanda combien elle devait, sortit un billet, rangea cigarettes et briquet dans son sac.

— Je ne réponds jamais à aucune question d'ordre privé.

Nicolas, pris de court, ne sut quoi faire pour revenir en arrière, sinon proposer un autre verre qu'elle refusa d'un geste sec. Elle ramassa sa monnaie et quitta le bar sans se retourner.

Avant de rentrer se coucher, Nicolas but une dernière vodka pour vérifier si elle savait aussi bien faire oublier les défaites que fêter les victoires.

THIERRY BLIN

Il hésita un long moment entre *Décès* et *Inventaire*. Par super-stition, il évita le premier sans se résoudre au second et grif-fonna au marqueur *Fermeture exceptionnelle* sur un bout de car-ton. En le scotchant sur la porte vitrée de sa boutique, il se demanda combien de temps il avait le droit de faire traîner l'ex-ceptionnel avant que des clients inquiets ne préviennent la police.

— Nous l'aimions beaucoup, monsieur le commissaire. Je me suis méfiée dès le premier jour où j'ai vu son écriteau, M. Blin n'avait jamais fermé auparavant.

Il imaginait bien Mme Combes jouer ce petit sketch en espé-rant trouver un corps en décomposition derrière une feuille de Plexi. Héroïne tardive, fière de ses intuitions, peut-être l'occa-sion rêvée, dans son œuvre peint, de passer de l'autoportrait à la nature morte. Blin ne lui ferait pas ce plaisir, il n'avait besoin que d'une journée pour faire ses recherches et serait rentré avant la soirée. Il ne choisit pas l'itinéraire le plus court pour le centre-ville mais le seul où l'on pouvait apercevoir le ciel, et la Seine qui courait. *Fermeture exceptionnelle*. L'exceptionnel, c'était cette curieuse sensation de liberté en accrochant l'écriteau. Il venait d'accomplir un acte révolutionnaire, de bousculer l'ordre établi. Si anodin soit-il, ce *fermeture exceptionnelle* était une onde brouillée dans la transparence d'une vie entière, un secret qu'il ne pouvait déjà plus partager, un mensonge public ; il s'en fallait d'un rien pour en faire un point de non-retour.

Il entra dans les locaux d'un quotidien et se laissa diriger jusqu'au service documentation. On le fit patienter près du distributeur de boissons chaudes, entre un canapé râpeux et un cendrier plein. Intrigué, il scruta le va-et-vient de ceux qu'il prenait tous pour des journalistes. Thierry ne pouvait concevoir l'idée même de travail que comme un exercice de solitude. Si les dieux et les diables lui donnaient la force de construire celui qu'il voulait être, ce serait à coup sûr l'homme le plus seul au monde. Au chaud dans son ermitage, barricadé dans un isolement de forcené, porté par la ferveur de ceux qui pensent que le dehors n'est qu'une illusion. Celui-là vivra incognito parmi ses contemporains, en priant que le subterfuge tienne le plus longtemps possible.

— Je voudrais consulter tous les articles parus dans votre journal sur les détectives privés.

Il prononça *détectives privés* comme si les mots eux-mêmes étaient fauteurs de trouble et annonciateurs de chaos ; ils entraient en résonance avec *fermeture exceptionnelle*, Blin les sentait compromettants, délicieusement dangereux. Sans être dupe de sa paranoïa, il la voyait comme le signe de sa détermination et la promesse de prendre au sérieux l'aventure qu'il s'était promis de vivre.

Un café à la main, la documentaliste était à mille lieues d'imaginer tant d'atermoiements ; elle pianota sur un clavier et imprima tous les textes où apparaissaient les mots « détective privé » parus depuis les douze dernières années. Moins d'une heure plus tard, Thierry Blin était installé à une table de la bibliothèque de Beaubourg, entouré de paperasses, un surligneur en main. Il trouva sur place un ouvrage cité dans un des articles — un historique de la profession assez fastidieux qu'il parcourut en vingt minutes — dont la bibliographie exhaustive lui donna d'autres pistes. En début d'après-midi, il en savait déjà bien plus et trouvait même assez piquante cette recherche de renseignements sur les chercheurs de renseignements. Une étudiante vint à son secours, amusée par son côté pataud devant l'écran où défilait une myriade de sites Internet en rapport plus ou moins direct avec le sujet. Son enquête allait plus vite que prévu, il réunissait déjà une documentation impressionnante, le mode d'emploi pour la compléter, les renvois à d'autres articles, plus de références qu'il n'en fallait. Dans une librairie, il commanda *L'Agent privé de recherches aujourd'hui*, considéré comme le plus fiable sur la profession, ses mythes, ses réalités, sa législation. Il eut le temps de retourner au Cadre bleu pour mettre son dossier à l'abri et déchirer le panneau *Fermeture exceptionnelle*, certain que personne ne s'était aperçu de son absence.

*

La clinique se trouvait aux confins d'une banlieue perdue, entre une cité vieillotte et un terrain de football à moitié pelé. À la nuit tombée, il gara sa voiture dans une ruelle qui longeait le bâtiment, et pénétra dans le hall à l'instant où les néons s'allumaient.

— J'ai rendez-vous avec le professeur Kœnig.

— Vous êtes monsieur ?

— Paul Vermeiren.

Ça y est, il l'avait dit. En prenant rendez-vous, il avait réussi à lâcher le nom au téléphone, mais l'épreuve frontale était bien plus délicate.

— Vous patientez un moment, monsieur Vermeiren ?

Thierry se retrouva seul dans la salle d'attente, troublé. Entendre prononcer ce nom lui avait fait battre le cœur comme s'il avait dû passer une frontière avec des cataclysmes plein sa valise. Paul Vermeiren était né aujourd'hui, 28 juillet à 19 h 30, la standardiste d'une clinique de banlieue l'avait mis au monde sans le savoir ; désormais ce serait sa date de naissance. Blin ne pouvait plus faire machine arrière. Il allait jouer l'apprenti sorcier avec lui-même, sans faire de tort à quiconque, et qu'importe si la loi le lui interdisait.

Le professeur Kœnig le fit entrer dans son cabinet, un simple bureau et une table d'auscultation.

— C'est la première fois qu'on se voit, monsieur Vermeiren, dit-il, le regard inexpressif au possible. De quoi s'agit-il ?

J'ai quarante ans et je veux prouver qu'il y a une vie après la vie.

— J'aimerais changer de tête.

Cillement imperceptible du médecin qui réfléchit un instant.

— Expliquez-moi un peu ça.

— Pas facile à dire… J'ai de plus en plus de mal à supporter ce visage. Je veux en changer, il paraît que c'est possible.

— On peut gommer des petits défauts, des détails qui virent à l'obsession, mais vous me parlez de quelque chose de plus radical.

— Ne me dites pas que je suis le premier à vous demander ça.

— Comment m'avez-vous trouvé ?

— Dans l'annuaire.

— … Dans l'annuaire ?

Le regard du médecin perdit son étrange immobilité, et pas dans le sens que Thierry aurait souhaité.

— Vous pourriez confier votre visage à un praticien recruté dans un annuaire ?

— …

Kœnig se leva de son fauteuil et, d'un geste de la main, fit signe à Blin de le suivre jusqu'à la porte.

— Monsieur Vermeiren, je ne veux pas connaître vos raisons. Sachez seulement qu'en France il n'y a que trois cents chirurgiens plastiques habilités à faire ce genre d'opération, mais que deux mille cinq cents les pratiquent. Parmi ceux-là, vous trouverez sûrement quelqu'un.

Il referma la porte d'un geste ferme. Mal à l'aise sur ses jambes, comme si la fine odeur ambiante de l'éther l'avait anesthésié, Thierry retourna vers sa voiture. Sans savoir si Blin s'en serait mieux tiré, il était sûr d'une chose : pour sa première sortie dans le monde, Paul Vermeiren avait été lamentable.

*

Malgré les régulières menaces du législateur de statuer une bonne fois pour toutes sur la question, n'importe qui pouvait s'improviser détective privé, sans diplôme ni formation, ouvrir une agence et exercer sans la moindre contrainte, sinon avoir un casier judiciaire vierge et être déclaré à la préfecture de police. En clair, il suffisait qu'à la boutique, Blin remplaçât le mot *encadreur* par *agent de recherches*, et le tour était joué. La plupart des informations glanées dans sa revue de presse se recoupaient, il connaissait désormais les grandes lignes de la profession, son histoire, son ordinaire, sa clientèle, ses tarifs, même ses dérives.

— C'est quoi, toutes ces photocopies ?

Nadine, venue le chercher à l'improviste au Cadre bleu, le surprit dans l'arrière-boutique au milieu de sa paperasse étalée à terre. Huit jours qu'il dépouillait, surlignait, classait, découpait, cochait, et brûlait tout ce dont il n'avait plus besoin. Huit jours passés à la découverte d'un autre monde, au détriment du sien et de son travail. Dans un tiroir, il prit soin de ranger son *Guide Marabout de l'Agent de recherches* pour le soustraire au regard de Nadine, un ouvrage qui avait le mérite de débarrasser le métier de pas mal de poncifs et d'en décrire les réalités quotidiennes. Ce matin même, il avait lu l'interview d'un privé qui parlait de son job avec beaucoup de sobriété et de précision, un ton qui inspirait confiance et coupait court à pas mal d'idées toutes faites.

— J'ai demandé de la doc sur ce type qui a inventé le Cassandre et le Carabin.

— Le quoi ?

Nadine était déjà passée à autre chose et se promenait dans

l'atelier en espérant trouver un petit quelque chose à se mettre sous les yeux.

— C'est un gars que j'ai connu quand je bossais au musée, il vient d'inventer deux cadres qu'on peut visser directement dans le mur. Je veux bien t'expliquer mais uniquement si ça t'intéresse.

— Tu vas les utiliser, ces cadres, toi ? demanda-t-elle devant une affiche originale de *Scarface* qu'il devait encadrer pour le lendemain.

— Non, je ne crois pas, mais j'ai envie de savoir pourquoi il a inventé ces cadres, et pas moi.

— Comment veux-tu répondre à une question pareille ?

— Si tu avais vu ce type-là, à l'époque... Il avait un petit côté étriqué, pas à l'aise, comment imaginer qu'il aurait pu avoir une idée aussi brillante ?

— Tu m'emmènes dîner ?

Le mensonge allait désormais jouer un rôle capital dans la vie de Blin. Pour lui, un mensonge qui faisait ses preuves assez longtemps devenait réalité. Les idées reçues, les réputations usurpées, les compromis historiques étaient des mensonges qui avaient résisté au temps ; plus personne aujourd'hui ne songeait à les remettre en question. Un jour, peut-être, croirait-il lui aussi qu'un type du musée d'Orsay avait inventé le fameux cadre Cassandre qui se visse dans le mur ; en attendant, il avait coupé court à la curiosité de Nadine. Il ferma boutique, monta dans la voiture et se laissa conduire dans un restaurant chinois dont elle raffolait. Durant tout le dîner, pensif, il la regarda sourire, manier ses baguettes, changer d'avis sur sa commande. D'habitude elle n'était pas si bavarde, il l'écouta raconter sa journée dans le détail. Leurs routes devaient bientôt se séparer, il allait disparaître aux yeux du monde, et le monde ne s'en apercevrait même pas. En aucun cas il ne voulait la rendre malheureuse, la forcer à subir son absence, lui imposer sa disparition comme un diktat, la condamner au doute, lui laisser espérer un retour, imaginer les pires choses que personne ne viendrait contredire.

Celle qui lui avait dit *Je t'aime* n'en souffrirait pas. Jamais il ne ferait d'elle une femme qui attend. Un autre le remplacerait vite dans le cœur de Nadine et prendrait soin d'elle mieux qu'il n'avait su le faire. Il lui fallait maintenant imaginer une fin à leur histoire avant de disparaître pour de bon.

En la regardant boire son thé à petites gorgées, il se souvenait des limites qu'ils s'étaient données le jour de leur emménagement, comme s'ils avaient subi d'autres vies conjugales, comme s'ils savaient par cœur ce qu'était un couple et comment le faire durer. Ne pas essayer de changer l'autre avait été la règle numéro un. Aujourd'hui, il ne savait plus quoi en penser, mais une chose était sûre, il trouvait bien plus captivant de se changer soi-même.

Plus tard dans la soirée, ils firent l'amour sans ferveur, animés par un désir tacite de respecter une norme de couple sans avoir à prononcer le mot *érosion*, même s'il n'y en avait pas de meilleur.

*

Étrange sentiment de culpabilité. Tourner autour d'une cabine téléphonique pendant un bon quart d'heure pour trouver le courage d'appeler *La Vigilante*, l'une des plus anciennes agences de détectives privés, peut-être la plus sérieuse. Demander à parler à Philippe Lehaleur, l'agent de recherches qui, dans sa longue interview, avait intrigué Blin par sa franchise et son second degré. Celui-ci étant absent, on lui proposa un autre détective ; Blin préféra rappeler deux heures plus tard. Compte tenu de l'article en question, il n'était sans doute pas le seul à vouloir le contacter. Il prit son mal en patience et, dans un café, lut sa bible sur les détectives privés modernes. En fin d'après-midi, il réussit à le joindre.

— J'ai lu une interview de vous, dans le journal.

— C'est pour un rendez-vous ?

— Oui.

— Qu'est-ce qui vous arrangerait ?

— Tout de suite.

— Je reçois quelqu'un dans une demi-heure, ça ne va pas être possible.

— Je suis tout près de vos bureaux.

— Si vous voulez me confier une affaire, ça risque de prendre plus longtemps que vous ne pensez.

— C'est plus simple et plus compliqué à la fois.

— Dix minutes, ça ira ?

Lehaleur ne fut pas vraiment surpris, c'était même la façon typique de procéder pour qui veut en découdre avec ce job. D'emblée il chercha à mettre Blin en garde contre la part de romanesque et de fantasme qui collait aux semelles du détective privé ; il considérait son métier comme un des plus rigoureux, peut-être un des plus contraignants, parfois l'un des plus pénibles. Il insista sur le charlatanisme ambiant, les idées reçues et les motivations incertaines, toutes choses lues et relues par Blin dans son dossier de presse. Pour la première fois, il les entendait de la bouche d'un type dont le métier consistait à suivre les gens dans la rue, planquer dans une voiture avec une Thermos, photographier des couples qui s'embrassent aux terrasses des cafés. Un œil sur sa montre, Lehaleur conclut en disant que le seul moyen de connaître le métier était de faire un stage dans une agence qui voudrait bien de lui. La sienne n'avait besoin de personne, mais il prendrait le temps d'y réfléchir.

— J'ai quarante ans. Ce n'est pas trop vieux pour commencer ?

— À bien y réfléchir, ce serait plutôt un atout. Si toutefois vous prenez le risque, comme ceux que vous observez, de perdre toute vie privée.

*

C'était une maison malade, vide, mais toujours debout. Yvette et Georges Blin s'y étaient installés dès leur rencontre et avaient fini par l'acheter pour une bouchée de pain. C'est là qu'ils s'étaient mariés, c'est là qu'ils avaient fait une place à leur fils unique, c'est là qu'un soir Georges était rentré en se plaignant d'une douleur vers l'épaule gauche. Le lendemain, le petit Thierry avait vu la maison pleine de monde. Et sa mère qui, d'habitude, savait répondre à ses questions était restée muette.

Dès lors ils vécurent tous les deux, condamnés à cette baraque. Après tout, c'était un petit pavillon de banlieue avec son coin de verdure, son voisinage paisible — tant d'autres gosses de Juvisy se contentaient d'un terrain vague au flanc d'une cité. Ceux qui avaient conçu et construit cet endroit ne s'étaient posé aucune question sur le bien-être de ceux qui allaient y vivre. L'espace se partageait en trois pièces identiques, trois carrés d'une rectitude parfaite, deux chambres trop grandes et, au milieu, un salon cuisine où il était impossible de circuler, où personne n'avait envie de séjourner. Ils avaient connu la chaudière à mazout à l'odeur entêtante, les allées et venues d'Yvette, le jerrican à la main pour remplir le réservoir ; Thierry s'en servait de grill, il avait appris tout jeune à y cuire du pop-corn et des châtaignes. La toile de jute rouge cachait la lèpre qui envahissait les murs et le linoléum gondolé offrait une piste de billes bien plus intéressante qu'un carrelage trop lisse. La salle de bains était froide et sans la plus petite ouverture au jour. Il n'y avait pas de grenier mais une cave laissée à l'abandon — l'aménager aurait coûté bien trop cher. Thierry n'y était jamais descendu, il s'imaginait vivre au-dessus d'un trou noir, mysté-rieux, plein de tout ce qu'on raconte sur les caves. À l'adoles-cence, il commença à se sentir mal à l'aise entre les murs de sa chambre. Il se laissait facilement inviter chez les copains, traî-nait tard le soir autour du banc public, déjeunait à la cantine du lycée, tout proche. La nuit, il écoutait de la musique au casque et se projetait aux Amériques, le temps d'un disque. Il quitta la maison juste après le baccalauréat pour une chambre de bonne, place Daumesnil, à Paris ; la vie pouvait commencer. Il ne revenait au 8, rue Jean-Perrin à Juvisy que pour visiter sa mère, le samedi. Elle retourna vivre, et mourir, là où elle était née, en Vendée ; sa vie durant, elle avait redouté, à cause d'antécédents familiaux, cette rupture d'anévrisme.

Blin gara sa voiture devant le grillage de l'entrée, la rue était vide, silencieuse comme il l'avait toujours connue, et plus encore depuis que les chiens avaient disparu. Les volets verts de la maison étaient mangés par la rouille, le chiendent avait poussé entre les dalles. Il préféra attendre dehors son rendez-vous avec Keller, un promoteur de la Sedim intéressé par le rachat et la réunion de cinq parcelles de terrain, dont celle de Blin. L'homme était affable, prêt à toutes les simagrées pour emporter le morceau ; Thierry se garda de le rassurer jusqu'au dernier moment. Après tout, il n'était pas seul sur les rangs, il y avait ce couple de gosses. Un amour tout frais, l'idée d'un bonheur à l'ancienne qui plaçait leur *chez nous* avant tout le reste. Avec un crédit déjà accordé, ils pouvaient prétendre à une petite bicoque qui grandirait au rythme des enfants et de leur temps libre. Ils étaient courageux et donnaient envie qu'on les aide. Malgré tout, Thierry préférait conclure avec la Sedim pour trouver un arrangement occulte avec Keller, baisser le prix de vente et obtenir un dessous de table en liquide dont il allait avoir besoin dans les mois à venir. En outre, il ne pouvait imaginer un jeune couple s'installer là comme ses parents l'avaient fait. Il fallait à tout prix leur donner une chance de bâtir ailleurs, dans un endroit sain, neuf, loin des mauvaises vibrations, d'un passé qui suintait sur les murs. Cette maison ne serait jamais un *chez nous*, elle n'avait pas été celui de Georges et Yvette. S'ajoutait une dernière raison, de loin la plus cruciale : Thierry voulait la voir détruite. Celui qu'il allait devenir ne trouverait jamais sa place nulle part si cette maison tenait toujours debout, même dans sa mémoire.

De fait, il fit le voyage, un matin d'octobre, pour assister au spectacle. À 8 heures, le bulldozer arriva, ponctuel, et coucha la baraque sur le flanc en un seul passage. Hypnotisé, Thierry vit les parois fissurées d'humidité tomber d'elles-mêmes, la charpente craquer, les tuiles se disperser comme un château de cartes, il vit les murs rouges de sa chambre se mélanger à l'émail de la salle de bains, l'angle graisseux de la cuisine s'ouvrir à ciel ouvert, la chambre de ses parents finir en carcasse de plâtre et parpaings, une mosaïque de petits moments de sa vie qui s'enchevêtraient avant d'être réduits en miettes. L'évier qu'il atteignait en montant sur une chaise fit une courbe dans les airs avant de retomber sur le lino vert où il avait fait ses premiers pas ; une tapisserie que son père avait accrochée dans le recoin salon fut broyée dans les gravats des marches du perron où tous les trois prenaient le frais, tard, les soirs d'été ; sous la toile de jute qui se détachait comme une peau morte, un papier peint à grosses fleurs réapparut, et avec lui, une série de photos de Thierry dans son berceau, collées dans l'album de famille. Les mâchoires du bulldozer avalaient et recrachaient des pans entiers de son enfance jusqu'à en faire table rase.

Le moteur se tut enfin. Thierry se promena dans les décombres pour le seul plaisir de les piétiner et quitta le quartier pour toujours.

*

Lehaleur se manifesta plus vite que prévu et lâcha un nom au téléphone, celui de Pierre-Alain Rodier.

— Il nous est arrivé de travailler ensemble. Il est en fin de carrière et cherche un stagiaire pour tromper sa solitude. Il ne vous paiera pas, mais il peut vous apprendre tout ce qu'il faut savoir sur le métier. Je ne vous ai pas recommandé, mais je l'ai prévenu que vous alliez l'appeler.

Sans trop y croire, Blin se laissait porter en attendant le moment où quelque chose l'arrêterait. Il décrocha un rendez-vous dans la semaine.

L'agence de Pierre-Alain Rodier était attenante à son appartement dans un immeuble bourgeois du VIIIᵉ arrondissement.

Une vieille moquette, un bureau avec Minitel, un ordinateur, des encyclopédies, des dossiers en vrac derrière une porte, un petit cadre avec les tarifs de la maison, un autre avec le portrait de Vidocq. Rodier avait cinquante-huit ans, un physique de petit monsieur tranquille, plutôt mince, des cheveux jaunis par le tabac, une moustache grise, des yeux fatigués mais un vrai sourire espiègle. Si Blin joua franc jeu — il était encadreur, il avait envie de changer de métier, quelque chose l'attirait dans celui de détective — Rodier en fit autant — il avait bien moins de patience qu'avant, il avait besoin de compagnie, il voulait transmettre ce qu'il savait avant de tirer sa révérence. Le candidat devait être disponible jour et nuit, week-ends compris. Sur ce dernier point, il ne laissa pas à Blin le temps de discuter les modalités.

— Vous pouvez commencer quand ?
— Assez vite.
— Demain, 7 heures ?
— … ?
— 70, rue de Rennes. Ce sera votre première filature.
— Pardon ?
— Il n'y a pas d'autre façon d'apprendre.

NICOLAS GREDZINSKI

C'était donc ça l'alcoolisme ? On lui avait toujours dit que celui qui boit vit mille plaies quotidiennes ; ses vaisseaux, ses organes, sa peau sont rongés, aigres, en proie à une décomposition lente, le corps entier exsude une odeur âcre, tout ça conduit en droite ligne au lamentable, jusqu'au définitif, ce jour où, au-dessus de la tombe du malheureux, on entend dire : *il buvait.* Pour Nicolas, tout ceci n'était rien comparé au vrai drame de l'alcoolique, cette détresse au fond du cœur dès qu'il ouvre l'œil, le remords d'avoir été enfin heureux, la veille. Au bout du compte, c'était bien la seule chose qui fût trop cher payée. On devrait interdire l'alcool aux angoissés, ce sont des proies faciles : ils ont la faiblesse de croire, l'espace d'un soir, qu'ils ont droit à leur part de bonheur.

Rien n'y faisait, ni la douche brûlante en jet dru sur son front, ni le café, ni l'eau gazeuse, ni l'aspirine, ni le Saint-Esprit, ni la promesse de ne plus jamais y retoucher. Il se jura de ne pas revivre le calvaire de l'interminable gueule de bois. En passant devant la cafétéria, il se souvint d'un conseil à ne pas suivre.

— Une bière, s'il vous plaît.

Il avait commandé son demi sans s'en rendre compte, au milieu du va-et-vient du matin, à l'heure où l'arôme du café se répand dans l'atrium. Il se ravisa et demanda une boîte de Heineken qu'il glissa dans sa serviette d'un geste prudent. À peine entré dans son bureau, il pressa le métal glacé contre son front. Là où la chaleur de la douche avait échoué, il aurait juré que l'étau se desserrait déjà. Il en but plusieurs gorgées, comme de l'eau fraîche après l'effort.

Une seconde plus tard, il sortit de l'ornière et se mit à croire aux miracles.

— Nicolas, tu as un moment ?

Mergault, du service comptabilité, dans l'entrebâillement de la porte, la main sur la poignée, tout impressionné de voir un collègue descendre sa Heineken à grandes goulées.

— Tu peux pas frapper ? Tu n'as jamais vu quelqu'un boire de la bière ? Pas la peine de regarder ta montre, il est exactement 9 h 30 du matin.

Défait, Mergault referma la porte. Sans éprouver le moindre regret, Nicolas but les dernières gorgées, attentif aux effets de l'alcool sur sa détresse, et rien au monde ne pouvait le détourner de cette sensation de délivrance. Il se cala dans son fauteuil, au chaud, les paupières closes, à mi-chemin entre deux univers.

Tout ce dont il se souvenait, c'était d'avoir parlé à une fille dans un bar. S'il n'avait pas tout gâché, il se serait peut-être réveillé près d'elle ce matin. Il aurait vécu la journée entière attendri par son souvenir, imprégné de son parfum. Jamais le hasard ne lui avait permis de vivre un tel moment. Toutes les femmes qu'il avait connues faisaient partie du décor et lui étaient tombées dans les bras selon une certaine logique ; des rencontres qui devaient se faire, certaines planifiées, d'autres pas si surprenantes, des femmes qui étaient là où il se trouvait et le lui faisaient savoir. En aucun cas, il n'était le type qui entre dans un bar pour boire un verre et en ressort avec une femme à son bras. Hier, il avait raté une chance unique de faire partie de cette race-là, celle qu'il admirait depuis toujours.

Et vous faites quoi, dans la vie ?

Pourquoi la fille d'hier avait-elle pris la mouche pour une question si inoffensive ? Nicolas n'était sans doute pas assez ivre pour éviter tous les poncifs que l'on se sent obligé de débiter dans pareil cas, mais la question n'était pas sournoise. Il n'avait même aucune envie de savoir ce que cette femme faisait, il y avait mille choses à connaître avant celle-là.

Et dans la vie, vous faites quoi ?

Son mal de tête venait de là. Remords de n'avoir pas pu s'empêcher d'être celui qu'il avait toujours été, regret de ne pas avoir su être l'homme qui entre dans un bar pour boire un verre et en ressort avec une femme à son bras. Il avait failli être ce type-là, il en avait déjà les gestes, la malice, le sens de l'instant, et parlait presque couramment sa langue. Il essaya de se raisonner : aborder une femme dans un bar, c'était s'embarquer pour une destination brumeuse, la chronique annoncée d'un naufrage, d'un réveil honteux. Ce moment où l'autre n'est plus le seul être au monde mais le seul que l'on aimerait savoir aux antipodes. Un petit moment d'horreur.

Après tout, qu'est-ce que j'en sais ? se demanda-t-il, à juste titre, puisque ça ne lui était jamais arrivé.

La bière s'avérait bien plus efficace que tout le reste, il avait la curieuse impression que son cerveau reprenait sa taille normale. Il sortait peu à peu de sa gangue de fatigue, la journée pouvait commencer.

— Allô, c'est Muriel. Vous ne savez pas où est M. Bardane, j'ai un appel pour lui.

— Il devait rentrer ce matin.

— Je suis ennuyée, ça fait plusieurs fois que cette personne rappelle.

Au moment où il s'y attendait le moins, Nicolas sentit poindre une lointaine et très légère euphorie. Une envie soudaine de faire le malin.

— Qui est-ce ?

— M. Vernaux, de la société Vila pharmaceutique.

— Passez-le-moi.

— ... Mais... C'est un appel pour M. Bardane...

— Je me tape le suivi du dossier et j'aimerais éviter de tout planter en dernière minute parce que monsieur n'est pas là.

À l'occasion de leur fusion avec la société Scott, les produits pharmaceutiques Vila avaient fait un appel d'offres à plusieurs agences de communication, dont la Parena, pour la création de leur identité visuelle, qui incluait la recherche d'un nouveau nom et d'un nouveau logo. Bardane avait fait plancher ses graphistes sans leur donner de plan précis, les obligeant à improviser.

— Monsieur Vernaux ? Nicolas Gredzinski, je remplace Alain Bardane pendant son absence. En parcourant le dossier j'ai cru comprendre que vous n'étiez pas satisfait de la charte graphique que notre service artistique vous a proposée.

Il se foutait bien d'usurper la place de son chef et cherchait uniquement à rattraper une erreur. Bardane lui apparut plus que jamais comme un tocard sur le point de se faire souffler un énième contrat.

— Vous êtes au courant ?

— Et je pense que vous avez tort.

— ... ?

— Le problème c'est que vous voulez du beau quand nous vous proposons de l'efficace. Le logo que l'on vous a proposé n'est pas forcément « beau » mais vous le garderez les cent prochaines années.

— Si je comprends bien, vous êtes en train de me dire que je n'ai aucun goût.

— Non, je dirais même que vous en avez trop. Si vous demandez du beau à un concurrent, il vous en donnera, il vous donnerait n'importe quoi pour vous avoir comme client.

— ...

— Franchement, vous le trouvez beau, vous, l'habillage de Pepsi ? Des milliards de dollars de recette par an. Celui du café Mariotti est splendide, c'est du Raphaël : ils ont déposé le bilan l'année dernière. Je peux vous le dire, c'était un client à nous. Il voulait de la Renaissance, il en a eu.

— ...

— Je serais peut-être d'accord avec vous sur la couleur, je

n'aime pas trop ce vert amande, trop évident, trop déceptif, je verrais quelque chose de plus dynamique, un vermillon. Pour la typo, on pourrait trouver moins moderne, plus sobre. C'est quoi, déjà, le nom qu'on vous a proposé ?

— *Dexyl.*

— Pas terrible. Tous ces noms artificiels, interchangeables, pseudo-modernes, ça n'a aucun intérêt. Profitez de la fusion pour faire aussi fusionner les noms, pourquoi ne vous appele-riez-vous pas tout simplement *Vila-Scott*. Moi, ça m'inspirerait confiance sur une boîte d'aspirines.

— Vous vous rendez bien compte que vous critiquez le tra-vail de *vos* créatifs ?

— Vous voulez qu'on fasse un tout dernier essai ?

— … Écoutez… je…

— Je vous l'envoie par fax d'ici la fin de matinée.

— Juste pour voir, hein…

— Vous me rappelez dès que vous en avez pris connais-sance ?

— Sans faute. Monsieur… ?

— Nicolas Gredzinski.

En raccrochant, il éclata de rire. Il venait de se brouiller avec le service artistique, Bardane allait vouloir sa peau pour le simple fait d'avoir parlé à un client et modifié un projet sans son aval. Son parcours dans la société allait prendre vingt années de retard sur ce qui était prévu.

À sa grande surprise, il s'en foutait

*

Steak haché, gratin dauphinois. Nicolas se laissa tenter par un quart de rouge. Depuis six ans qu'il travaillait pour le Groupe, il ne l'avait jamais goûté. Dès qu'il eut posé le pichet sur son plateau, il s'arrêta devant le fromage pour se donner bonne conscience et prit une part de brie en sachant que personne ne le remarquerait, mais que tous feraient une réflexion sur le vin.

Cécile trouva une table où ils purent s'installer à cinq. À peine assis, Nicolas repéra le regard en biais de Nathalie.

— Qu'est-ce que tu bois ?

— Du vin.

— Du vin… ?

— Oui, du vin, tu sais, ce liquide rouge et âcre qui modifie les comportements.

— Tu bois du vin, toi ? reprit Hugo.

— Je ne savais pas que tu buvais du vin, dit Cécile.

Nicolas, le sourire figé, dut retenir un début d'exaspération.

— Je ne « bois pas du vin », je varie un peu de l'ordinaire. Et le fromage, avec de l'eau, vous avouerez que c'est triste à n'importe quelle heure.

— Il doit pas être terrible, dit Cécile en fronçant le nez.

— Quoi, le brie ?

— Le vin.

— Moi, le vin au déjeuner, ça m'endort, dit José, après je ne suis plus bon à rien pour le reste de l'après-midi.

— J'en boirais bien, moi, dit Hugo, si je n'avais pas peur que ça me donne la couperose et une haleine de mataf.

Nicolas n'en espérait pas tant. Qu'auraient-ils dit s'ils l'avaient vu, hier, pris de vodka, face à une femme qui faisait marcher sa boîte à rêves à coups de juliénas et son Zippo au Miss Dior ? Nicolas sentit tout à coup une espèce de fissure s'ouvrir entre le reste de la table et lui, une rupture insidieuse mais réelle. Sa petite parcelle se détachait du continent pour se mettre à dériver lentement. Pour la première fois de sa vie, on l'avait regardé comme un homme *qui boit*. Quelque chose lui dit que ce n'était pas la dernière.

Nicolas ne suivit pas ses collègues à la cafétéria ; à l'arôme du café il préférait celui, plus poivré, du côtes-du-rhône. *Je ne bois que du vin.* Loraine avait dit ça avec un incroyable naturel, un mélange de sérieux et de plaisir qui semblait venir de loin. À l'inverse de José, Nicolas sentit sa force de travail enfin réparée. Il y avait même plus encore : un surcroît d'énergie teinté d'optimisme lui donna envie de saluer tous ceux qu'il côtoyait à longueur d'année sans leur parler vraiment. On ne lui en laissa pas le temps.

— M. Bardane veut vous voir d'urgence ! dit Muriel.

— Il a fini par arriver ?

Nicolas se dirigea vers le bureau de son chef pour en finir une bonne fois pour toutes. Ce qui devait arriver arriva, mais d'une triste manière ; il dut subir une engueulade de qualité médiocre, Bardane n'ayant aucun talent pour le comminatoire, aucun style dans les impératifs, aucune subtilité dans les menaces. Il ne cherchait pas de véritable échange et se contentait de rejeter systématiquement tout ce qu'aurait pu dire Nicolas pour sa défense. La seule surprise fut le verdict.

— La faute étant trop grave pour que je prenne le risque de la couvrir, vous allez m'accompagner à la réunion de direction. J'en ai parlé à Broaters. C'est entre ses mains.

Jamais Nicolas n'avait été invité à assister à une réunion en présence d'un des cinq directeurs généraux du Groupe, pas même celui de son propre secteur, Christian Broaters. Bardane, dont l'autorité était remise en question depuis peu par l'ensemble du service artistique, avait trouvé là une belle occasion de faire un exemple.

— Je vous retrouve dans un quart d'heure au huitième.

Défait, Nicolas se dirigea vers la porte. Bardane attendit qu'il ait le dos tourné pour porter le coup de grâce.

— Gredzinski… Vous buvez ?

Nicolas ne sut quoi répondre, quitta le bureau, descendit au Nemrod et commanda une vodka ; c'était le moment ou jamais de voir s'il pouvait compter sur elle. Bardane avait innové dans le domaine de la sanction ; Nicolas serait désormais un précédent, l'homme à la faute professionnelle d'un million de francs, c'était le budget du contrat Vila. Il ne prit pas le temps de savourer ni même de boire son verre et en avala un second. Il se voyait, dès le lendemain, seul devant le zinc d'un bistrot, pour conclure une journée passée à arpenter la ville à la recherche d'un boulot, lire les annonces, sourire à des D.R.H., et les entendre dire qu'ils regrettaient de ne pouvoir retenir sa candidature. Les jours suivants, l'heure de l'apéritif ne cesserait d'avancer, jusqu'à ce que Nicolas comprît que le moment idéal est tout de suite après le réveil. Il en était capable, il en avait eu la preuve ce matin même.

La secrétaire de direction le reçut et le fit patienter dans un petit hall où une poignée de cadres se tenaient debout. Au point où il en était, il prit la liberté de s'asseoir dans le canapé, ça ne changerait rien à un verdict déjà connu : il ne serait pas licencié mais allait devoir faire amende honorable. Pour Bardane le meneur, les *hommes* se partageaient en deux catégories bien distinctes, et Gredzinski faisait partie de la seconde. Il ignorait cependant une règle que Nicolas connaissait pour avoir toujours été un subalterne : les arrogants seront serviles un jour. En d'autres termes, plus on marche sur la tête des faibles, plus on est enclin à lécher les bottes des forts.

Broaters les salua tous d'un hochement de tête élégant qui lui évitait d'avoir à serrer tant de mains et leur proposa de le précéder dans la salle de réunion. Nicolas se dirigea vers le fond comme le mauvais élève qu'il était et découvrit une pièce étonnamment vide, sans bloc-notes, ni bouteilles d'eau, ni marqueurs, ni rétroprojecteur, rien sinon une superbe table circulaire en marbre rose et une cheminée impeccablement vide, elle aussi. Parmi tous ces costumes chics et sévères, il ne pouvait pas ne pas remarquer la célèbre Alissa, belle Mauricienne de cinquante ans, assistante et quasiment bras droit du patron ; personne ne prétendait qu'ils étaient amants, ce qui montrait le réel pouvoir de la dame. Un lieutenant de Broaters prit la parole, mais Nicolas n'y prêta aucune attention ; à l'inverse des autres, il n'avait pas à comprendre ce qui se disait, ni à visualiser, anticiper ou conceptualiser les multiples enjeux de la réunion. Comme aux cancres qui se dispensent eux-mêmes d'écouter les cours, on lui demandait d'attendre son coup de règle sur les doigts avant de quitter la pièce.

— Le groupe Krieg nous confie sa communication uniquement si nous pouvons assurer son lobbying au ministère. J'ai su par ailleurs que Dieulefis de chez Crosne & Henaut est très ami avec le chef de cabinet, mais je me suis aussi laissé dire qu'il l'était de moins en moins avec Crosne.

Sentant monter la vague de chaleur en lui, Nicolas comprit enfin ce qu'on entendait par « voir double » en parlant des buveurs : le don de double vue. Ses yeux voyaient au-delà des présences physiques, et ses sens, bien mieux aiguisés, percevaient le moindre signe, ne laissaient rien échapper de la scène qui se jouait devant lui. Par-delà les fonctions, les hiérarchies, les rôles, les codes, les langages, les sous-entendus, il se retrouvait au milieu d'hommes et de femmes, de petits êtres qui, comme lui, se débattaient avec la vie, s'en accommodaient le plus souvent, au prix de grands efforts. Plein d'une soudaine bienveillance, il les trouvait touchants et gentiment naïfs, fébriles, prêts à s'égarer ; des enfants.

— À ceci près que nous avons beaucoup plus besoin d'un type comme Queysanne.

— Il vient d'être mis en examen !

Il devait bien y avoir des cœurs qui battaient sous ces chemises Paul Smith, sous ces tailleurs Lagerfeld. Précipités malgré eux dans la tourmente, l'idée même de compétition les stressait plus qu'elle ne les stimulait. Le grand type à droite de Broaters avait une bonne tête du terroir, un homme à qui on a envie d'acheter du lait et des œufs ; donner des ordres était un rôle de composition. À ses côtés, une blonde au visage rond, executive woman ; certains parlaient d'elle comme d'une tueuse mais Nicolas la voyait bien autrement depuis quelques minutes ; il l'imaginait prier Dieu et s'en remettre à lui quand le sort s'acharnait ; une spiritualité qui, parfois, venait concurrencer son ambition.

— Vous allez voir qu'on va nous refaire le coup de la British Airways.

Et celui qui s'endormait presque, embauché pour sa parfaite maîtrise du japonais et ses connexions à Tokyo, un homme qui pouvait lire Kawabata dans le texte, voir des films d'Ozu sans les sous-titres, et qui aurait pu faire profiter les autres de son enseignement zen.

— Monsieur Meyer, voulez-vous nous dire deux mots du dossier Lancero ?

Toi tu dois être celui qui s'appelle Lugagne, on te confie l'image de marque de pays entiers qui ont besoin de redorer leur blason face à l'Occident. Au distributeur de boissons, tu es le seul à prendre ce bizarre potage à la tomate. Non, pas le seul, il y a aussi Laurent, le réparateur de photocopieurs. Qui sait si tous les deux vous n'avez pas d'autres choses en commun, si vous ne pourriez pas devenir les meilleurs amis du monde, et si, le week-end, vous n'auriez pas plaisir à vous retrouver avec vos familles, autour d'un barbecue. Nul ne saura jamais.

— Un mot sur l'affaire Vila ? lança Broaters.

Les regards se tournèrent vers Nicolas et le silence soudain le tira de ses réflexions. Broaters avait prononcé le mot « affaire » sur un ton d'ironie douce afin de dédramatiser une situation qui prenait une tournure un peu trop délicate à son goût. Bardane monta au créneau, Nicolas l'écouta déballer son sketch d'une oreille absente. La vodka, chaude dans ses veines, le maintenait dans son état de contemplation. Il ne les voyait pas comme les guerriers qu'ils pensaient être, des officiers présents sur le théâtre des opérations, exposés, comme les autres. Il ne les voyait pas comme des hommes qui recyclaient leur agressivité naturelle dans la vie d'entreprise. Il ne les voyait plus comme des stratèges prêts à affronter des ennemis modernes, bien plus redoutables que ceux d'antan puisqu'ils avançaient masqués. Il les voyait seulement comme des enfants qui jouaient au jeu préféré des enfants : la guerre.

— … Je peux faire comme si ce fax n'avait pas été envoyé, conclut Bardane. C'est la seconde fois que je rattrape le coup mais ce sera la dernière.

Il avait eu la décence de ne pas le désigner directement, mais tous les cadres se tournèrent à nouveau vers Nicolas, attendant du malheureux qu'il prît enfin la parole pour regretter publiquement son initiative. Il dit la seule chose qui lui passa par la tête :

— Si c'est la *seconde* fois que vous rattrapez le coup, monsieur Bardane, c'est forcément la dernière.

Le silence qui suivit n'était pas de ceux répertoriés dans les écoles de commerce. C'était la loi du talion appliquée par un sans-grade. C'était l'anathème du condamné, du haut de son échafaud. Si, un instant plus tôt, Nicolas en était quitte pour une vague justification en public, cette fois, son chef allait vouloir sa peau.

Le plus jeune des participants leva discrètement la main pour prendre la parole, il s'agissait d'un directeur artistique fraîchement embauché à la demande de Broaters.

— J'ai eu le DirCom de chez Vila juste avant d'arriver à la réunion, il semblerait que le vermillon soit en passe d'être retenu.

Nicolas n'écoutait plus, soulagé qu'un autre ait pris la parole. On fit passer à Broaters la nouvelle maquette du projet.

— Associé à cette typo, dit-il, ça donne tout de suite un petit côté... rassurant et décalé à la fois.

La tablée semblait incroyablement d'accord avec ce « rassurant et décalé à la fois ».

— On pourrait peut-être confier, ajouta-t-il, le suivi du dossier Vila à monsieur...

— Gredzinski, dit Alissa.

Nicolas acquiesça d'un signe de tête, ce fut le signal du départ. Il sortit le premier en évitant à tout prix le regard de Bardane. Dans l'ascenseur, il pensa aux milliards de soldats que la terre avait portés depuis que l'homme avait inventé la guerre. À l'échelle de l'histoire, une poignée seulement étaient montés au front, les autres avaient attendu une vie entière que quelque chose se passe. Nicolas se jura de ne plus faire partie de ceux-là.

*

— Une femme, assise juste à côté, là, hier, elle buvait du vin, toute seule.

Le barman de chez Lynn réfléchit un moment, le shaker à la main. Lassé des péroraisons de Marcheschi pendant le club de l'apéritif, Nicolas était parti le premier pour filer rue Fontaine, encore taraudé par sa maladresse de la veille.

— Elle est installée à une table, au fond à droite.

La présence de Loraine dans un bar de nuit deux soirs de suite en disait bien plus long sur son mode de vie que ces «questions d'ordre privé» qu'elle redoutait tant. Il but une vodka d'un trait, sans la goûter, sans en faire profiter ni ses papilles ni son palais. Les inquiets n'ont jamais appris à savourer. La molécule d'alcool éthylique, dite éthanol, ou encore CH_3CH_2OH, venait à peine d'entrer dans sa vie. Il s'en servait comme d'un gadget dont on abuse de peur qu'il se casse. Il finit par trouver ce qu'il cherchait au fond de son verre : du courage, liquide et transparent.

— Je ne veux pas savoir qui vous êtes, juste boire un verre.

Ses yeux clairs acceptaient déjà, mais Loraine le laissa poireauter un moment avant de l'inviter à s'asseoir. Il se promit de rester lucide afin d'éviter les malentendus de la veille.

— Le réveil a été dur?

— J'ai suivi votre conseil : j'ai bu de la bière, tout le reste a défilé à une vitesse folle. J'ai la curieuse impression d'avoir vécu trois journées au lieu d'une.

— Vous croyez tout ce qu'on vous raconte dans les bars?

— J'ai enfin compris ce que tout le monde sait depuis toujours : le poison est dans le remède et vice versa. Le plus pénible, c'est le regard noir des collègues.

— Ce ne sont pas les seuls qui vous donneront mauvaise conscience, il y a aussi la famille et les amis, sans parler des enfants.

Ne pas conclure trop vite qu'elle a une famille et des enfants.

— Il ne faut pas leur en vouloir, ajouta-t-elle, ceux qui vous aiment s'inquiètent de vous voir boire, seuls ceux pour qui vous ne comptez pas sont rassurés.

— Rassurés ?

— Les malheureux qui n'ont rien de particulier à vivre, à aimer, à penser, ou à donner, n'ont plus qu'une dernière petite joie dans la vie : les vices des autres. Vous voir boire les rassure, ils ne sont pas encore tombés si bas.

Sans se le formuler aussi clairement, c'était exactement ce qu'il pensait de Mergault qui l'avait surpris, une canette à la main.

— Un autre conseil, mais celui-là suivez-le : quoi que vous fassiez, soyez discret. Pas à cause d'un sentiment de honte, juste pour les priver de ce plaisir.

Au contact de Loraine, tout lui semblait possible, surtout l'extravagant. Il avait besoin de cette fantaisie dans son existence comme il avait besoin des forces vives contenues dans un verre de vodka.

Hasards et petits plaisirs de la conversation ; le sérieux côtoyait l'anodin, une anecdote chassait l'autre, et Nicolas se laissait prendre dans cette joyeuse spirale sans plus accorder d'attention aux indices « d'ordre privé ». Deux heures plus tard, au détour d'une phrase, il évoqua sa camarade Cécile « capable de dessiner un plan de coupe du métro Châtelet, avec toutes ses sorties » et l'éleva au rang de « génie du dessin industriel ». Loraine s'arrêta au mot « génie », terme à manier, selon elle, avec beaucoup de précautions. Tous deux se mirent à tourner en orbite autour de l'idée de génie et leur dialogue trouva un second souffle.

— Le génie c'est ma partie, dit-elle, j'en fais collection.

— Qu'est-ce que vous voulez dire ?

— J'en ai plein les étagères de ma bibliothèque. Je prends soin d'eux, je reste à l'affût de tout ce que je ne connais pas, j'en trouve parfois de nouveaux, mais ils se font rares.

— Et qu'appelez-vous de façon si catégorique, le « génie ».

— Rien de personnel, mon acception est celle du dictionnaire. Je fais référence aux génies répertoriés, les fameux, les indiscutables, Mozart, Shakespeare, Léonard et les autres, les au-dessus de tout soupçon, ceux devant lesquels on est forcés de s'incliner. Je lis tout ce que je peux trouver sur la question, rien de très ardu, des biographies, des études accessibles à quelqu'un comme moi, je me renseigne sur leur trajectoire, sur certains moments de leur vie, je compile des anecdotes que je refourgue à mon entourage.

— Vous faites cette collection depuis combien de temps ?

— Depuis que j'ai quinze ou seize ans. N'étant ni une artiste ni une scientifique, je n'ai pas peur de leur ombre. Par-dessus tout, j'aime l'idée de précocité, de talent poussé à l'extrême, de capacité de travail infinie. Chacun d'eux est une revanche face à la mauvaise foi environnante, à la fainéantise généralisée, à l'indigence universelle. Ce sont des remparts contre l'autosuffisance et le mépris pour autrui. Chacun d'eux me force à me regarder, à comprendre mes limites et à les accepter.

Nicolas l'écoutait, les bras croisés, le regard fixe, touché par sa façon si élégante de parler d'elle sans rien raconter de sa vie — il avait juste appris au passage qu'elle avait une bibliothèque et un entourage — mais en laissant son cœur s'exprimer sur ce qui lui semblait fort.

— Loraine, je vous offre le prochain verre si vous choisissez un des plus beaux fleurons de votre collection pour me le raconter.

— Vous êtes fou ! rit-elle, ça peut nous prendre longtemps.

Il commanda une vodka et un verre de sancerre blanc.

— J'ai toute la nuit.

Ils avaient franchi plusieurs caps mais celui-là était l'un des plus délicieux : ce moment où chacun sent que l'autre n'a aucune envie d'être ailleurs.

— Choisissez dans ma collection, je n'ai pas de préférence. Shakespeare ? Beethoven ? Pascal ? Michel-Ange ?

Il avait toute la nuit, mais elle serait courte.

THIERRY BLIN

Nadine s'inquiétait de l'insomnie de Thierry. Il prétexta n'importe quoi, et ce n'importe quoi sonnait bien mieux que la vérité. La vérité était, de loin, la chose la plus folle, la moins avouable, elle ressemblait à une mauvaise blague ou à une divagation échappée d'un demi-sommeil : j'ai rendez-vous demain matin pour une filature.

Une quoi ? Une filature ? Ça n'existe pas, les filatures, c'est bon pour une littérature à trois sous, un cliché de film américain, un fantasme de paranoïaque, mais ça n'existe pas dans la vie réelle. Vers les 4 heures du matin, Blin redescendit sur terre et retrouva sa petite peau d'artisan qui vivait dans un monde où l'on ne suit pas les gens dans la rue. Ce monde-là existait-il vraiment ? Des hommes et des femmes demandaient-ils à des Rodier de connaître les secrets d'autres hommes et d'autres femmes ? Il ne connaissait personne dans son entourage qui eût fait appel à un détective privé et n'avait jamais entendu un seul témoignage direct, pas même une anecdote. À 4 h 20, il se voyait comme la victime d'une farce où il s'était fourvoyé tout seul. *Ne vous inquiétez pas, je serai là*, avait dit Rodier ; c'était l'une des phrases les plus inquiétantes que Thierry eût jamais entendues. Il se colla contre le dos de Nadine pour effleurer sa nuque de ses lèvres et poser les mains sur ses hanches, et pourtant, aucun couple au monde n'avait été séparé par une telle distance.

85

Nadine aurait pu lui pardonner d'avoir perdu ses économies au poker, couché avec sa meilleure amie, raillé ses photographies en public, mais comment lui pardonner de l'exclure à ce point de sa vie, de ses rêves qui devenaient réalité ?

— Tu te lèves… ? Déjà ?

— Au lieu de tourner en rond, autant aller à la boutique, j'ai du boulot qui s'est accumulé.

— Embrasse-moi.

Ils échangèrent un baiser d'une tendresse inattendue. Durant ces quelques secondes, il faillit se recoucher près d'elle et oublier toute cette folie.

*

Le métro de 7 heures. Celui du silence, des bâillements, des yeux mi-clos. Le soleil se levait à peine quand il sortit de la station Saint-Germain, il avait dix minutes d'avance. Rodier était déjà là, dans sa petite Volkswagen bleue, garée en face du 70, rue de Rennes. Blin prit place sur le siège passager, ils se serrèrent la main en silence. L'habitacle était propre, bien rangé à l'avant, un peu plus en désordre sur la banquette arrière où s'entassaient magazines et paquets de biscuits entamés. Rodier portait les mêmes vêtements que la veille, un pantalon beige et une veste en cuir noir. Il arborait un sourire de prêtre, discret, rassurant.

— Il n'y a pas de café devant le 70. Nous allons devoir rester dans la voiture en attendant qu'il sorte.

— Qui ?

Rodier sortit de sa serviette en cuir râpé la photocopie d'un cliché où un jeune homme de moins de vingt ans souriait à l'objectif en tournant le dos à la mer.

— C'est la photo la plus récente qu'avaient ses parents. Il s'appelle Thomas et vit dans une chambre de bonne. Il ne va plus à ses cours et ne donne plus signe de vie. Ses parents sont persuadés qu'il est entré dans une secte, ou qu'il est homo-sexuel, ce qui pour eux semble être la même chose... Ils veu-lent savoir qui il fréquente, ce qu'il fait de ses journées.

— On est sûrs qu'il est là-haut ?

— Non. La surveillance commence officiellement à 7 h 30 et s'arrêtera à 10 heures s'il est clairement établi qu'il a passé la nuit ailleurs. Nous recommencerons demain après accord du père ; n'oubliez jamais que les horaires sont toujours à détermi-ner avec le client afin qu'il ne perde pas son argent et vous votre temps. Si, en revanche, nous le voyons sortir, nous le suivons, toute la journée au besoin, et peut-être une partie de la nuit. Je prends trois cents francs par heure de filature.

Thierry hésita à saisir son carnet de notes de peur de passer pour un stagiaire qui voudrait marquer des points. Rodier sortit un petit classeur carré contenant des C.D.

— J'aime plutôt la musique classique, ça aide. Je crois que c'est une bonne heure pour Vivaldi.

Le jour se levait en effet. Des petits vieux sortaient leur chien, on levait quelques rideaux de fer, les réverbères s'éteignirent et la lumière passa tout à coup du rouge au bleu. Blin chercha son regard dans le rétroviseur extérieur et y vit une tête de conspi-rateur, le cou dans les épaules. Depuis qu'il était assis dans cette voiture, il ne voyait plus les gens de la même manière, tous avaient quelque chose à cacher, à commencer par cette dame qui passait devant eux en traînant un Caddie bien avant l'ou-verture des magasins. Le monde était-il le même, dix minutes plus tôt ?

— Comment suit-on quelqu'un ?

— C'est simple et très complexe à la fois, c'est comme tout, seule la pratique et une longue expérience nous en donnent les moyens. Quand j'ai commencé mes premières filatures, j'avais une peur bleue d'être repéré, j'avais malgré moi une tête de gen-darme ou une tête de voleur. Aujourd'hui, tout ça est dépas-sionné, je pars travailler en traînant des pieds, et l'avantage, c'est que je ne ressemble plus à rien. Je suis devenu invisible, ou mieux, transparent, l'homme de la rue, le quidam, couleur muraille. Je ne suis personne. Si le type que je file entre dans un café, il m'arrive de prendre un demi au comptoir juste à côté de lui sans qu'il s'aperçoive de rien. On m'oublie parce que j'oublie moi-même ce que je suis en train de faire. Pour parvenir à ce détachement, il faut avoir baigné dans l'adrénaline, transpiré à grosses gouttes, raté mille affaires, perdu des centaines de gens dans le métro, et gaspillé un temps fou à patienter au mauvais endroit au mauvais moment.

— Le facteur instinctif revient souvent dans ce que j'ai lu sur la question.

— Ça dépend ce qu'on entend par «facteur instinctif»; je peux juste dire que si j'ai filé une femme plusieurs jours de suite, je suis capable de déterminer, rien qu'à la façon dont elle marche dans la rue, si elle va chez son amant.

Blin s'arrêta sur cet exemple avec un certain bonheur et posa mille questions sur l'intuition, l'anticipation, toutes choses qui le passionnaient, quand Rodier le coupa tout à coup :

— J'ai repéré une sorte de fast-food, pas loin, le café doit être immonde, mais j'ai envie d'un truc chaud. Je vous prends quelque chose ?

— ... Vous n'allez pas me laisser ici tout seul ? Laissez-moi y aller.

— J'ai besoin de me dégourdir un peu les jambes, et puis j'en ai pour moins de deux minutes.

— S'il sort juste à ce moment-là ?!

— Essayez d'improviser.

Rodier claqua la portière et tourna le coin de la rue. *Salaud !* C'était d'un souffre-douleur dont il avait besoin pour égayer sa fin de parcours, tout devenait clair. *Salaud de Rodier !*

Blin était en planque pour la première fois de sa vie.

Comme il pouvait s'y attendre, il entendit le cliquetis du portail du 70.

Le concierge apparut, regarda alentour. Blin se tassa sur son siège, prit un air dégagé. L'homme rentra les poubelles. Rodier réapparut avec des gobelets.

— Voilà votre café, ils mettent des capsules de crème à part, et le sucre est dans ces petits bâtonnets.

— Ne me refaites plus ça !

— Nous ne sommes même pas sûrs qu'il soit là, dit-il en regardant vers le toit de l'immeuble. Sa chambre donne sur la rue mais aucune n'est éclairée, regardez vous-même.

Thierry colla son nez contre le pare-brise, le café à la main, l'œil scrutateur. Il ne vit rien de notable, mais ce geste lui procura une pointe de plaisir.

— Je me suis limité à trois cafés par jour, dit Rodier. J'ai toujours de l'eau dans mon coffre, je m'hydrate beaucoup. Si vous en faites autant, prenez soin de vérifier qu'il y a un endroit pas loin pour pisser. Ça a l'air bête, comme ça, mais notez.

— S'il sort, on le suit tous les deux ?

— Pourquoi pas ? Quel luxe ! Deux fileurs pour le prix d'un.

— Arrêtez de plaisanter et dites-moi ce qu'on fait s'il se montre.

— Aucun stress à avoir sur une affaire pareille. Tenez, si ça peut vous rassurer, on va passer un coup de fil chez lui.

— … ?

Il sortit un téléphone portable, composa le numéro, laissa sonner tout en tournant son café. Blin essaya de tendre l'oreille.

— Répondeur.

— Il aurait forcément répondu s'il avait été là, avança Thierry.

— S'il est dépressif, comme le craignent ses parents, il a pu prendre des anxiolytiques ou des somnifères au milieu de la nuit.

— Dans ce cas, il peut aussi bien rester au lit toute la journée, dans le coltar.

— Possible. De toute façon, on arrête tout à 10 heures comme prévu. D'ici là on a le temps de faire connaissance sur fond de Schubert.

Le jour s'était lentement imposé. Blin avait mille questions mais préféra les repousser ; inutile d'engranger un matériau brut, sans application réelle, ce moment d'attente silencieuse disait déjà tant de choses. L'appréhension avait fait place à une terrible curiosité, Blin avait hâte de voir le gosse passer cette porte. Il venait de perdre toute distance face aux événements, sa place n'était pas ailleurs, sous des cieux plus raisonnables, mais bel et bien ici, dans cette voiture, à attendre un type qu'il ne connaissait pas aux côtés d'un type qu'il ne connaissait pas. Tout lui paraissait de moins en moins bizarre et gagnait en réel.

— Vous avez des tickets de métro sur vous, Thierry ?

Rodier lui conseilla d'en acheter pour les jours à venir et en profita pour ouvrir le chapitre des transports. La moitié de ses filatures, à Paris, se faisaient dans le métro. Le scooter était pratique pour suivre une voiture en ville mais se faisait vite repérer en grande banlieue ou en province ; la voiture devenait alors indispensable. Trop occupé à retenir la leçon, Thierry ne put remarquer la soudaine fixité du regard de Rodier qui demanda :

— C'est lui ?

— Où ça… ? Qui… ?

Pendant une seconde d'inattention, Blin n'avait pas entendu le déclic de la porte cochère. Une silhouette était apparue sur le trottoir.

— C'est lui ou pas ? insista Rodier, comme s'il laissait Blin prendre la décision.

Paniqué, Thierry saisit la photo. Rodier, déjà sorti de voiture, attendait dehors. De dos, ce pouvait être lui : la couleur des cheveux, la coupe, la silhouette. Un sac sur l'épaule, une écharpe autour du cou, comme en plein hiver, un jean, des chaussures de marche, le style de l'adolescent sur la photo.

— C'est lui ! dit Thierry, comme s'il rendait un verdict.

— Il faut suivre ses intuitions, on y va.

Blin, dépassé, le vit trottiner en direction du jeune homme qui descendait la rue de Rennes, et suivit le mouvement au pas de course.

— … Qu'est-ce que je fais, moi ? demanda Thierry, pris de vitesse.

— Continuez sur le même trottoir que lui, je traverse, restez un peu en retrait par rapport à moi.

Il obéit, sans rien savoir de la distance à respecter, des attitudes à prendre. Rodier marchait avec la nonchalance du touriste curieux des vieilles pierres pendant que Blin mesurait chaque pas, rasait les murs, les bras plaqués au corps et le regard tellement ailleurs qu'il ne s'arrêtait sur rien. Ses yeux cherchèrent en vain ceux de Rodier puis se fixèrent sur la silhouette du gosse qui tourna à gauche dans le boulevard Saint-Germain. Tout en le suivant, des pensées étranges lui traversaient l'esprit ; il imaginait le jeune homme en plein psychodrame familial, sa mère en larmes, son père qui haussait la voix : on ne te reconnaît plus ! Il le voyait ivre mort, la nuit, hurlant sa liberté à la face du monde : je ferai ce que je veux de ma vie ! Le plus incroyable, pour Blin, était cette sensation de lire clairement dans l'âme de celui qu'il pistait à travers les rues de Paris, sans même avoir besoin de le regarder en face ; sa démarche suffisait, l'étrange fixité de sa trajectoire était celle d'un môme déboussolé qui traversait la vie dans un flux cotonneux. Deux heures plus tôt, Blin ne pouvait soupçonner son existence, encore moins son drame ; désormais il en savait peut-être plus sur Thomas que Thomas lui-même. Lequel, pour profiter des dernières secondes de feu rouge, traversa le boulevard Saint-Germain à la hâte. Le trafic coupa la route des deux acolytes qui se retrouvèrent côte à côte et s'ignorèrent un moment en voyant leur proie descendre la rue des Saint-Pères.

— On a l'impression qu'il va vers la fac de médecine, dit Rodier. Ses parents m'ont pourtant dit qu'il faisait une école de commerce en banlieue…

Thierry prenait son rôle très au sérieux, ne répondit rien mais rejoignit Thomas à grandes enjambées pour se stabiliser à quinze pas derrière lui. Rodier avait raison, le gosse se dirigeait droit vers la gigantesque porte en fer forgé de la faculté de médecine. Après tout, c'était l'heure des cours, et Thomas, son petit sac sur l'épaule, avait tout à fait l'allure d'un futur toubib. Thierry dut l'admettre : ce qu'il prenait pour une apparente lenteur de dépressif n'était peut-être qu'une immersion complète dans un T.D. de traumatologie. Il cessa net toute spéculation sur la vie de Thomas, se concentra sur sa filature, chercha à réduire un peu plus la distance mais dut pourtant ralentir en passant l'entrée de la faculté où s'engouffraient quantité d'étudiants, vingt ans plus jeunes que lui. De quoi avaient-ils l'air, Rodier et lui, au milieu du va-et-vient du hall ? De bizarres ? De vieux pervers ? Rien de bien honnête, en tout cas. D'ailleurs, ils ne l'étaient pas. Thomas se dirigea vers le coin cafétéria et glissa une pièce dans un distributeur. Une pause qui les arrangeait bien.

— Alors, c'est lui ou pas ? demanda à nouveau Rodier.

Ça ne pouvait pas ne pas être lui…

À moins que…

Thierry ne savait plus lequel de ses scénarios était le bon. Ils s'installèrent à une table où deux filles comparaient leurs cours sans se soucier d'eux. Rodier regarda à nouveau la photo, Blin en fit autant, ils avaient beau avoir le jeune homme sous leur nez, détendu, un café à la main, ils étaient bien incapables de dire s'ils tenaient le bon. Rodier s'impatientait, le poing serré et la semelle nerveuse. Thomas ou pas Thomas ? Futur cadre harcelé par ses parents, ou futur toubib impatient de franchir les étapes jusqu'au serment d'Hippocrate ? Il jeta son gobelet et se dirigea manifestement vers une salle de cours. Pour la première fois, Blin vit rougir les joues de Rodier.

— Thierry, oubliez ce que je vais faire, dit-il avec un grand calme apparent.

Il se retourna vers la coupole et hurla :

— THOMMMAAAAAS !

Les murs du hall vibrèrent, le cri de Rodier revint en écho, des dizaines de silhouettes se retournèrent vers eux. Excepté celle du gosse qui sortit tranquillement de leur champ de vision pour entrer dans un amphi.

— Comme ça, on en a le cœur net, fit Rodier, soulagé.

*

Il voulut repasser au 70 rue de Rennes pour fouiner du côté des chambres de bonnes et pria Blin de rester en bas pour d'évidentes raisons de discrétion. En revanche, il lui demanda de composer le numéro de Thomas afin qu'il puisse repérer la bonne porte grâce à la sonnerie. Thierry appela plusieurs fois de suite, Rodier ressortit assez vite, parlementa un instant avec le concierge avant de remonter en voiture.

— Il n'a sûrement pas passé la nuit ici, inutile de perdre notre temps, on rentre à l'agence.

— Je suis désolé pour tout à l'heure, pendant une seconde j'ai vraiment cru que c'était lui.

— Vous n'y êtes pour rien, j'avais un doute, et vous aviez peut-être une certitude. Maintenant, vous en savez plus sur le « facteur instinctif ».

Jusqu'au bureau, ils parlèrent de choses et d'autres, Blin relâcha la pression accumulée depuis le matin. Quelque chose s'était passé, un événement impensable qu'il pouvait désormais considérer comme sa première filature, même si elle s'était terminée dans une impasse. Il se sentit débarrassé de sa virginité, prêt à connaître des milliers d'autres expériences. Chemin faisant, il demanda quelles étaient les modalités d'usage avec le client quand rien ne s'était passé, comme ce matin.

— Dans ces cas-là, il faut « rendre compte », facturer les trois heures, et convenir d'un jour pour reprendre l'enquête. Thomas nous attendra bien jusqu'au week-end.

Dans le bureau principal de l'agence, Blin s'installa dans le fauteuil du client et regarda Rodier relever ses messages, consulter ses fax, tout en préparant du café.

— Voilà le moment que je préfère, dit-il, faire le planning, peinard, dans mon bureau. Tout ce que je détestais il y a vingt ans. Aujourd'hui, je ferais un excellent bureaucrate, heureux de quitter son sous-main pour rejoindre ses pantoufles.

— Vous savez toujours la veille ce que vous allez faire le lendemain ?

— Plus ou moins. Au cas où l'affaire de Thomas était repoussée, j'avais prévu de taper un rapport et, cet après-midi, de m'occuper d'une autre affaire. Un type se plaint de payer une pension faramineuse à son ex-femme, il la soupçonne d'avoir retrouvé un emploi non déclaré. Si je parviens à établir qu'elle travaille, il aura la révision du montant, il pourrait même se défaire une bonne fois pour toutes de cette pension qui semble l'obséder. À dire vrai, j'hésite encore.

— Pourquoi ?

— J'ai l'impression que ce gars-là ne m'a pas dit la moitié de ce qu'il me serait utile de savoir. On ira jeter un œil quand même.

— En attendant, je fais quoi ?

— Je vais vous montrer comment se présente un rapport, vous pourrez farfouiller dans de vieux dossiers pendant que je taperai.

Son capital de sympathie pour Rodier augmentait d'heure en heure. Blin trouvait beaucoup de charme à son phrasé un peu maniéré qui lui donnait un côté canaille en col blanc. Il ne s'expliquait pas comment Rodier pouvait garder son calme devant la fébrilité des clients. Comment faire pour composer avec le drame de l'autre, ses inquiétudes, ses préoccupations, sans sombrer soi-même dans la déprime ou le cynisme, et garder la bonne humeur d'un Rodier ? Pendant qu'il répondait à un coup de fil, Blin se promena dans la pièce, regarda par la fenêtre ; des enfants jouaient dans une courette, bruyants. L'idée d'appeler le répondeur de la boutique lui traversa l'esprit mais rien ne pressait. L'insomnie de la nuit était déjà oubliée et quelque chose lui dit que, ce soir, il serait bien trop épuisé pour en subir une autre.

— Changement de programme, fit Rodier en raccrochant, on a un petit job en voiture.

Et de saisir son blouson sans en dire plus, déjà sur le palier, clé en main. Si l'enthousiasme lui faisait défaut, ses réflexes ne s'étaient pas émoussés. En le suivant dans la cage d'escalier, Blin essaya de l'imaginer à ses débuts.

— C'est une dame que j'ai eue au téléphone dimanche dernier. Elle vit à Rambouillet avec son mari, V.R.P. à la retraite depuis six mois. Elle se demande ce qu'il fait deux après-midi entières par semaine à Paris. Il vient juste de quitter la maison pour se rendre à sa caisse de retraite et ne rentrera que dans la soirée.

— On fait quoi ?

— On y va et on l'attend, c'est à deux pas d'ici.

En moins de dix minutes, ils étaient sur place, rue de Berne, dans le VIIIe arrondissement. Rodier ralentit en passant devant l'immeuble et chercha une place.

— On a tout le temps, dit-il, un retraité, ça prend soin de sa bagnole et ça ne se gare jamais en double file.

— Et s'il ne vient pas ?

— C'est que les doutes de sa femme sont sûrement justifiés. Il faudra qu'on prenne rendez-vous pour commencer une filature à partir de chez eux.

Rodier gara la voiture à une dizaine de mètres de l'entrée de la caisse de retraite, le jeu de patience allait reprendre, mais cette fois en plein soleil, pendant le rush du déjeuner ; même si leur présence lui semblait moins suspecte que ce matin, Blin se demanda encore à quoi pouvaient ressembler deux types dans une voiture à l'arrêt. Il ne trouva qu'une réponse : des détectives en planque.

— Si je suis un élève attentif, plein de bonne volonté, en combien de temps pensez-vous que je sois capable de me débrouiller seul ?

— Comment répondre à ça ? Tout dépend de votre degré d'émotivité et de votre résistance au stress.

— Aucune idée…

— Disons qu'en un an vous pouvez assimiler jusqu'à 60 ou 70 % de ce qu'il faut savoir dans ce métier. Le chemin est plus long pour atteindre les 90. Je dirais personnellement, cinq ans.

Jamais Blin n'avait posé de question plus vague, jamais on ne lui avait fourni de réponse plus précise. Il lui était difficile de s'imaginer voler de ses propres ailes en une petite année, et pourtant, une certitude se dessinait : il se sentait bon élève, et s'il devait changer ses plans en cours de route, une seule chose ne s'émousserait jamais : la folle envie d'exercer.

— D'une certaine manière vous avez de la chance d'être tombé sur moi. Mes collègues les plus aguerris ont le goût du secret et ne délèguent que les affairent bénignes. Si vous êtes prêt à jouer le jeu, je ne vous cacherai rien, et vous progresserez plus vite qu'un autre. Il ne s'agit pas d'être doué ni d'avoir un sixième sens, personne au monde n'est né pour découvrir les secrets d'un inconnu. Il suffit, comme partout ailleurs, d'être attentif et d'y trouver un intérêt personnel. Je ne vous demande pas d'où vient le vôtre, ça ne me regarde pas.

Une manière élégante de ne pas s'exposer au même genre de questions.

— Un petit sandwich ? proposa-t-il.

— Vous ne me ferez pas le coup deux fois, je vais faire les courses.

— Prenez-moi quelque chose au jambon, cru s'il y a, avec une bière.

Thierry en profita pour passer un coup de fil à Nadine au cas où elle aurait cherché à le joindre, ce qui n'avait pas manqué. Il prétexta divers déplacements chez des fournisseurs et lui demanda de ne pas l'attendre pour dîner. Avant de raccrocher, il ne put s'empêcher de lui dire «je t'aime, toi» quand un «je t'embrasse» aurait suffi. La perspective de se séparer d'elle, ou plutôt de la pousser à se séparer de lui, le rendait sentimental.

— On ne fait plus de bons sandwichs nulle part, c'est quand même un comble pour une ville de plusieurs millions d'habi-

96

tants ! Vous ne trouvez que du pain au Téflon, sous Cellophane, avec du jambon détrempé, une misère. Vous savez, Thierry, ce sont aussi des petites choses comme ça qui me poussent à m'exiler à la campagne. Je suis trop vieux pour les filatures, je suis trop vieux pour bouffer n'importe quoi et, pire encore, je suis trop vieux pour m'indigner que plus rien ne soit comme avant.

Thierry mâchouillait, l'air sceptique :

— Ne me dites pas que ce boulot ne vous apporte plus rien, même pas un petit frisson de temps en temps ?

Rodier se donna le temps de la réflexion. Il voulait venir en aide au candidat en lui donnant ses propres points de repère sans lui fourguer son expérience.

— Frisson, excitation, exaltation, nous ne sommes pas dans ce registre-là. Il est toujours agréable d'avoir la confirmation qu'on ne s'est pas trompé, que notre intuition nous a fait aboutir plus vite. Mais pour trois minutes de gratification, combien d'heures d'emmerdement, le cul dans une voiture !

Cette lassitude que Rodier aimait souligner paraissait impensable à Thierry Blin. Si l'érosion guettait tout type d'activité humaine, combien de milliers d'enquêtes fallait-il avant d'éprouver un sentiment d'usure ?

Tout à coup, le 78 d'une plaque d'immatriculation accrocha le regard de Thierry.

— C'est bien une Datsun grise qu'il conduit, notre retraité ?

— Un bon point pour vous.

Comme pour contredire Rodier, l'homme gara sa voiture en plein sur le bateau, face à l'entrée de la Caisse, et claqua sa portière sans la fermer à clé.

— Un nerveux, fit Rodier.

— C'est le macaron d'une carte d'invalidité sur son pare-brise ?

— Il doit penser que ça lui donne tous les droits. Ça ne va pas nous empêcher de finir notre sandwich.

Sans doute, mais plus question de bavarder gentiment. D'un geste réflexe, Blin ferma rapidement sa fenêtre. Bruno Lemarrecq était arrivé là où les deux autres l'attendaient, tout ça ne devait rien au hasard. Comment pouvait-il imaginer que deux types mâchant des sandwichs épiaient du coin de l'œil la sortie de sa caisse de retraite ?

— Après notre échec de ce matin, je ne suis pas mécontent de le voir, dit Rodier.

Blin ressentit toute l'indécence liée au seul fait d'être présent dans cette voiture, en espérant secrètement que Bruno Lemarrecq ait quelque chose à cacher.

— Il vendait quoi, avant ?

— Des ballons d'eau chaude.

Ils eurent le temps de nettoyer les miettes, de jeter leurs emballages dans une poubelle, de regretter un café, et Bruno Lemarrecq ressortit pour s'engouffrer dans sa voiture.

— C'est déjà difficile de suivre un copain en voiture, dit Blin, mais si en plus c'est à l'insu du conducteur…

— En voiture, ce sont les cinq premières et les cinq dernières minutes les plus pénibles. Le reste du temps, j'essaie de laisser une troisième voiture intercalée entre la sienne et la mienne. À moins que le type n'ait de très sérieuses raisons d'être paranoïaque, il n'y voit que du feu.

Lemarrecq rejoignit une artère et ne la quitta plus pendant un bon kilomètre ; Rodier laissa une Toyota rouge les dépasser et leur servir d'écran. Blin regardait partout ailleurs que dans la direction de la Datsun, comme s'il avait peur de croiser le regard du type dans son rétroviseur, ce qui fit sourire Rodier. La Toyota bifurqua vers la droite et la voiture de Lemarrecq se trouva à nouveau en ligne de mire.

— Jusqu'à présent, c'est la direction de Rambouillet.

— Et s'il rentre chez lui, on fait quoi ?

— On suit. Il a peut-être des habitudes dans son quartier, c'est fréquent. Vous connaissez le fameux cas de « l'adultère du mari sur le mur mitoyen ».

— …?

— Il y a encore peu de temps, l'adultère de la femme pouvait être reconnu n'importe où, mais celui du mari n'était pénalement répréhensible que s'il avait lieu dans le domicile conjugal. Une affaire a fait jurisprudence, celle du type qui n'a rien trouvé de mieux que se taper sa voisine *sur* le mur qui séparait leurs jardins. Toute la question était de savoir s'il y avait adultère ou pas.

Rodier s'interrompit, freina d'un coup sec en voyant la Datsun s'arrêter à un feu, et rangea la voiture derrière une camionnette qui stationnait en double file, cinquante mètres plus haut.

— Même s'il ne se doute de rien, et quoi qu'il arrive, moins il nous voit, mieux c'est. Faites-en un réflexe. Si la route est dégagée comme aujourd'hui, inutile de lui coller au train, cherchez plutôt les petites encoignures où vous poster pour attendre.

Le feu passa au vert, Rodier déboîta, suivit à nouveau la Datsun en gardant ces cinquante mètres de distance, et conclut son exposé comme si de rien n'était.

— Heureusement, la suite a donné tort au mari.

— Heureusement pour l'égalité des sexes ?

— Non, pour un brave type comme moi qui, du coup, a gagné quantité de clientes.

Blin, toujours hypnotisé par la lunette arrière de la Datsun, sourit pour lui faire plaisir.

— Quand vous suivez une voiture, cherchez l'angle mort, mettez-vous de trois quarts autant que faire se peut. Si vous savez où il va, il est parfois utile de le précéder.

La Datsun longeait les quais de Seine en direction de la banlieue Ouest.

— Pour l'instant, c'est toujours le chemin de la maison, dit Rodier. S'il prend la rue Mirabeau, c'est qu'il cherche le périphérique, et nous serons bons pour un petit bout d'autoroute. Il avait pourtant dit à sa femme qu'il ne rentrait qu'en fin d'après-midi…

De peur de troubler la concentration de Rodier, Blin n'osait plus ouvrir la bouche, même pour énoncer une banalité. Souple, invisible, sa voiture elle-même n'accrochait pas le regard. Lemarrecq mit son clignotant et bifurqua, pont de Garigliano, en direction opposée au périphérique.

— Ça commence à devenir intéressant, dit Rodier, toujours calme, mais beaucoup plus intrigué.

Blin imagina Lemarrecq sur les routes de France, sa voiture pleine de catalogues de ballons d'eau chaude. Des chambres à 200 francs, des stations-service, des menus de base remboursés sur notes de frais, des clients pressés, des collègues fatigués et, parfois, une femme entre deux âges qui s'ennuie au coin du bar de l'hôtel deux étoiles. Depuis qu'il était à la retraite, tout ça lui manquait, évidemment, et sa femme ne pouvait pas comprendre, elle avait toujours été une sédentaire. Il n'était pas si vieux, après tout, il pouvait encore plaire.

— Et s'il allait chez des copains jouer sa retraite au poker ? demanda Thierry.

— Pourquoi pas. Pour moi ça ne change rien. On me demande ce qu'il fait, je rends compte de ce qu'il fait.

La Datsun s'engagea dans le dédale de ruelles d'un quartier résidentiel du XVe ; plus question de la suivre de trois quarts. Rodier lui laissa plus d'une centaine de mètres d'avance, quitte à la laisser tourner bien loin devant.

— S'il dilapidait l'argent du ménage, ou s'il avait une maîtresse, sa femme pourrait se servir de vos informations devant un tribunal ?

— En théorie non. Mais imaginez un juge qui en est à son vingt-huitième divorce de la journée ; il a faim, il bâille, il veut téléphoner. Si l'avocat de la plaignante lui soumet une photo du mari qui embrasse une donzelle à pleine bouche, ça risque de porter un coup définitif au dossier, vous ne croyez pas ?

La Datsun s'arrêta brutalement, Lemarrecq venait de trouver une place miraculeuse.

— Et merde, merde, merde, et merde ! dit Rodier.

Il oublia la présence de Blin et agit comme s'il était seul. Il abandonna sa voiture en travers d'une entrée de garage, se rua vers le coffre sans perdre Lemarrecq de vue, saisit un appareil

100

photo au téléobjectif déjà vissé, se cacha derrière un 4/4 pour photographier l'homme qui continuait son chemin sans se douter de rien. Rodier se débarrassa de l'appareil dans les mains de Thierry.

— Pourquoi prendre une photo d'un type seul dans une rue... ?

— Pour prouver qu'il était dans la rue François-Coppée à 13 h 10, et que j'y étais aussi par la même occasion. Vous n'avez jamais entendu parler de l'obligation de moyens ?

Lemarrecq venait de bifurquer, Rodier planta là son stagiaire pour reprendre la filature. Blin, le cœur battant, rangea l'appareil, tourna le coin de rue au pas de course, et vit Lemarrecq composer un digicode puis disparaître sous une porte cochère que Rodier bloqua in extremis pour pénétrer, seul, dans l'immeuble, un instant plus tard.

Thierry épongea quelques gouttes de sueur et reprit son souffle en respirant par le ventre. Il ferma un instant les yeux, soupira un grand coup, le temps d'évacuer un reste d'adrénaline qui brûlait encore dans tous ses membres. Il se souviendrait sans doute à jamais de cet instant-là, de ce coup d'accélérateur qu'il venait de donner à sa vie entière. Allait-il se forcer encore longtemps à fabriquer des cadres en bois quand la minute qu'il venait de vivre avait été bien plus intense que les cinq dernières années passées dans sa boutique ? Il avait l'impression d'avoir accompli quelque chose, de s'être surpassé, même s'il n'était resté que spectateur, même s'il avait eu peur comme un gosse qui n'a pas l'habitude des mauvais coups. Était-ce sa faute s'il avait éprouvé une fièvre inconnue en poursuivant un malheureux qui avait bien le droit de profiter de sa retraite comme il l'entendait ? Tout ça était absurde. Et inespéré.

Rodier ressortit enfin, un calepin à la main, et prit la direction de la voiture.

— On rentre.

Incapable de retenir son impatience, Thierry le supplia de lui raconter ce qu'il venait de voir.

— Il a monté deux étages, je l'ai suivi dans l'escalier en m'arrêtant à la hauteur de ses pieds. Il a sonné à la porte droite du palier, on lui a ouvert.

— La suite !

— La suite, je n'ai pu que l'entendre. Une voix de jeune femme avec un accent asiatique, Mlle Mai Tran, deuxième droite.

— C'est peut-être une amie.

— Aucun doute là-dessus, elle l'a accueilli en disant : « Eh ben, chouchou, je t'ai attendu toute la journée d'hier ! » Seule une amie peut ouvrir sa porte avec un tel enthousiasme.

Ils remontèrent dans la voiture ; Thierry claqua sa portière, exalté, à l'aise dans sa nouvelle peau. Il n'avait jamais tant été lui-même.

— Ne croyez pas que ça arrive souvent. En temps normal il m'aurait fallu deux, trois jours avant d'en arriver à ce résultat. Et le plus incroyable dans cette affaire, c'est que Mme Lemarrecq va tout savoir pour six cents balles !

*

Nadine dormait, exactement dans la même position que lorsque Thierry l'avait quittée. Le même abandon. Il s'assit au bord du lit.

— Tu dors… ?

— Bien sûr que je dors, murmura-t-elle en souriant.

Elle vint se nicher dans ses bras. Lâchement, Blin ne put s'empêcher de lui parler, séance tenante, pendant son sommeil.

— Je vais prendre une année sabbatique.

— Une quoi… ?

— Si je ne le fais pas maintenant, je le ferai dans vingt ans, mais ça ne sera plus pareil.

Silence de la surprise et de l'inquiétude.

— … Tu es sûr ? Comment tu vas faire… ?

102

— Je vais mettre la boutique en gérance, Brigitte va m'expliquer la marche à suivre.

Il en avait déjà parlé à sa comptable qui avait trouvé l'idée saugrenue. Elle allait devoir se passer de sa complicité avec Thierry à laquelle elle tenait tant.

— J'ai trouvé un jeune qui veut commencer le métier. Brigitte a fait les comptes, j'ai de l'argent de côté, ne t'inquiète pas.

— Je ne m'inquiète pas… Tout ça est tellement…

— Rendors-toi, on en parle demain.

Elle se tourna de côté, cessa d'y penser pour se laisser happer par le sommeil.

Blin se demanda si Lemarrecq dormait auprès de sa femme en rêvant aux mystères de l'Asie.

Et si le jeune Thomas se sentait protégé ou terrifié par la nuit qui s'écoulait.

Rodier, qui l'attendait le lendemain à 8 heures, avait cru bon de préciser que la journée serait peut-être un peu mouvementée.

NICOLAS GREDZINSKI

Si encore il avait couché avec elle.

De la nuit dernière il ne lui restait rien, sinon des flots de paroles dont les ressacs se brisaient dans son crâne. L'ivresse générait beaucoup de bruit, peut-être un peu de fureur, rarement des souvenirs. Plus que la frustration de n'avoir pas tenu le corps de Loraine entre ses bras, il s'en voulait de lui avoir proposé de finir la nuit ensemble. La molécule d'alcool éthylique avait agi directement sur son sens du ridicule et fissuré en quelques minutes le rempart qu'il avait passé des années entières à se fabriquer à grands coups d'humiliations enfantines et de maladresses adolescentes. Il l'avait bâti à l'ancienne, façonné avec patience, grâce aux femmes, et surtout contre elles. Sa conscience très aiguë du ridicule lui avait sans doute fait rater de délicieux moments mais l'avait aussi protégé de déroutes annoncées. Tout s'était effondré d'un coup à cause d'une simple phrase qui indiquait la direction d'un lit. Il avait beau se persuader que le refus de Loraine était un « peut-être » qui promettait d'autres lendemains, il était bel et bien tombé, comme un jeune sot, dans le plus vieux piège du monde. *Qu'il est affreux de rajeunir de cette manière.* Ce fut sa première pensée consciente dès la sonnerie du réveil, soit deux heures après s'être endormi comme une masse, tout habillé, et seul. Pourquoi personne ne l'avait-il jeté hors de ce bar ? Il se croyait protégé

104

par des lois, la fameuse répression de l'ivresse publique, eh bien non, on l'avait laissé boire, et parler, et boire encore, jusqu'à se retrouver au petit matin avec tout juste la force de lever le bras pour arrêter un taxi, savoir à peine donner son adresse, composer son digicode comme s'il apprenait à compter et, pour conclure, renverser le lampadaire de l'entrée : nom de Dieu, qu'est-ce qu'il foutait, aussi, sur le chemin de la chambre ! De cette bourrasque de paroles qui lui tournait encore en tête, un seul mot, de trois lettres, restait gravé pour de bon : Loraine avait dit *non*. Un *non* élégant mais qui voulait dire *non*, simplement *non*. Il se demandait même si, dans le feu de la conversation, elle n'avait pas eu un geste de recul quand il s'était penché pour lui dire quelque chose à l'oreille. Si complicité il y avait eue, il l'avait fait voler en éclats par cette attaque frontale qui avait pour seule vertu de n'avoir pas pris des airs de sous-entendu. Quoi de plus pathétique qu'un type soûl qui propose la bagatelle à une créature ? Le même type le lendemain matin.

En cherchant à tâtons une chemise propre, il fut tenté de se recoucher et de plaquer là le Groupe contre un peu de sommeil et d'oubli. Ne plus penser à rien, mépriser le courage, oublier le remords, rester dans la pénombre, s'ensevelir sous la ouate, partir pour des territoires inconnus, et revenir, guéri. Et si ça ne suffisait pas, dormir du dernier sommeil et se débarrasser à tout jamais de ce petit animal qui lui mordillait l'intérieur depuis la naissance.

Pas question d'avoir recours à la bière ; le café et l'aspirine suffiraient, comme pour les autres, ceux qui vivent la gueule de bois comme le revers d'une médaille, le juste prix à payer quand on a joui d'une gaieté sans objet. Pourquoi y couperait-il ? Il n'avait qu'à se féliciter de cette douleur, elle lui rappelait ce qu'il était, un quadragénaire qui rêvait au-dessus de ses moyens et qui plus jamais ne serait capable de réparer sa force de travail en deux courtes heures. Il avait besoin de se retrouver seul pour comprendre cette nostalgie de celui qu'il était hier soir. D'où sortait ce type qui faisait le joli cœur avec une inconnue en buvant comme un hussard, la paupière grande ouverte et le geste martial ? Où était-il passé ce salaud qui avait bien ri sur son compte ? Ce matin, Nicolas payait la note de cet autre, et c'était bien le comble puisqu'il n'existait pas plus que cette femme qui traînait dans les bars et parlait de la Renaissance comme si elle en venait.

Il avait encore dans le creux de l'oreille le prêche de Loraine sur la beauté qui les entourait — il suffisait de savoir regarder — et la beauté avait fini par apparaître ; la couleur du bourbon dans les verres à bourbon, les gestes des amoureux alentour, les photos en noir et blanc d'une scène de music-hall, les oiseaux de nuit sur les tabourets de bar, et surtout elle, Loraine, qui éclipsait à cette seconde-là toutes les autres.

Durant le chemin de croix qui le menait de son lit au bureau, seule la laideur lui apparaissait. Le monde était bel et bien cette triste chose bâtie par ses ancêtres et par lui, tous persuadés de bien faire, chacun dans sa seule et unique logique. Nicolas sortit de l'ascenseur, prêt à claquer la porte de son bureau pour se faire entendre de loin. Qu'on lui foute la paix, c'est tout ce qu'il demandait. Muriel l'arrêta en chemin et décolla un Post-it de son standard :

— Alissa aimerait savoir si elle peut déjeuner avec vous aujourd'hui, elle s'excuse de vous prévenir au dernier moment.

— Qui ?

— Alissa, la secrétaire de M. Broaters.

— Qu'est-ce qu'elle me veut ?

— Elle n'en a pas parlé.

— Elle m'invite où ?

— Aux Trois Couronnes.

C'était là que se discutaient les enjeux au sommet, là où Marcheschi parvenait à convaincre.

— Dites-lui que c'est d'accord.

— Il y a aussi un monsieur... Jeannot, je crois... qui a appelé ce matin.

— Jacot ?

106

— Je n'ai pas bien entendu son nom. À dire vrai, ça n'avait pas l'air d'aller très fort.

Jacot décrocha tout de suite au son de la voix de Nicolas sur son répondeur. Il sortait de Cochin, la cure de chimiothérapie qui devait avoir lieu dans un mois était avancée à la semaine prochaine, et ce n'était qu'un début. Nicolas ne comprit pas grand-chose, sinon l'urgence.

— Muriel, décommandez le déjeuner avec Alissa, dit-il en s'engouffrant dans l'ascenseur.

— ... Mais, je viens de confirmer !

Tant pis. Il trépigna pendant la descente, traversa le hall à la hâte, puis la passerelle jusqu'à la station de taxis. Arrivé devant chez Jacot, il hésita un instant et demanda au chauffeur de le laisser au premier café. Il n'avait jamais approché la maladie, la vraie, il était de ceux qui tremblent à la moindre aspérité sur sa peau et s'imaginait finir sa vie dans un sanatorium au premier éternuement.

— Qu'est-ce que je vous sers ?

La question en appelait d'autres. Nicolas avait-il la naïveté de penser qu'il lui suffisait d'avaler n'importe quoi d'un peu fort pour voir s'opérer des miracles ? Savoir parler aux femmes, combattre les fâcheux, réconforter les malades ? Était-il doté d'un pouvoir de transcendance dont le seul déclencheur était la goutte d'alcool ?

— Qu'est-ce qu'on peut boire d'un peu raide, à cette heure-ci ?

— Essayez le café calva, ou le cognac.

— Cognac.

— Un grand ou un petit ?

— Grand.

Pourquoi Jacot faisait-il appel à lui plutôt qu'à un proche dans un moment si grave ? On ne parle pas de son cancer au premier venu, on n'appelle pas au secours un type qui n'inspire pas une confiance absolue. *Les malades ont un sixième sens pour détecter la bonne oreille. Pourquoi moi, nom de Dieu !*

Le goût du café réveilla ses papilles et appela celui du cognac qu'il ne connaissait pas. Il trouva la forme du verre agréable et le fit tourner dans sa paume comme il l'avait vu faire, sans quitter des yeux la houle ambrée.

Jacot l'accueillit dans un grand désordre, s'en excusa sans le penser vraiment et lui demanda s'il voulait boire quelque chose en espérant un non. Nicolas découvrait les lieux, un repaire de vieux garçon où s'entassaient des dossiers que Jacot ne consultait plus.

— Jusqu'à maintenant je répondais bien aux traitements.

— ...

— On va me faire des transfusions de plaquettes.

— Qu'est-ce que dit le toubib?

— Il dit que le mental va faire une bonne partie de la différence.

— Et pourquoi n'aurait-il pas raison?

— Parce que, quand on a ce que j'ai, on *sait*.

Ce que Nicolas redoutait n'arriva pas, mais bel et bien l'inverse.

La chaleur diffuse du cognac l'apaisa au moment le plus inattendu. Débarrassé de ses appréhensions, il parvint à se consacrer entièrement à la parole de l'autre. Le message lui parvenait, clair, intact. Il entendait chaque mot, mais aussi le rythme des phrases, le ton, et surtout, les ponctuations, virgules, suspensions, points, sans parler des pauses, silences et soupirs qui en disaient bien plus long que le reste. Aucune envie de fuir.

Il pouvait enfin écouter quelqu'un. Jusqu'au bout. On ne lui en demandait pas plus.

*

Nicolas était de retour dans le Groupe sur les coups de midi et demi, habité par ce qui venait de se passer. À la question *pourquoi moi?* il avait une réponse : un proche n'aurait pas fait l'affaire.

Jacot avait choisi Nicolas pour annoncer qu'il ne livrerait plus bataille. Il n'opposerait désormais aucune résistance à la mort si elle décidait de venir le chercher, même si elle arrivait en avance au rendez-vous. Pour la première fois, Jacot en avait parlé comme si elle allait de soi et avait convoqué quelqu'un d'urgence pour annoncer officiellement sa reddition. À aucun moment, Nicolas n'avait cherché à le contredire de peur de se condamner à patauger dans une leçon d'espoir qui n'aurait fait que confirmer le drame. Il était désormais le dépositaire de sa résignation, d'une détresse qui, tout à coup, venait rivaliser avec sa bonne vieille inquiétude et la mettait en perspective. Épuisé, en descente d'alcool, il pensait avoir mérité deux heures de solitude absolue dans son bureau.

— Alissa était déjà partie quand j'ai voulu annuler, impossible de la joindre sur son portable.

— Qu'est-ce qu'on fait ? demanda-t-il en étouffant un bâillement.

— Elle doit vous attendre au restaurant, elle a réservé pour 13 heures. Si vous partez tout de suite vous avez une chance de ne pas la faire attendre.

Il traversa à nouveau le hall en direction de l'esplanade, hanté par le regard de Jacot. Depuis quelques heures, Nicolas Gredzinski n'était plus immortel. Il se demanda tout à coup si son angoisse de toujours était une peur irrépressible de la mort ou, au contraire, une façon tordue de l'oublier.

— La table de Mme… Je ne connais pas son nom… L'assistante de Christian Broaters.

— Si vous voulez me suivre.

Elle était là, fraîche, un sourire explosif, des yeux en amande, les cheveux presque rasés. Longue, fine, bronzée cuivre ; une allumette.

— Je suis contente que vous ayez pu vous libérer.

— J'aime bien les invitations au débotté. Ça change de la cantine.

— Je n'ai jamais le temps d'y aller, trop de rendez-vous à l'extérieur. On va commander tout de suite, je n'ai qu'une heure.

Elle fit signe au serveur, commanda une grillade sans sauce, Nicolas eut juste le temps de repérer un pavé de morue fraîche aux cèpes.

— Qu'est-ce que vous voulez boire ?

— Du vin rouge, même avec le poisson, dit-il comme une évidence.

Il était censé choisir la bouteille mais elle le fit spontanément, ce qui l'arrangea : il n'y connaissait rien en vin, et il allait savoir ce qu'il valait aux yeux de la direction.

— Talbot 82.

Elle rendit la carte au sommelier puis, sans transition, se lança dans une diatribe sur le manque de communication dans le secteur de la communication ; Nicolas sourit pour lui faire plaisir et laissa sa voix se fondre dans le léger brouhaha ambiant sans se soucier du message, vague préambule qui annonçait une suite plus aiguë. La précieuse bouteille en main, le sommelier réapparut, procéda au cérémonial d'usage et versa quelques gouttes dans le verre d'Alissa qui sut parfaitement ignorer sa présence tout en portant le verre à ses lèvres. Là encore Nicolas la regarda faire avec un certain détachement ; la dernière fois qu'il avait goûté un vin devant une femme, c'est elle qui lui avait fait remarquer qu'il était bouchonné.

— Il est bon, s'interrompit-elle un instant, avant de reprendre son exposé sur les difficultés du service artistique.

Il porta le verre à ses lèvres, prit une gorgée de château-talbot 82 et le garda un instant en bouche avant de l'avaler.

— Dites, Nicolas, je peux vous appeler Nicolas ?

— … Pardon ?

— Je vous demandais si je pouvais vous appeler Nicolas.

— Vous avez dit que ce vin était bon ?

— Il y a un problème… ? dit-elle, inquiète, en le goûtant à nouveau.

Il prit une autre gorgée, puis une autre, tenta de les retenir un instant mais les laissa fuir dans sa gorge et termina le verre. Il ne connaissait rien au vin, à son parcours en bouche. Il n'aurait

110

pas différencié une cuisse d'une robe, il aurait mis du fruité dans le tanin et du cépage dans le millésime. Et pourtant, il n'avait aucun doute sur l'exception de cet instant-là. Il ferma les yeux et les rouvrit sur son verre à nouveau plein, comme par miracle.

— Un plat de spaghettis au basilic un soir d'été après la piscine, c'est bon. Une serviette chaude sur les joues après le rasage, c'est bon. Un passing-shot gagnant sur une balle de break, c'est bon. Avec le vin que vous avez choisi, nous ne sommes plus dans cette catégorie, nous sommes dans le merveilleux. C'est comme un conte de fées avec un château, une princesse et un dragon, il y a tout ça dans ce verre. Le pire c'est que je ne sais même pas si ça me fait réellement plaisir. Au contraire, si je devais décrire ce que je ressens à cet instant précis, après avoir bu de ce vin, ce serait quelque chose comme de la tristesse.

— ... ?

— On a envie de verser les larmes de la mariée quand la noce est à son comble. Trop de liesse, ça embue les yeux. Triste aussi parce qu'il m'a fallu quarante ans avant de vivre ça, triste parce que aucune bouteille de cette catégorie-là n'a jamais croisé mon chemin, triste quand j'imagine ceux qui en boivent tous les jours sans savoir ce qu'ils ont entre les mains. Triste, enfin, parce que je vais vivre désormais en sachant que ça existe et qu'il faudra faire avec, c'est-à-dire sans.

— ...

— Pour reprendre ce que vous disiez sur le service artistique, s'il y a des problèmes, l'argent ne résoudra rien. Engagez un type qui sache parler à un imprimeur, qui sache comment marche une rotative, vous ferez déjà beaucoup d'économies. Vous avez des gens pour faire, trouvez ceux qui savent faire faire.

Il regretta cette dernière phrase à peine l'eut-il prononcée. Il n'en fallut pas plus à Alissa :

— Vous ne trouvez pas qu'il y avait quelque chose de pénible dans cette réunion ? Ce côté règlement de comptes.

J'aime beaucoup Bardane mais il fait parfois des affaires de principe sur des petits riens. Des affaires d'honneur, à l'ancienne.

Le vin courait déjà dans les veines de Nicolas, il se sentait confiant, prêt à toute licence.

— Bardane a fait le choix d'être arrogant, c'est celui des médiocres. Vouloir marquer son autorité face à ses subalternes, c'est avoir la servilité dans le sang. Je ne pense pas qu'il soit incompétent, s'il était juste un peu plus sûr de lui, il saurait diriger son équipe.

— Ça vous dirait de le remplacer ?

— … ?

— …

— Ce n'est pas moi que vous voulez, c'est lui dont vous ne voulez plus.

— Le poste a besoin d'énergie.

— C'est une idée de Broaters ?

— Oui.

— Le problème, c'est que je ne suis pas ambitieux.

— Vous aimez le talbot 82.

— J'aime surtout ma tranquillité d'esprit, c'est d'ailleurs tout neuf.

Alissa se leva, pressée, plus rien ne la retenait à cette table. Nicolas lui promit de l'appeler avant la fin de la semaine pour donner sa réponse. Il commanda un plateau de fromage dans le seul but de terminer la bouteille à demi pleine. Pas question d'en laisser une goutte. Il vivait la plus délicate des ivresses et buvait, seul, sans avoir besoin de rien ; ce sentiment d'impunité, il en avait besoin depuis toujours. Pas de Mergault dans les parages, pas de collègues de cantine prêts à faire des réflexions imbéciles, il ne se sentait plus coupable. Les paroles de Loraine lui revinrent en mémoire : «Quoi que vous fassiez, soyez discret. Pas à cause d'un sentiment de honte, juste pour les priver de ce plaisir.» Cette simple phrase, alchimisée par la précieuse molécule, prenait une dimension inattendue. Des idées absconses lui traversèrent l'esprit et tout un bricolage mental se mit en marche. Inspiré, il quitta le restaurant, retrouva le Groupe, prit une boîte de Coca-Cola et une boîte de Heineken à la cafétéria, fit un détour par le bureau de José qui avait accès aux outils de l'atelier technique. Il emprunta un ciseau à métal fin et du papier abrasif en promettant de les rapporter avant la fin de la journée.

Une demi-heure plus tard, bien caché dans son bureau, Nicolas s'attaquait avec des gestes de chirurgien à la boîte de Coca vidée dans un lavabo. Il perça d'abord le fond avec la pointe du ciseau et découpa la base, puis la partie supérieure, en prenant soin de cisailler le métal le plus nettement possible. Pour finir, il fendit le cylindre à la verticale et l'ouvrit comme une coque. Malgré quelques bavures aux extrémités, il avait réussi à ne pas écailler la boîte. L'heure de vérité approchait, il en fut presque troublé — il n'avait rien fabriqué de ses mains depuis si longtemps ! Et ce truc-là était sûrement l'objet le plus sympathique qu'il eût jamais vu. Le cylindre ouvert, il y glissa la boîte de Heineken pleine, et quelque chose de miraculeux se produisit : la rouge robe du Coca vint s'envelopper tout naturellement autour de la verte Heineken. Il lui suffit d'une pression de la main pour refermer la coque et faire entièrement disparaître la boîte pleine sous la vide. Voilà, Nicolas Gredzinski venait d'inventer le leurre à bière. Pour fêter ça, il dégoupilla sa boîte de Coca, qui lui offrit, en récompense, la fraîche amertume du houblon.

Muriel entra dans son bureau :

— Vous avez de la chance de boire du vrai Coca, monsieur Gredzinski, moi je suis condamnée au Light, sinon ça me tombe directement sur les hanches.

Le monde restait à conquérir.

*

— Un pastis, double, avec beaucoup de glaçons.

À l'approche de l'été, c'était un breuvage autorisé, Nicolas n'était pas le seul à en prendre, José en était à sa deuxième mauresque. Marcheschi et Arnaud s'en tenaient à leur bière quotidienne, Régine et Cendrine au kir.

— Qu'est-ce que vous faites, ce week-end ? demanda Régine.

— Tu penses déjà au week-end ?

— Toujours, c'est ce qui me fait tenir le reste de la semaine.

— Samedi je pars à la campagne avec les petits, dit Arnaud.

— Et toi, Nicolas ?

— Compte tenu de cette semaine bizarre, je ne fais pas de projets.

— Et toi, Cendrine ?

— Moi, je vais à la foire du Trône avec mon amoureux.

— J'irais bien avec vous, dit Régine.

Nicolas les écoutait en laissant monter une sève chaude dans ses artères et envahir les parois de son cortex. Son ivresse demandait à être réveillée dans la douceur et la volupté.

— Ce week-end, repos, dit José. Je vais louer cinq cassettes au vidéoclub, rien que des choses très dépaysantes, le tout entrecoupé de courtes siestes jusqu'au dimanche soir. Quand j'ai du sommeil à récupérer, c'est efficace.

Du sommeil ? À quoi bon dormir, se demandait Nicolas. Loraine dormait-elle jamais ? Cette nuit, elle avait pris congé à la fermeture du bar sans lui proposer une suite. Nicolas voyait trouble et butait sur la moitié des mots ; quelle suite pouvait-on imaginer avec un type dans cet état ? Il retrouva le numéro de téléphone portable qu'elle avait glissé elle-même dans la pochette de sa veste juste avant de l'installer dans un taxi.

— Et vous, monsieur Marcheschi, ce week-end ?

Il était le seul qu'on ne tutoyait pas, qu'on n'appelait jamais par son prénom ; sans le vouloir vraiment, il savait créer une distance. L'idée qu'un Marcheschi puisse croiser Loraine, boire sans vaciller et terminer la nuit dans ses bras, agaçait Nicolas. Tout Marcheschi l'exaspérait. Il voyait en lui une mécanique que rien n'enrayait ; il ne se noyait pas dans un verre d'eau, rien n'entamait sa bonne humeur, sa force d'entreprendre lui servait d'armure, le protégeait contre le doute et tous les petits deuils ridicules. Nicolas n'en démordait pas : si Marcheschi fréquentait le club du Nemrod, c'était dans l'unique but de s'offrir un public conquis, de vaincre sans gloire, et de se faire admirer à bon compte.

— Eh bien, moi, ce week-end, je vais profiter de mon plafond…

Il laissa sa phrase en suspens, un sourire aux lèvres, en attendant que l'un d'eux lui en demande plus. Cendrine se dévoua. Nicolas la traita mentalement de gourde.

— Qu'est-ce qu'il a, votre plafond ?

— Pour comprendre, il faudrait que je vous raconte mon dernier week-end. Je vous ai déjà parlé de ma petite bicoque dans l'Eure ? Figurez-vous que samedi, à 8 heures du matin, je me suis attaqué, seul, à des poutres laissées à l'abandon depuis trente ans. Corrosions diverses, insectes, graisse, pourriture, on ne peut pas imaginer toutes les avanies qui menacent le bois. Ça faisait des mois qu'un ami architecte me conseillait de les traiter au plus vite si je ne voulais pas que le toit s'écrase d'un coup sur ma tête. Mais, vous savez ce que c'est, les semaines passent et je repousse la corvée au week-end suivant, puis au suivant, et tout ça prend une ampleur qui me dépasse. Je n'osais même plus proposer à mes conquêtes un petit week-end à la campagne de peur que ça ne tourne au fait divers ! Samedi dernier, donc, je prends mon courage à deux mains et m'attaque à ce chantier, seul je le répète, pour en finir une bonne fois pour toutes. Si vous aviez vu l'accoutrement ! Une combinaison kaki maculée de peinture, un bandana noué sur le crâne, un autre foulard pour me couvrir le nez et la bouche, comme un casseur de banque. Une brosse, une râpe et du papier de verre en main, je grimpe sur l'escabeau, et la suite est tragique. Ça vit, une poutre, c'est plein de mystère, ça se donne parfois mais ça résiste aussi. J'ai commencé ce grattage infernal avec une patience d'ange, et la première heure a sans doute été la plus pénible. Dès le premier coup de brosse, la poussière vous tombe directement dans les yeux, et ça, on ne peut rien y faire. Rien ! On essaie tout un tas de solutions, même les lunettes faites pour ça sont vites recouvertes, on doit les nettoyer toutes les deux minutes, sans parler de la sueur qui coule sur l'arête du nez. Quand je viens à bout d'une première moitié, il est déjà midi. Trois mètres en quatre heures… On se dit que le monde est une plaie, on maudit les bricoleurs, mais on continue. Petit à petit, tout ça prend des allures de défi, un défi à soi-même, et c'est comme ça qu'il faut le voir si on veut trouver la force. En milieu d'après-midi, les bras vous lâchent, l'odeur vous envahit le nez à mesure que la poussière perce le masque, vous éternuez toutes les dix secondes avec une régularité de métronome. Le travail avance, lentement, mais on ne s'en rend plus compte, la nuque va exploser sous la torsion, c'est la position la plus débile, la plus absurde que le corps ait à subir. Vos épaules ne sont plus qu'une longue barre de douleur, tous les maux s'enchaînent et se mélangent pour vous faire rendre grâce, la volonté vacille, on est prêt à faire un feu de joie de cette putain de baraque pour que le voisinage en profite à des lieues à la ronde. À la nuit tombée, je me suis endormi là, par terre, tout habillé, ivre de douleur, cassé, gémissant, et seul comme je ne l'ai jamais été. Le lendemain, le cauchemar reprend, intact, mais cette fois, on n'est plus porté par l'insouciance de l'innocent, on sait qu'il faudra en chier dès les premières minutes, mais on y retourne, parce que baisser les bras maintenant — c'est le cas de le dire — ce serait comme si l'effort fourni n'avait servi à rien. Quand le spectre de l'abandon réapparaît, quand les éléments se sont ligués contre vous pour vous faire fléchir, quand les yeux vous brûlent, quand votre bouche est empoisonnée, quand votre détermination n'est plus qu'une flaque de boue à vos pieds, le miracle arrive enfin : vous venez de finir le dernier quart de la dernière poutre. Il ne s'agit pas, à ce stade, de crier victoire, le calvaire est loin d'être terminé. Il faut remonter le Golgotha pour repeindre avec du vernis tout ce qui a été gratté et lissé. Et là, d'autres petits plaisirs

116

vous attendent : l'asphyxie, le mal de tête, les yeux brûlés, les larmes, et toujours cette même position, arc-boutée, maudite, qui vous casse les reins à tel point qu'on craint de ne plus jamais retrouver la station verticale. Bref, nous sommes lundi, 2 heures du matin, et cette fois, tout est terminé. Je suis pris d'un rire nerveux et reste allongé par terre pendant une bonne heure, le temps de détendre le corps. Je reprends la voiture pour rentrer sur Paris. Le lendemain matin je suis au bureau, frais et propre, souffrant le martyre, mais ça ne m'a pas empêché de décrocher le contrat Solemax avant la fin de la journée, et de prendre l'apéritif avec vous, ici même.

Silence. Admiration. Exclamations retenues, applaudissements effleurés, commentaires stridents. Du coup, tout le monde reprit une tournée. Comment ne pas féliciter Marcheschi ? Que pouvait-on ajouter à ça ? Il allait partir, persuadé d'être un héros, et cette idée avait quelque chose d'exaspérant. Nicolas prit une bonne goulée de pastis, reposa son verre, et attendit un dernier instant que les conversations s'estompent avant de prendre la parole.

— En 1508, Michelangelo Buonarroti hérite d'une commande du pape : peindre les douze apôtres sur le plafond de la chapelle Sixtine. Pour ce travail on lui donnera cinq assistants et 3 000 ducats, c'est le prix d'une maison à Florence. Il trouve que l'échafaudage est inefficace et détériore le plafond, il en dessine un autre bien plus astucieux, qui s'appuie sur les murs. Il peint quatre apôtres mais n'est pas satisfait, il veut faire du lieu quelque chose d'exceptionnel et propose au pape de raconter la Genèse sur l'ensemble de la voûte ; plus de 500 m^2 de fresque et 300 personnages, chacun ayant une anatomie authentique, une gestuelle, un rôle. Michel-Ange n'a plus qu'un assistant pour préparer les enduits et broyer les couleurs. Et le travail commence par un hiver terrible, il fait un froid de gueux, la chapelle est impossible à chauffer. Il peint le jour, le soir il prépare les esquisses du lendemain. Pendant ses rares heures de sommeil, il dort le plus souvent tout habillé sans enlever ses chausses à cause de ses crampes et de ses pieds gonflés ; quand il y parvient, la peau part avec le cuir. Sur son échafaudage, il monte ses vivres et son pot de chambre pour ne pas avoir à redescendre et travaille jusqu'à dix-sept heures d'affilée, perché à vingt et un mètres de hauteur, debout, le dos cambré en arrière, le cou renversé, la peinture dégoulinant sur son visage ; à chaque coup de pinceau il est obligé de fermer les yeux, comme il avait appris à le faire en sculptant, pour éviter les éclats du burin. À trop fatiguer ses yeux, il craint de devenir aveugle et ne peut plus voir qu'à la distance de son travail de peintre ; quand on lui tend un objet, il est obligé de le regarder en l'air pour l'identifier. Il refuse de parler à quiconque pour éviter les questions sur son travail, et interdit l'accès de la Sixtine, même au pape. Dans la rue, les gens le prennent pour un fou avec ses haillons, sa figure barbouillée de peinture et sa démarche hagarde. Son calvaire dure quatre longues années. Le jour de l'inauguration, il n'est pas là, trop occupé à choisir les blocs de marbre du tombeau de Jules II, parmi lesquels il sculptera son Moïse. La Sixtine fait de lui un mythe vivant, ses pairs, ses détracteurs, le monde entier s'incline devant son travail qui, aujourd'hui plus que jamais, reste une des plus belles créations de la main humaine. Et pourtant, Michel-Ange, par excès d'humilité, ne se considérait pas comme un peintre, seulement comme un sculpteur. Il n'a encore que trente-sept ans, il lui reste à bâtir des églises, faire tenir des dômes, dessiner des volées d'escalier, peindre des centaines de murs, sculpter des tonnes de marbre. À une époque où l'espérance de vie est de quarante ans, il mourra à quatre-vingt-neuf ans, le burin à la main.

Après un silence, Marcheschi, les yeux sur sa montre, se leva et prit congé.

*

Nicolas dut se rendre à l'évidence, il plaisait à Loraine. Elle se trouvait Dieu sait où, occupée à Dieu sait quoi, quand il lui proposa de prendre un verre chez Lynn. Au téléphone, il n'avait pu s'empêcher de chercher, en vain, des indices, des bruits, une ambiance ; était-elle au travail, chez elle, dans la rue ? Il ne savait comment interpréter sa voix basse, presque recueillie, il imagina d'abord une bibliothèque, peut-être une église, puis une chambre d'enfant ou une salle de bains jouxtant un salon où son mari lisait le journal. À tout prendre il préférait la savoir dans une bibliothèque à la recherche de ses chers génies. Les mystères de la belle lui faisaient poser un regard nouveau sur son propre quotidien ; il lui suffisait d'avoir Loraine à ses côtés pour considérer désormais son boulot comme une parenthèse floue, un brouhaha obligatoire, assez peu captivant, pas spécialement pénible. Du jour au lendemain, son travail pour le Groupe ne se taillait plus la meilleure part de sa vie. La proposition d'Alissa ne le tentait pas, toute énergie dépensée à vouloir progresser dans la hiérarchie ne lui ferait jamais gagner assez d'argent pour compenser une telle perte de temps. Mieux valait accepter l'idée qu'il ne ferait carrière dans rien, qu'il ne vivrait aucune exaltation d'aucune sorte entre 9 et 18 heures, et que ce sacrifice au nom du Groupe était la garantie de pouvoir laisser le meilleur de lui-même s'exprimer où bon lui semblait. Auprès de Loraine, par exemple.

— Dites donc, Nicolas, trois soirs de suite, ça ne devient pas un peu équivoque, notre truc ?

Tout à coup, sans savoir à quelle pulsion étrange il obéissait, il posa sa main sur la sienne, comme le geste le plus naturel du monde. Elle ne la reprit pas et dit :

— Comment avez-vous su que j'étais gauchère ?

Il sourit tendrement et tous les bonheurs de la veille lui revinrent en mémoire, intacts, comme si rien ne les avait interrompus.

— Si nous sommes amenés à nous voir une quatrième fois, il va falloir me donner des raisons, dit-elle.

— Laissez-moi un peu de temps.

— Ceux qui aiment la vodka ont leur propre perception du

temps, comme ils ont leur propre perception du monde. Il nous faut régler la question tout de suite : faites-moi votre éloge.

— ... ?

— Les gens qui se rencontrent adorent évoquer leurs défauts et cherchent à se faire absoudre par anticipation. L'autre, déjà séduit, trouve ces aveux si charmants, si romanesques ! En général, les choses se gâtent très peu de temps après. Nous n'allons pas tomber dans ce piège ; dites-moi ce que vous aimez en vous, les talents que vous vous reconnaissez, faites la liste de toutes ces petites choses qui vous différencient du plus grand nombre.

L'exercice lui parut plaisant mais risqué. Sans être un défaut ni une qualité, l'anxiété était le trait principal de son caractère, la clé de tout son être. Elle le faisait aller moins vite, moins fort, moins loin que n'importe qui. Il aurait été le premier au courant si le monde avait appartenu à ceux qui se lèvent tôt, il appartenait avant tout à ceux qui osent. De temps en temps, il était tenté d'y faire sa place sans être sûr d'y avoir droit. Face à Loraine, il ne pouvait pas ne pas faire état de cette infirmité qui l'empêchait de se trouver des points forts, mais qui, en même temps, le mettait à l'abri de certains excès.

— J'aurais du mal à parler de mes qualités mais je connais les défauts que je n'ai pas. Je ne suis pas agressif, et j'en suis fier.

L'anxiété le forçait depuis toujours à reconnaître ses limites et à fuir les rapports de force. Tout ce temps perdu à se préparer au pire avait fait de lui un individu effacé. Ni éteint ni timoré, mais à l'écart. Il fallait ne douter de rien pour être offensif, ou même menaçant ; Nicolas doutait de tout. Il gardait en mémoire ce jour où il était arrivé juste à l'heure du biberon chez un couple d'amis fiers de présenter au monde leurs jumeaux. L'un d'eux était colérique, fébrile à l'idée de téter ; de peur de déclencher des hurlements, sa mère le nourrissait en priorité. L'autre, timide, retenu, attendait son tour en silence. Nicolas y voyait une métaphore universelle : les emmerdeurs passeraient toujours les premiers.

120

— Je n'ai pas besoin de boucs émissaires dans la vie quotidienne.

Plus précisément, il n'essayait pas de faire payer sa fêlure à autrui, il avait déjà fort à faire avec le petit animal à dents pointues que son ventre abritait.

— Dans le même ordre d'idées, je ne suis pas cynique non plus. Ceux qui s'amusent de la noirceur qui nous entoure me font pitié.

Sans courir après les bons sentiments — l'inquiétude l'en éloignait aussi — il ne supportait pas les annonciateurs d'apocalypse et les décadents patentés. Ils cherchaient à lui en faire baver un peu plus, Nicolas s'en chargeait lui-même.

— Je pense pouvoir dire que j'essaie de ne jamais juger mes contemporains.

Il les enviait parfois mais ne les jugeait pas, c'était un luxe qu'il ne pouvait se permettre.

— Dans un moment de crise, je peux facilement prendre les choses en main et arranger une situation.

Il s'agissait d'un phénomène assez inexplicable, un effet pervers de l'anxiété. Paradoxalement, Nicolas était d'un calme inattendu dans les moments de stress généralisé, sa maîtrise de l'angoisse devenait un atout dans certaines situations complexes. Si quelqu'un s'évanouissait dans le métro, il procédait avec tranquillité, retenait la panique de tout le monde, l'individu pouvait doucement revenir à lui. En d'autres termes, si une angoisse venait rivaliser avec la sienne, il savait jauger son amplitude et la calmer.

— J'ai bien peur d'avoir à m'arrêter là, dit-il, avec un sourire mutin.

Tout ce qu'il y avait de bon et de mauvais en lui était dérivé de cette peur d'on ne sait quoi. Le reste n'était que bavardage. Autant que faire se peut, il avait été sincère dans ses réponses et se demandait maintenant si cette honnêteté allait payer. Il vit dans les yeux de Loraine un petit quelque chose qui pouvait ressembler à une suite et commanda un dernier verre.

THIERRY BLIN

— Cherche les vraies motivations du client, même s'il ne les connaît pas lui-même, dit Rodier. Exemple : un cadre supérieur, plutôt beau mec, très élégant, me demande de suivre une femme qui vient de le quitter sans lui donner d'explication. Il la soupçonne d'avoir rencontré quelqu'un, il veut savoir qui. Je suis la fille un peu partout mais ne trouve rien, je tourne en rond, la note avoisine les 20 000 francs sans aucun résultat. J'essaie de dire au type que son ex vit seule et ne voit que des copines, il refuse d'y croire. Je piétine encore jusqu'à 35 000 et lui remets un nouveau rapport qui n'en dit pas plus que le précédent : selon toute vraisemblance, la fille n'a pas «rencontré quelqu'un». Le client m'en veut, il pense que je l'arnaque, cette fille est forcément tombée amoureuse d'un autre, il en est persuadé ; je suis pourtant obligé d'arrêter une enquête qui ne mène à rien. Pour en avoir le cœur net, il est allé poser la question à la fille qui n'a fait que confirmer ce que je disais : elle n'avait rencontré personne. Elle s'était juste lassée de lui, un gars qui ne doute de rien, surtout pas de son charme. En venant me voir, il posait, inconsciemment, la question : «Comment une femme peut-elle me quitter, moi, cadre supérieur au ventre plat, à qui personne ne résiste ?» Pour lui, la seule réponse était : «Pour un homme plus riche, plus beau et plus en vue.»

— Que sont-ils devenus ?

122

— Il est passé me raconter la suite — ils le font souvent, ne t'en étonne pas quand tu travailleras seul. La fille, touchée qu'il pense encore à elle, est revenue vers lui, ils ont revécu trois mois ensemble, c'est lui qui a fini par la quitter.

Rodier recommanda une paupiette et sauça son assiette sans laisser la moindre goutte de crème. Il y avait presque de la fatalité dans ce geste, une gourmandise coupable.

— Tu prends autre chose, Thierry ?

— Une salade de fruits, c'est le jour.

— À ton âge, ça n'était pas important, la bouffe, c'est vers les cinquante ans que ça m'a pris. Jamais je n'aurais pu imaginer que ça deviendrait la plus grande préoccupation de la journée.

— Si je mangeais autant que vous, je ferais trois fois mon poids.

— C'est le seul avantage physique que j'ai eu à la naissance : j'ai toujours tout brûlé. À la longue ça peut se révéler dangereux. Je n'ai jamais pris un kilo, je n'ai jamais fait attention à rien, aujourd'hui je suis obligé de surveiller mon taux de cholestérol et mon diabète.

— Avec des paupiettes ?

— Ne regarde pas dans mon assiette, j'ai assez de ma femme pour ça.

En trois mois, Thierry avait appris à le laisser parler de ses envies, de ses douleurs, de son Loto, de sa pêche à la mouche et de son cholestérol. Au fil des semaines, il s'était créé entre eux une qualité d'échange où chacun trouvait son compte au-delà de ses espérances. Rodier assurait sa dernière ligne droite avec un copilote sur lequel il lui arrivait de se reposer, et Blin, attentif, se laissait donner, chaque jour, une clé, une formule, un message qu'il lui aurait fallu des années pour déchiffrer seul. Quand leur emploi du temps le leur permettait, ils déjeunaient Chez Patrick, un petit restaurant du XVIIIe arrondissement, sans cachet particulier mais fréquenté par d'autres enquêteurs, la plupart anciens inspecteurs de police qui, bon gré mal gré, s'étaient vus contraints de quitter la grande maison. La veille encore, un peu à contrecœur, Rodier avait invité l'un d'eux à leur table afin de lui présenter sa nouvelle recrue ; une intronisation dans le milieu en bonne et due forme. Thierry se montra particulièrement aimable et joua les débutants pour amadouer le bonhomme qui, distrait de sa solitude, se mit à raconter des anecdotes de vieux briscard pour l'impressionner ; Rodier se serait volontiers passé de la dernière. Vingt ans plus tôt, avec quatre autres collègues, ils avaient coincé un maître chanteur pendant qu'il prenait livraison d'une mallette de billets — le prix de son silence — à la consigne de la gare de l'Est. Sans réfléchir, Thierry posa une question fort légitime mais complètement absurde aux yeux des deux autres.

— Pourquoi la victime ne s'est-elle pas adressée à la police ?

— À ton avis ?

— … Parce qu'elle ne *pouvait pas* s'adresser à la police ?

Les motifs de chantage étaient réels et sérieux, l'homme risquait les assises s'il s'adressait aux autorités. Pour se débarrasser du maître chanteur, il avait dû embaucher une escouade de privés qui avaient accepté la mission sans le moindre état d'âme. *On était jeunes*, dit Rodier, pour se disculper. Thierry n'avait pas eu le cran d'invoquer la clause de conscience : fallait-il tirer une crapule des griffes d'une autre crapule ? La question le perturba le reste de la journée jusque tard dans la nuit. Au petit matin, il n'y avait pas trouvé de réponse, mais se promit d'éviter ce genre d'affaires si on le lui proposait, davantage pour sa tranquillité d'esprit que par sens moral.

Aujourd'hui, ils étaient, Chez Patrick, les seuls représentants de la profession et déjeunaient à l'habituelle petite table à l'écart.

— Une salade de fruits, une crème brûlée et deux cafés, commanda Rodier.

— Vous le sentez comment, ce Damien Lefaure ?

— Un aigrefin.

Depuis peu, Rodier laissait Blin assister aux premiers rendez-vous avec les clients ; rares étaient ceux qui y trouvaient à redire. Il se mettait dans un coin, les bras croisés, écoutait sans jamais intervenir, cachait comme il pouvait sa nervosité derrière un sourire de pro, jouant le type qui peut tout entendre parce qu'il en a vu d'autres. Mais il n'avait jamais rien entendu de la sorte, c'était même la toute première fois qu'il se trouvait confronté à un bizarre matériau humain où le désarroi côtoyait la rage, l'avidité la candeur, la grandeur d'âme la vengeance. Trois jours plus tôt, ils avaient reçu Me Vano, un avocat d'affaires qui faisait régulièrement appel aux services de Rodier pour se renseigner sur la fiabilité des individus en passe de s'associer avec ses clients. La prudence de Me Vano était souvent récompensée, comme cette fois : le dénommé Damien Lefaure n'en était pas à sa première escroquerie.

En quarante-huit heures, Rodier et Blin en savaient long sur le personnage. Lefaure avait obtenu, à seize ans et un jour, le statut de « mineur émancipé » pour créer sa première société : Synenum, mise en liquidation cinq ans plus tard pour actif insuffisant. Il apparaissait dans plusieurs sociétés plus ou moins fictives de vidéo, de sponsoring, et dans trois agences de mannequins dont aucune fille n'avait jamais décroché un seul contrat dans le monde de la mode. Sa dette fiscale s'élevait à deux millions de francs, et pour pouvoir continuer à exercer, il s'était fait déclarer « incapable majeur ». Étant désormais sous tutelle, seul le nom de sa femme apparaissait dans les papiers officiels. De surcroît, il était sous étroite surveillance administrative, sans parler de celle du cabinet Rodier, depuis deux jours. Blin et Rodier connaissaient tous ses numéros de compte, le nombre et la valeur de ses actions, l'ensemble de ses sociétés, les adresses de ses gérants et administrateurs ; ils le soupçonnaient même d'avoir des intérêts dans un réseau de prostitution via Internet, mais ça restait une rumeur et ça n'apparaîtrait pas dans le rapport que Rodier devait remettre le lendemain à Me Vano.

— Ce type est passé du statut de « mineur émancipé » à celui d'«incapable majeur» comme s'il n'avait jamais connu l'âge adulte, dit Blin.

— Après tout, c'est peut-être ça, un escroc, fit Rodier.

— Dans mon atelier d'encadrement, j'étais plutôt celui qui se faisait arnaquer par les clients. Même le fisc me soupçonnait ; un excès d'honnêteté, ça cachait sûrement quelque chose. Il y a des jours où j'aurais voulu avoir les tripes d'un Lefaure.

— Tu parles, c'est juste un voleur de poules.

— C'est ce que vous allez écrire dans votre rapport ? Lefaure est un voleur de poules ?

Malgré leur complicité, le disciple ne parvenait pas à tutoyer le maître, pas plus qu'il ne l'appelait par son prénom. Rodier ne comprenait pas ces simagrées.

— Je n'écrirai rien dans ce rapport, c'est toi qui vas le faire.

— Moi ?

— Il faudra bien que tu t'y mettes un jour, non ?

Rodier demanda l'addition et refusa pour la énième fois de partager avec Thierry.

— Alors, ce rapport, demanda Rodier, dans trois heures sur mon bureau ?

— Pas avant 19 heures, j'ai un truc à faire avant.

Rodier ne demanda pas quoi. Il ne s'intéressait aux affaires des autres que s'il était payé pour ça.

*

La clinique du docteur Joust n'avait pas grand-chose de commun avec les précédentes. Dans un quartier résidentiel à quelques centaines de mètres de la porte Maillot, on la devinait à peine derrière un mur d'enceinte recouvert de lierre.

Pour s'engager à lui refaire une tête, Joust n'avait eu aucun besoin de l'histoire que Blin s'était senti obligé de lui servir. Il avait joué l'angoissé, persuadé de sa laideur, il était même allé jusqu'à comparer le rejet de son visage à l'envie de voir brûler une maison dans laquelle on a été malheureux. Le seul moyen de se débarrasser, symboliquement, de ce passé, c'était de voir la baraque s'écrouler dans les flammes. Au détour d'une phrase, il comprit qu'il ne mentait plus et en eut des sueurs froides.

— Soit dit entre nous, monsieur Vermeiren, vous ne m'empêcherez pas de penser qu'il y a de la dysmorphophobie là-dedans. Vous ne vous voyez pas tel que vous êtes.

Joust ne se doutait pas à quel point il était loin du compte. Blin n'eut plus qu'à approuver un devis de 65 000 francs, et la messe était dite. Pour 25 000 francs de mieux, le chirurgien était même disposé à lui changer la voix. Thierry se demanda lequel des deux était le plus fou.

— C'est possible ?

— Une petite injection de collagène dans les cordes vocales afin de les grossir et donc de modifier la vibration de la muqueuse, ça change le timbre assez nettement. Je le propose au cas où vous n'auriez plus envie d'entendre la voix de cet homme du passé...

Blin sentit la pointe d'ironie sans trop savoir quoi en penser. Pour enchaîner, Joust lui proposa de fixer une série de rendez-vous afin de rencontrer son anesthésiste, faire un bilan préopératoire, et définir le mieux possible les diverses interventions sur son visage.

— Pour une métamorphose profonde, il faut non seulement agir sur les parties molles mais aussi sur l'os afin d'ajouter ou enlever du relief, c'est ce qu'on appelle un mask-lift. Ensuite, il s'agit de remettre en tension la peau et les muscles du visage dans les zones frontales, faciales et cervicales. Nous pourrions commencer par un lifting cervico-facial et un lifting frontal si vous voulez vraiment changer de regard.

Blin n'entendit que les derniers mots : *changer de regard*. Le reste s'envola dans l'instant.

— En remettant en tension l'angle externe de l'œil, nous pourrions l'orientaliser un peu. Je vous montre ?

Il dessina le contour des yeux de Blin sur une feuille blanche puis quelques flèches pour indiquer le sens de son intervention ;

à partir de ce vague croquis, quelque chose apparaissait, un nouveau regard, indéfinissable, peut-être plus doux et sans doute plus harmonieux, déjà réel.

— Nous allons enlever l'excès de graisse qui vient bomber les paupières et vider les légères poches sous les yeux. Nous allons en profiter pour raboter cette petite bosse sur le nez, vous êtes d'accord?

— Oui.

— Personnellement, je ne vois pas d'autre intervention sur le nez, il est fin, droit, nul besoin de l'améliorer à part ce petit coup de râpe. En revanche, vous avez le menton un peu fuyant, je vous propose de le projeter en lui rajoutant du volume, un léger implant de silicone. Je pourrais en faire autant avec vos pommettes, jetez un œil là-dessus.

Il montra des diapositives de ses précédentes interventions. *Avant* et surtout, *après*. Le plus troublant, sur ces visages, n'était ni le gommage des rides ni le lisse de la peau, mais cette lueur au fond de l'œil qui en disait long sur la sérénité retrouvée des patients. À écouter le docteur Joust, tout ce qui paraissait impensable à Blin jusqu'à cet instant devenait une formalité. On aurait pu croire qu'il suffisait d'entrer dans sa clinique un beau matin avec sa tête de tous les jours et d'en ressortir quelques heures plus tard avec celle qu'on s'était imaginée.

— Les incisions autour de l'œil et du menton suivront le trajet de vos rides, je cacherai les autres cicatrices dans la zone chevelue, elles seront rouges les premiers temps puis quasi invisibles. Votre coiffeur sera le seul individu au monde susceptible de les voir…

Aucun problème, Thierry allait apprendre à manier la tondeuse pour garder trois millimètres de cheveux sur le crâne. Il se débarrasserait du même coup de cette maudite barbe. Il n'aurait bientôt plus rien à cacher.

*

— C'est pas encore ça, fit Rodier en parcourant les feuillets à la va-vite.

Blin l'avait retrouvé au Monseigneur, un bar à hôtesses près des Champs-Élysées qui sentait encore les années 70 et les parfums mêlés des femmes qui attendent ; un jeu de lumières tournait au-dessus des canapés rouges et des moulures en stuc. Sans chercher à savoir ce qu'ils faisaient là, Thierry attendait les réactions de Rodier à la lecture de son tout premier rapport d'enquête.

— Tu utilises des termes subjectifs comme «excentrique» ou «parvenu», ton avis personnel, on s'en moque. Trop de conditionnel aussi, ça donne l'impression qu'on n'a rien foutu. «Monsieur Damien Lefaure serait actuellement sous surveillance administrative.» Non ! Tu as entendu mon informateur aux impôts, le type *est* dans le collimateur du fisc, de l'Urssaf et des Assedic depuis au moins cinq ans, ça vaut un présent, ça, non ? En revanche, il faut des guillemets à «apparaît» dans la phrase : «En outre M. Lefaure "apparaît" dans une société du nom de "Pixacom"», parce qu'il n'apparaît pas officiellement. D'ailleurs, quand tu dis : «Monsieur Lefaure déclare qu'il est incapable majeur», il faut donner un peu plus de précisions à celui qui va te lire, mettre carrément les points sur les *i* : «Ce qui signifie qu'il est sous tutelle de sa femme, Mme Françoise Lefaure.» Tu peux même ajouter pour enfoncer le clou : «Il n'est donc pas apte à gérer ses biens», puisque c'est la réponse à la question qu'on te posait au départ. On ne te demande pas non plus de faire du style, tu dois rendre compte, un point c'est tout.

— Où est-ce que j'ai fait du style ?

— Dans la phrase : «Lors d'un contact téléphonique, nous avons perçu un silence éloquent chez le personnel de l'agence quand nous avons demandé Pixacom.» Qu'est-ce que c'est que ce «silence éloquent» ? Il disait quoi, au juste, ce silence ?

— …

— «Perçu un certain trouble», ça suffit. On comprend que les gens de l'agence ne s'attendaient pas à ce recoupement, et basta.

Rodier avait une sympathique façon d'engueuler Thierry, avec des sourires en coin et un ton à la limite inférieure du narquois. Le verdict était sans appel : en bonne voie, mais peut mieux faire.

— Qu'est-ce qu'on vous sert, messieurs ? demanda la barmaid.

Elle n'avait ni l'assurance d'une patronne, ni la célérité d'une serveuse, ni les allures d'une entraîneuse. Elle servait à boire sans style, patientait les bras croisés, allait et venait derrière le bar sans trop savoir qu'y faire. Un pull angora rouge, un pantalon en jersey noir, des escarpins marron à talons courts, elle portait le tout avec le sentiment d'avoir fait des efforts. Thierry l'imaginait battant le pavé de longues années avant de se retrouver là, factotum d'occasion, gauche, blasée. Sans la quitter des yeux, Rodier s'adressa à Thierry avec un sourire niais :

— Prends ce que tu veux, nous sommes invités par la maison.

Cet « invité par la maison » avait procuré à Rodier un court mais vrai plaisir, c'était la phrase la plus impensable pour la femme du bar. La maison n'invitait jamais, plus qu'une règle c'était un interdit, tout se monnayait, même le sourire car il était rare et compris dans la note.

— Catherine n'est pas là, dit-elle.

— Je sais, elle m'a donné rendez-vous à 9 heures. En attendant, mettez-nous deux coupes, dit Rodier, ferme.

Deux filles qui n'avaient pas entendu l'échange se levèrent de leur canapé pour se rapprocher d'eux. Celle qui se destinait à Rodier tenait à ce qu'on remarque ses bas résille rouges et sa jupe noire fendue jusqu'à la hanche. Blin n'avait aucune envie de parler, de sourire à l'autre fille. Ni belle ni laide, elle prenait des poses pigeonnantes ; sans avoir soif elle allait demander un verre ; elle voulait donner envie qu'on la touche mais sa sévérité la trahissait. Elle rêvait simplement de rentrer chez elle et ne parvenait pas à le cacher.

— Mesdames, dit Rodier, nous ne sommes pas des clients, c'est la maison qui, au contraire, fait appel à mes services. Je ne vous paierai donc pas à boire et vous ne m'en voudrez pas, nous sommes là pour des raisons purement professionnelles.

Les filles quittèrent les tabourets, sans acrimonie, sans même leur faire sentir qu'elles s'étaient déplacées pour rien.

— Vous allez m'expliquer ce qu'on fait là ? demanda Thierry.

— La taulière a besoin que je lui rende un service. Elle peut aussi m'en rendre un. On va sans doute s'arranger.

Sur le présentoir, les deux bouteilles de whisky, le cognac, et les deux alcools blancs n'avaient pas été touchés depuis des lustres. En revanche, un gigantesque seau à champagne contenait quatre bouteilles dont une entamée. Pour assister à un rituel qui lui échappait encore, Thierry regrettait de ne voir aucun vrai client passer la porte.

— Qui peut tomber dans ce genre de piège, à part un touriste bourré à mort ? Si je devais donner une définition de l'anti-séduction absolue, je la trouverais ici.

— Un type de ton âge n'a rien à faire au Monseigneur. Mais quand on a le mien, que l'addition n'a aucune importance et que l'on a besoin de discrétion, ça fait la blague. J'ai vécu quelques fêtes mémorables, ici, il y a longtemps. Maintenant je ne récupère plus comme avant, et ma Monique est la seule au monde avec qui je peux dormir.

Une femme longue et fine, la cinquantaine, blonde, maquillée à outrance, entra dans le bar avec la légitimité d'une tenancière. Elle dit bonjour à la cantonade, passa derrière le comptoir, posa son manteau dans un placard et alla serrer Rodier dans ses bras. Il lui présenta Blin qu'elle embrassa avec le même enthousiasme et s'assit sur un tabouret, entre eux deux. Elle avait su garder un visage aux yeux étonnés, un sourire plus sincère que celui de toutes les femmes présentes. Ses cuissardes noires lui donnaient des allures de maîtresse femme dont personne, et surtout pas Thierry, n'aurait su braver l'autorité naturelle.

— Qu'est-ce que vous m'offrez, les gars ?

— Rien, ce soir c'est toi qui invites.

Amusée de voir les rôles inversés, elle se commanda une coupe.

— Comment fais-tu pour être bronzée à longueur d'année dans un endroit pareil ?

— Ça me coûte un max, mais ça vaut le coup, dit-elle en déboutonnant son chemisier pour leur montrer le contraste de sa peau cuivrée avec la dentelle blanche de son soutien-gorge.

Thierry, électrisé par un geste si spontané, comprit qu'il avait désormais besoin de *ça* dans sa vie.

— On peut parler, là, mon Pierrot ?

— Il travaille avec moi, tu peux y aller.

— J'ai besoin d'un numéro sur liste rouge. Pour toi c'est pas compliqué.

— Trois mille.

— Trois mille ? Tu vas pouvoir me payer un verre !

Toute patronne qu'elle était, Catherine n'en oubliait pas les attitudes de séduction : une seconde silhouette qu'elle revêtait en fin d'après-midi, jusqu'à l'aube. Thierry aurait été curieux de connaître les moments où la sincérité et la spontanéité de cette femme s'exprimaient pleinement.

— Pour ton numéro, tu me fais une avance de 1 500 et tu me prêtes cette fille, là-bas, avec la robe bleue, et c'est à elle que tu verseras les 1 500 qui restent.

— Yvette ?

— Je te la renvoie dans deux heures.

Sans demander d'explication, Catherine les quitta pour aller négocier avec la fille en question.

— Je peux savoir ce qui se passe ? demanda Blin.

— J'ai une affaire qui traîne depuis longtemps. Crois-moi, je donnerais beaucoup pour te laisser y aller à ma place. Je vais même prendre un petit whisky pour me donner du courage.

S'il avait l'habitude de regimber chaque fois que le travail se profilait à l'horizon, rares étaient les moments où Rodier avait besoin de se donner du cœur à l'ouvrage.

— Il va falloir que vous m'en disiez plus. C'est pas tant la curiosité que le souci d'apprendre.

— Dans notre métier, il est fréquent de voir des histoires d'argent cacher des affaires de mœurs. Cette fois, c'est l'inverse : une histoire de cul cache une affaire de gros sous. Un chef d'entreprise veut pouvoir prouver que sa femme fréquente une boîte échangiste. Il se fiche bien de savoir où elle passe tous les mardis et dimanches soir, il veut qu'elle ait les torts du divorce à sa charge afin de garder les 30 % des parts d'une société qu'ils ont fondée ensemble.

— …

— …

— Si vous avez envie de faire des câlins à Yvette, épargnez-moi une histoire aussi invraisemblable !

— On ne peut pas rentrer seul dans ce genre de boîte, tout le monde sait ça. Quand Yvette et moi aurons franchi la porte, elle s'installera au bar, moi j'irai fureter dans les salles pour repérer la fille. Avec un peu de chance, je peux la prendre en photo à la sortie.

Les bras croisés, Thierry l'écoutait, au bord du fou rire.

— Ça ressemble à ces feuilletons américains où les hommes vivent en smoking et les femmes couchent avec leur chauffeur. Pour parfaire ma formation, vous allez me dire, si ça n'est pas trop personnel, pourquoi vous avez besoin de cette fille.

— Je n'ai pas autant d'imagination, tout ce que je t'ai dit est vrai ; en tout cas, on m'a présenté l'affaire comme ça. Ces choses-là n'arrivent sans doute pas dans la vie d'un encadreur, c'est pour ça que tu as envie d'en changer. Dans la mienne si, c'est pour ça que je veux en changer aussi. Maintenant, si ça peut t'aider à réfléchir, à te poser des questions d'ordre moral et tout le toutim, c'est le moment ou jamais. J'ai accepté ce job, d'autres l'auraient refusé, mais il m'arrive d'en refuser beaucoup qui font les choux gras de la concurrence. Sur sept péchés capitaux, trois ou quatre m'ont fait vivre jusqu'à aujourd'hui, il en sera de même pour toi si tu persévères.

Blin n'avait pas vu venir ce rappel à l'ordre et resta cloué sur son tabouret.

— C'est peut-être aussi l'occasion pour toi de revenir en arrière, de rentrer gentiment à la maison, de reprendre ton ancien boulot qui ne te posera pas de problème de conscience et n'entamera jamais ta tranquillité d'esprit. Il est encore temps. Nous avons toujours le choix.

Yvette les rejoignit au bon moment, le manteau sur l'épaule.

— On y va ? demanda-t-elle.

Rodier remit sa veste, serra la main de Blin sans plus penser à son sermon et invita Yvette à prendre son bras pour sortir.

Thierry resta un moment seul au comptoir.

Il est encore temps.

Machinalement, il commanda un whisky. On lui répondit du tac au tac que la maison n'offrait plus, il haussa les épaules. Du coup, Catherine lança une œillade vers la table des filles ; Thierry était redevenu le client banal et seul pigeon de ce début de soirée.

Nous avons toujours le choix.

Il pensa un instant à Nadine qui l'attendait dans leur lit, patiente, inquiète de le savoir si libre de ses mouvements et de son temps. Elle ne soupçonnait rien de très coupable et craignait seulement un état dépressif, sans jamais évoquer la question, mais Thierry connaissait ces regards-là.

— On m'offre une petite coupe ?

Une fille vint tenter sa chance ; blonde, bouclée, elle portait un corsage noir, une jupe rouge. Thierry essaya d'imaginer le film de sa vie : elle était amoureuse d'un type au chômage qui se haïssait de lui laisser faire ce boulot, mais il fallait bien vivre. Depuis qu'il suivait des gens dans la rue, il s'amusait à distribuer des destins à l'envi, comme s'il y était habilité.

Il est encore temps.

Va pour la coupe. Une minuscule flûte avec deux glaçons, elle y trempa vaguement les lèvres. Il se demanda quelle serait la prochaine étape de ce fastidieux parcours qui devait le conduire à l'ivresse, puis à la ruine, et rapporter à cette fille de quoi faire ses courses pendant un mois.

— Comment tu t'appelles ?

Il hésita entre Thierry et Paul. Plus tout à fait l'un, encore loin d'être l'autre. Elle se foutait bien de son prénom ; Thierry ne tenait pas à connaître le sien. Rodier avait raison, il lui suffisait de descendre de ce tabouret, de rentrer chez lui, de retrouver Nadine et, le lendemain, sa petite échoppe.

Il est encore temps.

— T'es marié ?

— ...

— T'as pas besoin de répondre.

— ...

— Tu veux un autre verre ?

— Je vais prendre une bouteille, ça fera plaisir à la taulière. Je veux quelque chose en échange : on s'embrasse dans le cou, deux ou trois fois, là tout de suite.

— Moi ou toi ?

— Les deux.

— T'es spécial, toi.

Elle dut s'imaginer qu'il avait besoin de réconfort et le saisit par les épaules pour le soumettre à une douce rafale de baisers entrecoupés d'autres petites choses dans le cou. Il frotta son nez dans l'ouverture de son chemisier pour s'imprégner de son parfum. Il n'éprouva rien de connu dans cette bizarre étreinte, rien de sensuel, tout juste une pointe de complicité avec cette fille d'un autre monde.

— Dites donc les amoureux, dit Catherine, vous allez faire venir les flics ou les pompiers.

L'embrasseuse se mit à rire, elle était quitte de sa tâche. Blin lui caressa l'épaule, paya, et sortit.

*

— Tu rentres de plus en plus tard.

— Tu ne dormais pas ?

Il s'écroula dans le lit, tout habillé.

— Tu es soûl ?

En regrettant de ne pas l'être il répondit non, pour qu'elle pense le contraire.

— Ne te fous pas de moi, tu empestes l'alcool.

— … Et alors ?

Sa façon d'orchestrer leur rupture à partir d'un lent processus de pourrissement était bien plus diabolique que la manière dont le client de Rodier voulait se défaire de sa femme.

— Il va falloir qu'on parle.

— Ça peut attendre demain, non ?

Il la sentit s'approcher et se figer net pour le renifler.

Il devina une larme ou deux.

Demain elle découvrirait des cheveux blonds et bouclés sur son oreiller. Des traces de rouge sur son col.

La suite allait de soi.

NICOLAS GREDZINSKI

Nu, les yeux mi-clos, Nicolas découvrit une salle de bains en faïence blanche et passa sous la douche pour se débarrasser, à contrecœur, de l'odeur de sexe qui imprégnait son corps entier. Ruisselant, il alla se blottir contre la belle endormie. Abandonnée, livrée au seul regard de Nicolas, Loraine gardait son mystère.

En sortant de chez Lynn, ils avaient cherché un adjectif pour qualifier leur état : ils étaient *gris*. Un superbe gris nuit, plus loup que chien, nuancé de bleu. Comme par enchantement, en longeant le bord de Seine, ils avaient vu un monstrueux vaisseau dériver lentement jusqu'à eux — l'hôtel Nikko, ils ne le surent que le lendemain — et l'avaient abordé avec une arrogance de pirates, prêts à mettre le bâtiment à feu et à sang à la moindre résistance. Nicolas s'enquit de ce qu'on trouvait dans le mini-bar avant même de demander une chambre ; ils montèrent les étages à pied, amusés à l'idée de réveiller ceux qui pensaient s'en tirer à bon compte à cette heure de la nuit.

— Champagne ? demanda-t-il, agenouillé, la tête dans le frigo.

— Champagne !

La suite fut une rencontre. *La seconde fois que j'ai rencontré Loraine.* De sa vie, il n'avait eu de gestes aussi lestes pour déshabiller une femme ; il la voulait nue le plus vite possible, et le plus étrange était qu'à chaque vêtement ôté il se sentait de plus en plus nu lui-même, comme débarrassé des oripeaux de la bienséance. Si elle le condamnait à ne rien savoir de sa vie, son corps, lui, devait lui être dévoilé dans l'instant; elle ne fit rien pour s'y opposer. Au contraire, elle l'aida de ses rires, de quelques gestes qui facilitaient l'effeuillage en le rendant cent fois plus excitant. Ils restèrent un long moment, elle, entièrement nue, agenouillée à terre, et lui, costumé, cravaté, affalé dans un canapé. Tout en buvant, ils se lancèrent dans une conversation débridée sur l'étanchéité des classes moyennes, ce qui, contre toute attente, souligna un peu plus la charge érotique de la situation. Il prit ce moment comme un don de Loraine, consciente de donner si peu par ailleurs; elle acceptait de montrer entièrement la part visible d'elle-même. Ce don décuplait son charme habituel, créait une complicité nouvelle, balayait les atermoiements de Nicolas et le réconciliait avec le fantôme de toutes celles qu'il n'avait pas su déshabiller. Hypnotisé par sa peau nue et ses replis secrets, il chercha à capter toutes les senteurs qui lui parvenaient d'elle, un mélange de Dior et de moiteur naturelle, de pigments et d'exhalaisons intimes. C'était cette même odeur, dévoyée par la sienne, corrompue par leurs étreintes, qu'il retrouva sous les draps en sortant de la douche. Si Loraine dormait encore, c'est qu'elle en avait décidé ainsi, il était donc inutile et maladroit de la réveiller pour lui rappeler que le jour s'était levé. Il trouva la force de se détacher d'elle, se rhabilla sans quitter des yeux son petit sac à main en cuir brun, et fut tenté d'y glisser la main pour y débusquer quelques certitudes : Loraine était-elle mariée ? Que diable faisait-elle avant d'aller traîner dans les bars ? Loraine s'appelait-elle Loraine ? Toutes choses devenues moins urgentes depuis qu'ils avaient fait l'amour.

Nicolas s'imaginait volontiers descendre cette journée en pente douce, le sourire aux lèvres, le cœur léger, en attendant la nuit et ses promesses; il ne serait pas trop tôt pour vérifier s'ils étaient capables de la même fantaisie à jeun. Il pouvait désormais réintégrer le Groupe, prêt à envoyer balader tous les fâcheux tentés de lui rappeler que la vie est un challenge.

— M. Bardane veut vous voir d'urgence ! dit Muriel.

L'information semblait prioritaire. Nicolas n'y prêta aucune attention, prit son courrier, les journaux habituels, et s'installa à son bureau pour sa revue de presse. Il n'avait besoin de rien, ni bière, ni aspirine, ni délivrance. Sa bonne humeur suffisait. Une heure plus tard, Bardane frappa à sa porte :

— Vous pensez avoir marqué des points auprès de la D.G., n'est-ce pas ?

Pas besoin de répondre, encore moins d'écouter. Nicolas essaya de ne pas sourire en voyant son leurre à bière posé à un angle de son bureau, sous le nez de Bardane. Le prototype existait ; il avait désormais besoin d'un nom.

— Je sais repérer les ambitieux, j'ai joué à ça bien avant vous.

Une Baratte ?

C'est joli, ça, Baratte. Ça fait penser à « boîte », mais aussi à « baratin ». Ça collerait presque. C'est quoi au juste, une baratte ? Un truc qui sert à battre le lait pour en faire de la crème ? Il faudrait éviter la connotation lactée.

— Vous avez un problème avec la hiérarchie, Nicolas.

Une Piperine ?

Ça sonne bien, mais ça donnera quoi, en anglais ? Le leurre à bière a une vocation internationale, il faut chercher vers l'anglo-saxon.

— Celui qui veut tirer son épingle du jeu n'a qu'à aller tenter sa chance ailleurs.

Ça y est, j'ai trouvé !

Trickpack !

C'est parfait ! On a l'impression que le mot existe depuis toujours. Ça garde un côté gadget. Qui n'a pas son Trickpack ?

— Ne m'obligez pas à demander votre démission.

Bardane sortit sous le regard absent de Nicolas. Le leurre à bière était baptisé ! Il avait besoin d'un état civil séance tenante. Avant de quitter la tour, il passa un coup de fil à Alissa.

— Je vous rappelle, comme prévu, au sujet de votre proposition. C'est d'accord.

*

Institut national de la Propriété industrielle, 26 bis, rue de Saint-Pétersbourg. Le plus solennellement du monde, Nicolas entra dans le grand bâtiment gris et tourna un instant dans les couloirs avant de s'adresser à l'accueil où on lui remit un dossier de dépôt de brevet et une documentation qui indiquait la marche à suivre. Il s'installa dans une grande salle circulaire en forme de ruche avec un bureau dans chaque alvéole, quelques tables pour consulter et remplir les formulaires, de la lecture sur les murs pour tromper l'attente. Avant de pousser les portes de l'I.N.P.I., il avait fait une pause au café le plus proche, le temps de s'amuser de l'absurdité de sa démarche, de dissoudre une dernière inhibition dans un verre de cognac. Cette fois, l'éthanol ne l'aidait plus à surmonter une angoisse ou à lui rendre son libre arbitre, il lui donnait les moyens d'aller jusqu'au bout de sa fantaisie, de la rendre concrète, institutionnelle.

Il parcourut un premier document *« Le Brevet : protéger son invention »* où la notion même d'invention était expliquée : on ne dépose pas une idée mais son application. Il lut ensuite *« Comment préparer le dépôt d'une demande de brevet »* où était détaillé l'ensemble des démarches qu'il jugea trop complexes pour s'en acquitter seul ; on lui dit qu'il trouverait de l'aide au Bureau des Inventeurs.

Il fut tenté de rebrousser chemin. *Le Bureau des Inventeurs !* Lui, une petite pièce de la grande machine, une fourmi ouvrière de la communauté, une pierre de la grande pyramide, un rien partie du tout, comment allait-il oser franchir la porte du Bureau des Inventeurs ? En longeant le couloir, il entendit les huées des hommes de science et de progrès qui avaient contribué au bien-être de l'humanité.

Un jeune employé le reçut pour lui donner des conseils pratiques et l'aiguiller dans la bonne direction.

— Votre invention est dans le domaine mécanique, chimique, électrique, électronique, informatique?

Par élimination, Nicolas répondit : le premier. Le jeune homme ne lui demanda pas plus de détails et lui expliqua précisément comment constituer le dossier : remplir le formulaire du brevet, rédiger un descriptif précis de son invention, le faire superviser par un ingénieur de l'I.N.P.I. Rendez-vous fut pris pour le lendemain, le temps pour Nicolas de se débattre avec la formulation écrite de son invention. Il fut reçu vingt-quatre heures plus tard par Mme Zabel, qui lut son texte.

DESCRIPTION

La présente invention propose un étui coulissant servant à recouvrir les boîtes métalliques de soda, de jus de fruit ou de bière, et pouvant servir de support à des textes, illustrations, incrustations. Il coulisse sur n'importe quelle boîte de soda standard de manière à cacher sa marque.

Le dispositif consiste, selon une première caractéristique, en un cylindre de diamètre intérieur légèrement supérieur au diamètre extérieur d'une boîte de soda standard, et d'une hauteur identique à celle du cylindre principal de façon qu'il puisse coulisser sur cette dernière.

Selon les modes particuliers de réalisation, il comportera en outre :

— Au-dessus du cylindre de base, une partie chanfreinée surmontée d'un col vertical de quelques millimètres, reproduisant à un diamètre légèrement supérieur le chanfrein et le col d'une boîte de soda. Dans ce cas, l'objet de cette invention adhérera à la boîte de soda par l'ajustement de ses dimensions et la souplesse du matériau utilisé.

— Dans sa partie inférieure, un chanfrein reproduisant à un diamètre légèrement supérieur le chanfrein inférieur d'une boîte de soda, ainsi qu'un fond plat ou concave.

— Dans sa partie supérieure, un chanfrein surmonté d'un léger col vertical reproduisant à un diamètre légèrement supérieur le chanfrein et le col d'une boîte de soda, et dans sa partie inférieure, un système permettant de le faire adhérer à la boîte de soda sur sa partie inférieure chanfreinée.

— Il peut plus généralement être constitué d'un cylindre correspondant à tout ou partie de la hauteur d'une boîte de soda, avec ou sans fond, de manière à coulisser sur cette dernière et à la recouvrir.

Au grand étonnement de Nicolas, Mme Zabel lui fit modifier peu de choses ; de quoi se sentir presque inventeur. Dans le formulaire de dépôt, il avait pourtant commis une erreur ; dans la case « Titre de l'Invention », il avait écrit « Trickpack ».

— Ce serait éventuellement le nom d'une marque déposée. Ici, nous avons besoin d'une dénomination objective.

Faute de mieux, il opta pour « Étui à boîte de soda », de peur de proposer « Leurre à bière ». Elle corrigea le plus sérieusement du monde, c'était la preuve irréfutable que le dossier était recevable. Elle pianota un instant sur son ordinateur pour faire apparaître les brevets qui risquaient de se rapprocher de celui de Nicolas et n'en trouva que deux.

— Passez à la documentation pour avoir plus de détails, a priori ça n'a pas grand-chose à voir.

Elle lui donna quelques pistes pour le mettre en contact avec des industriels susceptibles d'être intéressés par le brevet. À la documentation, Nicolas consulta deux registres qui décrivaient chacun une invention servant à faciliter l'ouverture et l'utilisation des canettes, rien de comparable à son « Étui à boîte de

142

soda ». Il passa à l'enregistrement, paya ses 250 francs de redevance et quitta l'I.N.P.I. Il se sentait, enfin, inventeur.

*

— Paraît qu'il y a eu une panne de secteur dans la moitié des installations du cinquième étage de la tour centrale.

— Pas entendu parler, fit José. Vous avez été touché monsieur Marcheschi ?

— Si j'ai été touché ! Vous voulez vraiment le savoir ?

Personne ne s'avisa de lui dire non. Nicolas le vit prêt à se lancer dans un sketch sur ses incomparables mérites.

— La panne a eu lieu exactement entre 15 h 10 et 15 h 30. Vous le savez sûrement, il y a une loi contre laquelle on ne peut rien, on peut l'appeler loi de Murphy, loi de l'emmerdement maximal, loi de la tartine beurrée, bref, tout le monde connaît cette loi qui veut que le pire a quelque chose d'inexorable contre lequel on ne peut lutter. Figurez-vous que, depuis février, je suis sur le point de finaliser une négociation avec un groupe milanais, la Cartamaggiore. Mon interlocuteur dans cette affaire est le redoutable Franco Morelli que j'ai connu en Master of Business à Harvard. Il me donne la préférence du fait de nos études communes — l'esprit de corps, il n'y a que ça de vrai ! — mais il peut, au moindre accroc, s'adresser à la Ragendorf de Francfort qui lui fera des propositions au moins équivalentes aux miennes. Franco ne lâche sur aucun point de la négociation. C'est moi, en pire.

Rires polis, juste pour lui laisser le temps de reprendre son souffle.

— Nous avons besoin d'un premier document pour fixer les principaux termes, je l'invite au Plaza afin de rédiger cette lettre d'intention, il en réfère à son conseil d'administration et obtient son aval. Pendant deux mois, j'ai beaucoup de mal à obtenir des Italiens les éléments techniques complémentaires, mais les choses avancent, jusqu'à aujourd'hui… où j'ai besoin de revoir certains points de ce fameux document. Il est 15 h 10, j'allume mon ordinateur, ouvre le dossier, souligne les points qui m'intéressent. Je veux donner au texte un maximum de confort de lecture et, Dieu sait ce qui me passe par la tête, je change de police de caractères. Il ne me reste plus qu'à cliquer sur *Enregistrer*, et allez savoir pourquoi, je clique sur… *Effacer*.

— Non !

— Vous n'avez pas fait ça ?

Nicolas n'en croyait pas ses oreilles. Le récit de Marcheschi était-il, enfin, celui d'un échec ?

— Ça semble absurde, mais c'est la vérité, tout le texte a disparu ! Certains d'entre vous vont penser, à juste titre, que ce n'est pas une simple maladresse mais un acte manqué parfait, l'envie de me faire peur, la volonté de mettre en péril ces négociations, que sais-je encore. Je ne nie pas la part d'inconscient dans un tel geste, mais je m'arrête là dans l'analyse : le mal était fait.

— Vous aviez toujours la possibilité d'utiliser la fonction *Annuler frappe* et le texte réapparaissait, dit Arnaud. Vous ne pouviez pas ne pas le savoir.

— Je le savais, bien sûr, c'est là que la loi de Murphy entre en action. Quand je suis sur le point d'appuyer sur la touche en question, il est 15 h 10, et tout le réseau informatique est déconnecté dans mon secteur. Au cas où vous ne le sauriez pas, mon cher Arnaud, quand l'ordinateur se rallume, il est trop tard pour appuyer sur *Annuler frappe*.

— Vous n'aviez fait aucune copie ?

— Si, justement, et la loi de Murphy s'illustre parfaitement : j'avais une copie. Dégoulinant de sueur, je retourne tous les tiroirs et la retrouve, je me précipite à la S.E.N. sur le premier ordinateur venu, j'entre la disquette, et je vois s'afficher sur l'écran : *Disque illisible. Voulez-vous l'initialiser ?*

— Ça, c'est vraiment pas de bol, fait Régine.

— Comme vous dites.

144

— Et alors ?

— Et alors, je me voyais mal rappeler Morelli pour lui demander : *Au fait, dans le cas de la suppression du droit préférentiel de souscription, qu'est-ce qu'on avait convenu à propos du maximum de titres réservés ?* Il me prenait pour un incapable et rappelait la Ragendorf dans l'heure.

— Il y a une suite ?

Nicolas aurait donné beaucoup pour qu'il n'y en eût pas. Il aurait vu Marcheschi comme un être humain, trop humain et faillible, de quoi retrouver un peu d'estime à son égard. Au lieu de ça, Marcheschi laissa tomber un *oui* et le fit traîner assez longtemps pour rallumer les ardeurs.

— S'il me restait la plus petite chance de m'en sortir, il fallait la tenter. J'ouvre un nouveau dossier et reprends tous les points de la négociation un par un. Dans une telle urgence, ce qu'on appelle la mémoire devient brutalement un outil de précision dont on ne connaissait pas encore la puissance. Aujourd'hui, pour la première fois de ma vie, j'ai véritablement dialogué avec ma mémoire, je me suis adressé à elle, à haute voix, je l'ai questionnée, en douceur, comme un enfant qu'il faut apprivoiser. *Si le secteur est valorisé à 10 % de la capitalisation financière du groupe, avec moins de 2 % après évaluation complémentaire des audits, l'augmentation de capital est de 32 % et les investisseurs externes : X est à 13 %, Y à 12 %, Z à 7,5 %.* Si mon inconscient était à l'origine de cette catastrophe, c'est ce même inconscient qui est allé chercher les informations là où elles se trouvaient. *Franco avait demandé... 22 %, alors que chez nous, le maximum légal est de 15. Avec l'alinéa 5 comme clause suspensive on obtient la majorité des 2/3, et un siège de plus.* J'ai vécu cet étrange phénomène qui consiste à se promener dans un vieux hangar où sont stockées des milliards de fiches en essayant de retrouver les bonnes avec une lampe torche. Il le fallait, sinon le monde s'écroulait ; en tout cas, le mien. Je ne sais pas si je dois remercier Dieu, Sigmund Freud ou les quantités de poisson que j'ai avalées depuis l'enfance, mais le résultat de toute cette histoire est parti en e-mail à Milan, il y a un peu plus de deux heures maintenant. Franco m'a rappelé pour me dire que son boss semblait d'accord sur tout. Et me voilà, fidèle au poste, prêt à prendre un second pastis en votre compagnie.

Pour Nicolas, le pire était sans doute cette touche finale. Pourquoi Marcheschi éprouvait-il le besoin, chaque fois qu'il les gratifiait d'une chanson de geste sur ses propres exploits, de terminer par : *Et me voilà, fidèle au poste, prêt à prendre un second pastis en votre compagnie.* Après avoir sauvé le monde, il les honorait de sa présence, simples mortels qu'ils étaient, émerveillés par tant de brio et de modestie mêlés ?

Nicolas ne pouvait pas laisser faire ça.

— Pendant de longues années, Alexandre Soljenitsyne écrit des milliers de pages dans la hantise d'une arrestation. Pour économiser le papier et cacher ses textes au K.G.B., il travaille sur de petits carnets verts — le papier blanc lui est interdit — et fait tenir sur chaque page une soixantaine de lignes d'une calligraphie microscopique. Il a quarante-deux ans et un cancer des poumons quand on l'envoie au goulag. Pendant ses huit années de détention, il n'a plus de papier mais continue d'écrire... sans écrire. « Tout homme n'a pas idée de ses capacités, ni de celles de sa mémoire », dira-t-il plus tard. Pour apprendre à mémoriser, il compose des poèmes par série de vingt vers qu'il apprend par cœur, jour après jour. Il s'aide d'un chapelet de prière, dont chaque grain représente une certaine quantité de vers, que les gardiens consentent à lui laisser. Il retient ainsi 12 000 vers, et passe dix jours par mois à les répéter tous afin de faire de sa mémoire un outil de travail unique au monde. C'est avec cet outil, son courage, son talent, sa force de résistance qu'il peut enfin « écrire » de la prose, la garder en tête durant toute la durée de sa détention, pour la restituer, mot à mot, des années plus tard. Alexandre Soljenitsyne a connu les trois plus grands fléaux du siècle, la guerre, le camp, le cancer ; à plus de quatre-vingts ans, son insaisissable écriture manuscrite n'avait toujours pas changé.

Au lieu de lui serrer la main, Marcheschi lui adressa un petit hochement de tête en quittant la table. La journée était loin d'être terminée, Nicolas avait encore envie de boire à s'en brûler l'intérieur, mais pas ici, pas maintenant. Il savait bien où et avec qui.

Au nom de quoi devait-il se priver de Loraine et de ses regards bleus ? Un mal de crâne matinal ? Un coup de fatigue vers les 11 heures ? Il avait quarante ans, il était jeune, il était vieux, il avait de l'expérience et encore beaucoup à apprendre, tout commençait vraiment, il était encore trop tôt pour se priver de quoi que ce soit. À quoi lui servait cette sagesse qui, dès le réveil, le poussait dans le rang ? À quoi bon vivre si sa part d'exaltation n'était pas prioritaire sur tout le reste ? Le jour du Jugement dernier, Dieu lui pardonnerait tout sauf de n'avoir pas assez joui de ce don étrange qu'il avait fait aux humains. Avant l'aube, Nicolas ferait l'amour avec Loraine, et tant pis si, au réveil, la vie lui ferait si peur. Après tout, qui pouvait lui assurer que demain, le jour se lèverait à nouveau.

— Allô, Loraine ? Je dérange ?

— Au contraire, j'ai très envie d'un verre en compagnie d'un monsieur qui fera tout ce dont j'ai envie.

— Chez Lynn, dans vingt minutes ?

— Si on retournait plutôt dans cet hôtel ? Si l'envie nous prend d'échanger quelques caresses, il faudra être ultra-précis dans le descriptif de ce qu'on souhaite.

Sa requête n'attendait pas de réponse. Comment ne pas être d'accord avec le programme ? Il essaya de deviner ce qu'elle faisait à cet instant précis ; son imagination lui fit entendre tour à tour des pleurs d'enfant, les haut-parleurs d'une gare, le chuchotement d'une amie, les soupirs d'un homme. Nicolas, victime d'un étrange symptôme de mimétisme amoureux, avait fini par prendre lui aussi goût au secret ; une façon naïve de lui dire qu'ils étaient faits pour s'entendre. La nuit dernière, la joue sur l'oreiller, au plus fort de l'abandon, ils s'étaient amusés à spéculer sur l'identité de l'autre. Le jeu avait surgi de lui-même, dans une étreinte :

— Tu n'as pas des mains de chirurgïen.

— Toi, tu ne mets pas le parfum d'une mère de famille.

— Tu n'as pas non plus des épaules de maître nageur.

— Tu ne t'habilles pas comme une institutrice.

— Tu n'as pas une pilosité de Latin.

— Tu ne fais pas l'amour comme une fille du Nord.

— Tu n'es pas Sherlock Holmes !

— Tu n'es pas Mata Hari !

Faute de mieux, il se contentait d'en faire un personnage qu'il modelait selon l'humeur. Il la voyait tantôt en mère de famille à la tête d'une tripotée de gosses qu'elle abandonnait vers 18 heures à un époux complaisant, afin d'aller étancher sa soif de solitude et de vin. Tantôt en mangeuse d'hommes, Paris regorgeait de ses amants, parfois des promeneurs des bords de Seine voyaient passer le corps d'un de ces malheureux. Tantôt en voisine de palier qui avait fait preuve d'une imagination sans bornes pour le lui cacher. Avec une fille pareille, tout était possible.

Moins d'une heure plus tard, affalés tous deux dans le lit devant les informations de C.N.N., elle s'était blottie dans le creux de son épaule, les yeux rivés sur un déploiement de forces armées dans un pays lointain. Avant la tombée de la nuit, Nicolas put contempler le corps de Loraine à la lumière naturelle. Légèrement plus rond que celui qu'il avait deviné la veille, ça n'était pas pour lui déplaire. Des fesses et des jambes à peine lourdes, des hanches biens courbes, des seins qui ondulaient au moindre mouvement. Des formes qui avaient la beauté brute des idoles africaines et qui déclenchaient les désirs instinctifs. Tout ce qu'il avait été incapable d'apprécier, la nuit dernière, pris de boisson, en proie aux inévitables désordres de la première fois. Habillée, Loraine était une citadine qui connaît les codes et les gestes. Nue, elle avait la robustesse des femmes de la terre.

Quand Nicolas la serrait contre lui, il retrouvait des forces telluriques qui lui manquaient depuis toujours.

Elle éteignit le poste, il tira les rideaux, il était temps de laisser leurs corps faire vraiment connaissance et passer au tutoiement. Plus tard dans la nuit, ils commandèrent des tramezzinis en pagaille et une bouteille de vin.

— J'ai bu du château-talbot.

— Quelle année ?

— 82.

— Salaud ! C'est un chef-d'œuvre !

Entre deux bouchées, entre deux gorgées de chablis, entre deux images de télé privée de son, entre deux éclats de rire, ils firent l'amour. Bien plus tard, elle se glissa sous le drap, chercha la main de Nicolas pour la caler sur son sein gauche, et ferma les yeux. Son souffle se fit de plus en plus profond, de plus en plus espacé ; il la sentit s'éloigner.

Il savoura pleinement une dernière gorgée de vin, en silence, heureux. Il savait désormais ce qu'il recherchait dans l'ivresse, ce n'était pas *l'ailleurs* du troisième verre mais le présent du premier, s'y installer le plus longtemps possible. Il n'avait pas besoin de l'ivrognerie des grands soirs, celle qui déchaîne les passions et flirte avec l'absolu, hors du temps, hors de la vie elle-même. Sa griserie avait la tête dans les nuages mais les pieds sur terre. Il n'appelait pas l'oubli de toutes ses forces comme le commun des alcooliques, il désirait exactement l'inverse, se rapprocher de l'instant et se l'approprier, comme ce soir, dans ce lit, près du corps endormi de celle qui lui faisait battre le cœur. Il s'autorisait à vivre le présent sans se demander s'il était piégé, si on allait le lui faire payer plus tard. L'évidence lui apparaissait enfin, il se mit à rêver d'un lendemain où l'essentiel serait toujours présent à son réveil. S'il arrivait à capturer cette évidence, à en garder des bribes, il parviendrait peut-être à maintenir à distance son désarroi quotidien. Si seulement il pouvait retenir jusqu'au lendemain le message de sa douce euphorie...

Si seulement.

Une idée saugrenue lui traversa l'esprit, une idée trop simple. Sans y réfléchir à deux fois, sans dégager sa main gauche de la poitrine de Loraine, il saisit, sur la table de nuit, le papier à en-tête et le stylo à bille imprimé au nom de l'hôtel. Il écrivit ce qui lui passa par la tête, reposa le bloc, se colla contre Loraine, pressa son visage sur sa nuque, et s'endormit.

À son réveil, elle n'était plus là, il n'en fut pas étonné et chercha son odeur sur l'oreiller. Tout à coup, il releva la tête, tâtonna du côté de sa table de nuit pour saisir le bloc-notes, et déchiffra ce qu'il avait écrit la veille :

Prends ce que Loraine te donne sans chercher à en savoir plus.

Pense à cirer tes chaussures au moins une fois par mois.

Dans le dossier B, réutiliser l'idée de Cécile sur le projet I.B.M., la réorienter, et laisser croire aux commerciaux qu'ils avaient raison avant tout le monde.

À force d'écouter l'orage gronder sans se déclarer vraiment, tu vas gâcher ta vie à attendre un malheur qui n'arrivera jamais.

L'impression si juste d'avoir trouvé un ami.

THIERRY BLIN

Jamais il ne s'était fait peur comme ce matin-là. Dès le réveil, il avait dû combattre sa propre folie en se faisant passer, à ses propres yeux, pour un brave type qui prenait ses rêves pour des réalités et ses désirs pour des ordres. Sur le trajet de la clinique, il avait presque réussi à s'en convaincre. Sa folie avait pourtant repris le dessus quand l'infirmière lui avait demandé de passer cette bizarre chemise de nuit blanche qui s'attache dans le dos comme une camisole.

À 8 heures précises, il entra dans le bureau des admissions de la clinique où on lui donna du Vermeiren à chaque phrase. On l'accompagna ensuite dans sa chambre où il répondit, inquiet, à toutes les questions d'une dame en blanc qui prit soin de lui faire avaler un cachet pour le détendre. Les esprits malades qui divorcent d'eux-mêmes sont répertoriés par la psychiatrie qui leur a donné des noms compliqués, son cas devait sûrement en porter un. S'il avait connu ce fameux mot, peut-être aurait-il été tenté de se faire soigner, il suffisait de changer de service. Rodier lui avait laissé une dernière chance de tout arrêter sur-le-champ, pourquoi pas Joust ? Lequel entra, se fendit de quelques paroles d'usage et traça, en silence, des lignes sur le visage de son patient. Le tranquillisant commençait à faire effet ; s'il en avait encore le désir, Blin ne pouvait déjà plus se rétracter. Ses épaules tombèrent d'un coup et son corps entier se mit à flotter. Le sou-

151

rire du ravi se dessina sur ses lèvres quand il vit arriver le brancardier. Dans le bloc, il croisa une dernière fois le regard de Joust, ça n'avait déjà plus d'importance, comme si la conscience de Blin quittait lentement son corps pour rejoindre celui de Vermeiren. L'anesthésiste lui injecta dans les veines un liquide blanchâtre qui lui chauffa le bras, lui demanda de compter jusqu'à cinq. Ce fut le dernier visage qu'il vit avant de perdre le sien.

*

Il n'avait pas inventé cette douleur, elle était bien là mais il n'en souffrait pas, elle se contenait elle-même, sans le réveiller. Il était tout son corps à la fois, ses veines, son sang, son cœur qui battait lentement, il était ses muscles et sa force endormie.

*

On lui passa une compresse humide sur les lèvres, il devina un geste de femme. Il percevait ses déplacements dans la pièce à de petits signes, un tintement de verre, le squiiik de ses semelles sur le parquet, un raclement de gorge. Il voulut à tout prix ouvrir les yeux mais ses paupières restaient scellées, une sensation terrible. S'il en avait eu encore la force, il se serait laissé aller à la panique, mais les pansements autour de la mâchoire lui interdisaient de crier. Une nouvelle dose d'antalgiques et de tranquillisants l'apaisa.

Ne plus pouvoir parler le reste de sa vie ne lui aurait pas manqué tant que ça. La parole, il s'en foutait. Après tout, il n'était qu'un *œil*, c'était devenu son métier, et dans ce métier, moins on parlait, mieux ça valait. Épier, saisir, entrevoir, surprendre. Le reste, c'était des photos qu'on montrait en silence parce qu'elles se passaient de commentaires, c'était un rapport qu'on tapait en cherchant le mot juste. Nul besoin de parler. Discrétion assurée.

En fin d'après-midi, il entendit un bruit de pas différent, plus affirmé.

152

— C'est moi, dit Joust. N'essayez pas de parler, je viens vérifier si tout va bien au niveau de la vue, ne vous inquiétez pas si vos paupières sont un peu collées, c'est normal.

Thierry sentit ses doigts lui ouvrir les yeux. Un rai de lumière brouillée raviva la douleur. Rassuré, Joust remit le bandage en place.

— Tout va bien. Passez une bonne nuit, je serai là demain à 9 heures.

Avant de quitter la chambre, Joust demanda à l'infirmière si elle était de garde pour la nuit.

— Non, c'est Inès, monsieur.

L'idée d'être veillé par une Inès apaisa Thierry qui s'endormit pour de longues heures.

*

La nuit avait été lourde de rêves, il ne lui en restait rien, pas même une image, à peine un souvenir fatigué, entrecoupé de gorgées d'eau et de montées d'anxiété stoppées net par les somnifères. Il avait entendu, d'une chambre voisine, le son lointain d'une radio, un halo de musique qui donnait à son voyage intérieur des allures de chasse au trésor. Sans être sûr de l'avoir trouvé, il avait creusé, et creusé, ses membres vidés en témoignaient.

Joust lui ôta tous les bandages d'un coup, juste le temps de vérifier si ses coups de ciseaux ne l'avaient pas trahi. Blin parvint à entrouvrir les yeux ; le décor de la chambre lui revenait par impressions, son regard fit le point sur une petite bouteille rouge.

— Je vous ai placé un drain dans la région frontale pour évacuer le sang. Ça ne coule déjà plus.

Il n'avait rien senti vers le front, sinon une ceinture de gêne qu'il imputait au bandage.

— Vous pouvez dire quelques mots, si vous voulez.

Il refusa d'un signe de tête.

— Je suppose que vous avez envie de vous voir ? Je peux vous tendre un miroir, mais vous ne verrez que des plaies. Tout s'est très bien passé, mais ça risque de vous impressionner. Alors ?

Il secoua la tête à nouveau. Il n'était pas si impatient de voir son visage à vif. Vermeiren n'était pas tout à fait achevé, il craignait que Blin en soit impressionné. Avant de se laisser momifier, il essaya de lire dans le regard d'Inès. Peut-être voyait-elle déjà, entre les lambeaux de chair, les coutures, les agrafes, et les coulées de sang, le visage inachevé de Vermeiren.

Thierry avait traversé les derniers jours avant l'opération dans une ambiance ouatée, brumeuse, les bruits de la ville et des gens alentour s'étaient estompés. En réalité, il s'était regardé agir, comme s'il n'était déjà plus Blin mais que Vermeiren marchait à ses côtés, prêt à prendre le relais. Paul Vermeiren avait un état civil depuis maintenant une bonne semaine : carte d'identité, extrait d'acte de naissance. Jouant la curiosité professionnelle, Blin avait soutiré à Rodier, aux hasards de leurs dossiers, de précieux renseignements sur la fabrication de faux papiers et la manière de s'en procurer. Rodier avait cité les noms et les zones d'activité de quelques spécialistes reconnus pour leur fiabilité. Parmi eux, les plus recherchés fabriquaient de fausses identités à partir de vraies cartes volées dans les préfectures. Moyennant une somme ruineuse, on pouvait se procurer tout un jeu de faux papiers indétectables parce que vrais. Thierry Blin y avait mis le prix. Son premier acte de citoyen fut d'ouvrir un compte en banque au nom de Paul Vermeiren, où il déposa 150 000 francs : le dessous-de-table de la vente de la maison de Juvisy. Dans son ancienne banque, il avait pris soin de vider son compte des deux tiers, en liquide, semaine après semaine, une année durant, soit 400 000 francs. Une partie de cet argent avait servi à payer Joust, ses faux papiers, la caution de son nouveau domicile et le bail de sa future agence. De la vie de Blin, il n'avait rien pu solder de peur d'éveiller les soupçons, pas même les dessins et les lithographies oubliés depuis des lustres au fond de son atelier. Il aurait pu en tirer un bon prix chez un brocanteur spécialisé et peu regardant sur l'origine, mais la redoutable Brigitte, sa comptable, se serait vite aperçu de leur disparition. Depuis qu'elle travaillait pour le nouveau gérant de la boutique, elle avait cherché à revoir Thierry en prétextant une affaire d'impôts. Il lui manquait, elle ne trouva pas le courage de le lui avouer.

— Dites, Mademoiselle, il ne vous donne pas trop de soucis, le petit jeune ?

— Il travaille bien, il comprend tout ce que je lui explique, il tient les livres de comptes à jour, une perle de client. Il est juste mortellement ennuyeux.

— Encore quelques mois et je suis de retour.

Il avait toujours aimé chez elle sa silhouette de poupée, elle le savait et cherchait à en jouer, ce jour-là plus encore. Ses longues tresses, ses pommettes rehaussées de rose pêche, ses robes satinées. Il était à cent lieues de se douter de la vraie raison de ce rendez-vous : en apprenant que Nadine l'avait quitté, Brigitte était venue tenter sa chance auprès de lui. Au lieu de quoi, il se contenta de signer les papiers qu'elle lui tendait sans même la regarder.

Le matin de son entrée en clinique, il avait quitté l'appartement de Convention en laissant quelques bijoux de valeur dans un tiroir, un café encore tiède sur un coin de table, un livre ouvert sur une table basse, une fenêtre entrouverte. Rien qui donne à penser qu'il avait préparé une sortie.

La suite se déroulait selon un scénario qu'il n'avait cessé de réécrire jusqu'à sa version la plus aboutie. Prévenue par la concierge — étonnée par l'amoncellement du courrier — Nadine ouvrait l'appartement avec le double que Thierry lui avait laissé, puis se rendait au commissariat pour déclarer sa disparition. Elle remplissait le formulaire, donnait le signalement le plus précis possible sans oublier les signes particuliers — la cicatrice dans l'aine droite en forme de V qui l'intriguait et la repoussait à la fois — et leur laissait une photo récente, sans doute la grande en noir et blanc qu'elle avait faite pour sa série de portraits. Le Service des Disparitions prenait le relais, appelait les hôpitaux, l'institut médico-légal, le médecin et le dentiste du disparu, visitait son appartement et interrogeait quelques-uns de ses amis, peut-être aussi des clients du Cadre bleu. Vermeiren connaissait les chiffres : sur trois mille disparus par an en région parisienne, 5% des cas n'étaient jamais élucidés. Il avait réuni tous les atouts pour faire partie de ces cent cinquante-là et tomber dans la catégorie V.R. — Vaines Recherches — jusqu'à la fin des temps.

*

Paul Vermeiren aurait pu sortir vingt-quatre heures après l'opération ; il avait préféré passer une nuit de plus à la clinique, inquiet de se retrouver livré à lui-même sans savoir qui il était vraiment. Joust, satisfait de ce qu'il avait vu sur le visage de son patient, lui proposa un rendez-vous dès le lendemain — «J 3» selon son mode de calcul — pour enlever les fils des paupières supérieures, et un deuxième, J 7, pour les paupières inférieures. Ils ne se reverraient qu'en J 15 pour ôter les agrafes dans la bouche, le menton et les pommettes. En plus des bandages qui lui couvraient entièrement le visage, Joust lui conseilla de porter d'ici là une cagoule de compression afin d'éviter tout risque sur la zone frontale. Avec sa tête de film fantastique, il repassa par le service des admissions et demanda un taxi.

— Pour quelle adresse ?

— 4, allée des Favorites, à Cholong-sur-Cèze.

Il précisa à l'infirmière, qui s'en foutait : *c'est chez moi.*

*

— Vous y serez bien.

Cette simple phrase de l'agent immobilier, trop prosaïque pour être malhonnête, l'avait décidé. À quoi bon rater une occasion d'être bien quelque part, et pourquoi pas dans un pavillon de grande banlieue qui ressemblait beaucoup à un coin de campagne, une bicoque entourée d'arbres, hors du village et hors du temps. Trois fenêtres donnaient sur une ruelle que personne n'empruntait, les autres sur un jardin dont on ne pouvait deviner les limites. Un saule pleureur, deux sapins, un magnifique érable, un cerisier. Paul s'y sentait comme un hobereau vieillissant accroché à sa terre pour se consoler d'avoir perdu ses autres privilèges. La maison était saine et juste à sa mesure : un salon avec une cheminée qui prenait tout un mur, une chambre avec vue sur le jardin, une cuisine qui sentait le bois et la cendre.

Thierry Blin, lui, avait toujours aimé la ville. Il voulait être au cœur, là d'où partent toutes les artères, et si les battements de ce cœur se faisaient parfois trop entendre, il lui était impensable de vivre ailleurs. Le monde était sous ses fenêtres, il se voyait comme le mille de la cible. Il craignait que quelque chose lui échappe et pensait avoir assez d'énergie pour se confronter à la grande ville. Depuis que le matériau humain était devenu son gagne-pain, il recherchait le contraire ; après des jours et des nuits de filatures, de tension nerveuse et de désordre, il avait besoin de remettre sa tête à l'endroit, loin de la folie des hommes.

Paradoxe : depuis son exil, il n'avait jamais senti Paris si proche. S'il pouvait voir la Ville lumière scintiller du haut du clocher de Cholong, à quoi bon l'avoir à ses pieds ? Comment ressentir une ville quand on est pris dans sa tourmente ? Babylone n'est Babylone que si on peut la contempler de loin.

Allongé dans une chaise longue, le nez en l'air, un plaid sur les genoux et un livre en main, il attendait en paix la fin de sa convalescence. Il retourna à la cuisine pour surveiller un gratin de légumes et ouvrir son courrier où le nom de Vermeiren était imprimé partout. Paul Vermeiren existait pour le social. La machine s'était enclenchée d'elle-même, il suffisait de respecter quelques règles, de ne rien demander à personne, de ne jamais se plaindre. Dès lors, un citoyen de plus ou de moins passait inaperçu aux yeux de tous.

— C'est flamand comme nom ? lui demanda l'employé des Télécom en installant la ligne.

— D'origine hollandaise, assez lointaine.

Il n'avait plus sur le visage que quelques sparadraps au coin des tempes. Se regarder bien en face ne lui posait plus de problême. Les lentilles marron lui donnaient un regard plein, profond, en harmonie avec ses cheveux et son grain de peau — le regard qu'il aurait dû avoir depuis toujours. La forme de ses yeux, à peine plus fendue, faisait sourire le visage entier et le rendait malicieux. Plus que tout, Paul était fier de son menton ; il lui donnait une légitimité, une assurance qui lui avaient toujours manqué, un surcroît de virilité, une finition inattendue qui le débarrassait à tout jamais d'une barbe de camouflage. Il prenait plaisir à se raser, à masser ses joues parfaitement glabres. Tous les trois jours, il passait son crâne à la tondeuse, un geste maîtrisé d'emblée. Par endroits, la cicatrisation le démangeait et lui rappelait qu'il y avait une couture ; pas de quoi se prendre pour un monstre. De jour en jour, il voyait son visage s'affirmer dans le miroir. Parfois, il retrouvait Blin sous ses traits, à l'improviste, l'espace d'une mimique. Un Blin lisse, anamorphosé, tellement lointain. Même l'éclat dans son œil avait presque disparu, comme une toute petite braise prête à s'éteindre sous un voile de cendre.

Paul Vermeiren avait du temps pour tout, du goût pour tout, la cuisine, la promenade, la lecture sous un plaid, les soirées au coin du feu, les nuits devant des films, les grasses matinées interminables, les bains chauds à toute heure. Sa convalescence lui laissait même le temps de mettre à l'épreuve de vieux rêves et d'élucider certains mystères. Il s'était toujours demandé comment un objet pouvait tenir en l'air, tourner sur lui-même, dessiner une courbe, faire une révolution complète, et revenir dans la main. Il n'était peut-être pas trop vieux pour accomplir des miracles. Chaque jour il apprenait à lancer le boomerang, seul, un livre ouvert à ses pieds. Il voyait dans ce geste un mélange de science, d'élégance, d'humilité face à la nature, une façon de rendre hommage aux mystères de la physique qui fascinaient déjà les primitifs. Comme un véritable aborigène, Paul prenait le temps de ressentir la qualité du vent, de s'en faire un ami, de contourner les arbres par d'habiles paraboles. Pendant les heures d'apprentissage où son boomerang se perdait dans la nature, il arpentait des kilomètres de pré avec la patience d'un sourcier.

158

Les gens du coin le saluaient, le regardaient lancer, amusés — une lubie ? La toute dernière mode parisienne ? — sans se douter un instant que cet homme reproduisait un geste rituel bien antérieur à l'existence des tracteurs, des vaches, peut-être même de l'herbe verte.

*

« Nous nous reverrons J 60, et sans doute pour la dernière fois », lui dit Joust au matin de J 30. Manifestement fier de sa créature, le bon docteur lui demanda s'il pouvait le prendre en photo pour impressionner de futurs clients. Vermeiren refusa à contrecœur. En voiture, il passa sous les fenêtres de l'appartement de Convention, curieux de voir s'il était déjà loué, puis s'arrêta un instant devant le café où Nadine et lui se retrouvaient. Ils s'y étaient parlé pour la dernière fois, J -5. Leur séparation datait de quatre mois.

— Ça va ?

— Ça va.

— C'est nouveau, cette robe bleue.

— Je l'ai vue sur Anne, j'ai voulu la même. Elle t'embrasse.

Non, elle ne m'embrasse pas, elle pense que je devrais me faire soigner. C'est ta meilleure amie, il faut la comprendre, elle m'en veut.

— Rappelle-lui qu'elle a toujours mon cache-poussière en toile, j'aimais bien ce truc.

C'est un détail dont tu te souviendras devant les flics. Un type qui réclame un cache-poussière en toile ne songe pas à disparaître.

— Comment on fait pour la mutuelle ?

— Si je pouvais rester un peu sur la tienne quelques mois, le temps que je retravaille.

— … Tu vas retravailler ?

— J'en ai marre de ne rien foutre.

— Tu t'ennuies, toi ?

Ça t'étonne, hein ? J'avais l'air de les trouver passionnantes,

159

mes virées nocturnes. J'en faisais même un peu trop. Tu avais cherché à comprendre, à me parler de cette crise de la quarantaine, de cette envie de me mettre en danger. La suite t'a donné raison.

— Je vais peut-être reprendre le Cadre bleu.

— Si tu as un problème pour le loyer, je peux t'avancer des ronds en attendant.

— Non, ça va, j'ai de quoi voir venir.

Tu sais bien que j'ai emprunté de l'argent aux copains, ils sont sûrs de ne jamais le revoir. Ils t'en ont parlé, c'était le but de la manœuvre.

— Ne te gêne pas avec moi, hein ? Si tu as des dettes...

— Des dettes ? Quelles dettes ?

— Il paraît que tu continues à jouer...

Et voilà le travail !

— Laisse tomber, Nadine... Parle-moi plutôt de toi. Ton nouvel appartement ?

— Rue de Prony, à deux pas du cabinet, ça me change la vie, c'est incroyable.

Tu n'as encore rencontré personne, mais ça ne va pas tarder, je le sens, tu as de nouveau envie de séduire.

— Tu es pressée ? Tu reprends un café ?

— Je dois rentrer.

Quand ils viendront te voir pour t'annoncer ma disparition, n'oublie rien, l'odeur d'alcool et des parfums sucrés, les cravates que je mettais dans la poche pour sortir, mon compte en banque vidé en moins d'un an et surtout les relevés de carte bancaire avec l'adresse de bars à putes que j'ai pris soin de laisser traîner sur ma table de nuit. Dis-leur des choses comme : « Il a dû lier connaissance avec des gens louches qui lui ont fait des histoires. » Tu n'auras pas à mentir, tu seras convaincante.

— Je fais une petite crémaillère, vendredi en huit, tu viens ?

— Vendredi 17 ? J'ai rien, c'est noté. Je ferai des zakouski.

J'aurai des pansements plein la figure, mais je penserai à vous. À toi, surtout.

NICOLAS GREDZINSKI

Nicolas se réveilla ce matin-là avec un appétit de bienheureux, une sensation inconnue. Loraine avait quitté l'hôtel bien avant son réveil et le privait du spectacle de son petit déjeuner au lit — à peine réveillée, elle était gourmande de fruits frais, de toasts beurrés, de thé, de tout — un cérémonial auquel il avait pris goût sans rien toucher au plateau ; la distraire de quelques caresses pendant qu'elle goûtait la confiture avec les doigts lui suffisait. Pour se réveiller avec la faim au ventre, il fallait sacrément aimer la vie, pensait-il. Le visage enfoui dans l'oreiller de Loraine, il se laissa aller à quelques secousses du bassin sous le coup d'une érection matinale.

Ils se voyaient en moyenne trois soirs par semaine depuis plus d'un an, la plupart du temps ils terminaient la nuit dans ce même hôtel et demandaient, par habitude, la chambre 318 qui avait abrité leurs premiers moments. Nicolas se rendait disponible quand Loraine l'était, sans jour fixe. Quand il essayait de recouper des signes, ils se contredisaient la fois suivante ; elle obéissait à une logique connue d'elle seule qui rendait sa vie de tous les jours indépistable. Avec le temps, il s'y était habitué, même si, au cours de la journée, il aurait tout donné pour savoir ce qu'elle faisait à cette minute précise.

Pourtant, il était bien obligé de le reconnaître, les matins étaient moins pénibles qu'avant. Se réveiller seul n'avait plus guère d'importance depuis cette fameuse nuit où Loraine avait disparu avant même le lever du jour. Avec son aisance habituelle, elle avait su trouver une solution à un problème qui divisait les couples depuis des lustres :

— Il faut que je me lève vers 5 heures du matin.

— Je vais demander un réveil à la réception.

— Pas question, tu n'arriveras jamais à te rendormir.

Elle avait raison. Dès que Nicolas reprenait conscience que le monde existait, plus question de le nier, il fallait le subir. C'était l'histoire de sa vie. Les tractations qui suivirent (« mais je t'assure que ce n'est pas grave, c'est dommage, tu es sûr, franchement ça ne me dérange pas, tu peux dormir encore deux bonnes heures après mon départ », etc.) avaient pris fin tout à coup quand Loraine, inspirée, avait saisi son téléphone portable.

— Si je programme un réveil téléphonique à 5 heures, que je pose l'appareil sous mon oreiller en position vibreur …

Sans rien comprendre à ses manipulations, il s'endormit en la traitant de folle. Deux heures plus tard, pendant qu'il nageait le crawl dans un lac peuplé d'une faune digne des légendes, Loraine ressentit une légère vibration vers son oreille gauche et ouvrit l'œil. Elle embrassa l'endormi sur la tempe et disparut sur la pointe des pieds dans la nuit toujours noire. Nicolas pouvait encore rêver à des paradis perdus. À n'en pas douter, il s'agissait d'un grand pas pour l'humanité.

Sans même parler de son imagination, il était amoureux de la part de liberté qui s'exprimait chez elle dans les détails les plus inattendus. La petite phrase sans queue ni tête mais bienfaitrice, le geste déconcertant mais bien plus réfléchi qu'il n'en avait l'air, la trouvaille qui passait pour absurde pour éviter de se prendre au sérieux.

Loraine n'était pas la seule à lui redonner confiance en lui-même. «L'homme de la nuit», son alter ego fiévreux qui lui envoyait des messages, veillait désormais sur lui. Nicolas avait commencé par haïr cet *autre* incandescent qui buvait et lui refilait sa gueule de bois, qui brûlait ses soirées sans se soucier des décombres du lendemain. Avec le temps, il avait su l'écouter et s'en faire un ami. D'où tenait-il tout ce savoir qui échappait à Nicolas au quotidien ? Comment réussissait-il à orchestrer improvisation, sens du rythme et mise en perspective ? D'où tenait-il cette aisance de funambule sur le fil de l'instant ? Qu'est-ce qui faisait de lui le seul philosophe au monde qui ait tout compris ? Nicolas se devait d'être relié à son mister Hyde le plus souvent possible, suivre son enseignement, profiter de son expérience. Comme on ouvre sa boîte aux lettres, il saisissait, sans sortir du lit, le petit carnet noir où, la veille, *l'autre*, serein, le cœur chaud, veillant sur le sommeil de Loraine, avait gribouillé quelques lignes définitives. On trouvait de tout dans ces feuillets, des injonctions, des évidences qui avaient besoin d'être répétées, des décisions quotidiennes qui trouvaient là des solutions, mais aussi quelques envolées lyriques, libellées sans vergogne parce que sincères.

Avant de prendre sa douche, il ouvrit le carnet. Comme à l'accoutumée, il ne se souvenait de rien.

Ceux qui te regardent de travers quand tu bois un whisky sont ceux qui n'ont pas de plus grande ambition dans la vie que de placer « whisky » au Scrabble.

Retourne chez le dentiste. J'insiste.

On se dit : « après moi le déluge ». Mais on aimerait tous le voir, ce déluge !

Il quitta l'hôtel, rejoignit à pied les tours de l'empire Parena, s'arrêta à la cafétéria pour acheter deux croissants et une bière fraîche. Dans son bureau, il prit son petit déjeuner en éprouvant un sentiment de cohérence absolue. Il aimait Loraine, mais il aimait aussi l'idée que son entourage le mettrait en garde contre cette diablesse de femme. Il aimait le goût de la bière au matin,

163

il aimait la cacher dans son Trickpack, il aimait se représenter la tête de ses collègues apprenant que son Coca titrait 6°. Il aimait ses toutes dernières découvertes, il aimait déjà ses progrès à venir sur le chemin de la paix intérieure, et par-dessus tout, il aimait la chance qui lui était offerte de devenir celui qu'il méritait d'être. La nuit, comme les précédentes, avait été courte, et Nicolas attendit sans le laisser paraître le petit coup de fouet qu'allait lui donner la pétillance du houblon, un vrai plaisir du matin qu'il avait adopté aussi naturellement qu'une tasse de thé ou une chemise propre. Les bulles lui montaient déjà à la tête et partaient en bouquet.

Il était temps de consacrer toute son énergie au travail. Sa nomination à la tête du service artistique n'entrait pas en ligne de compte ; il ne sentait aucune pression due à ses nouvelles responsabilités et pilotait à vue en essayant de privilégier la solidarité sur toute forme d'autorité. Il avait la faiblesse de croire que la confiance est un mode de fonctionnement et prenait en compte l'avis du plus grand nombre. Bardane avait le chic de promettre l'impossible au client puis se payait le luxe de tirer quelques oreilles si personne ne trouvait de solution miracle. Nicolas avait trop perdu de son temps pour tomber dans les mêmes ornières. Il demandait systématiquement l'avis du responsable de production et du service artistique composé de trois femmes et de deux hommes, tous graphistes, sensiblement du même âge. Il s'amusait à tester ce fameux concept de « synergie ». Jamais il n'avait été un meneur, et d'aussi loin qu'il se souvînt, il avait toujours fui l'idée de compétition. Il ne s'était jamais classé au tennis, il n'en était jamais venu aux mains pour une place de parking et, d'une façon générale, il n'avait jamais cherché à prendre du galon ; il fallait être aussi peu psychologue que Bardane pour soupçonner Gredzinski d'avoir les dents longues.

— J'ai eu des nouvelles de ton ex-boss, dit José, à la cantine.

Bardane avait quitté le Groupe après un arrangement qui devait lui permettre de garder la tête haute en attendant de trouver un poste où il ne commettrait plus l'erreur de chercher à humilier un homme pour l'exemple. Six mois après son départ, son nom lancé en plein milieu du déjeuner tenait de la commémoration. Nicolas s'en serait passé.

— Molin, qui travaille dans mon service, est le parrain de son fils. Vous saviez que Bardane avait deux enfants avec sa femme actuelle, un autre avec son ex, et un quatrième, adopté ?

Pour des raisons qu'il n'avait pas besoin de mettre en avant, Nicolas préféra changer de conversation ; José s'amusa de cette gêne, et insista.

— Il n'a toujours pas retrouvé de boulot. Remarquez, c'est logique, dans la com, à plus de cinquante ans… Amber lui a fait une proposition à vingt K.F., responsable de production, il a refusé, bien sûr. Le problème c'est qu'il est fier. Il paraît qu'il passe sa journée à se battre avec sa femme qui, elle, serait prête à prendre n'importe quel job. En attendant, ils revendent la maison de Montfort.

José ne parvint pas à troubler Nicolas — trop de gens plus à plaindre que Bardane en ce bas monde — qui coupa court et remonta dans son bureau, où l'attendait le message d'une certaine Mme Lemarié, à rappeler d'urgence.

— Qui est-ce, Muriel ?

— Elle a dit que c'était personnel.

Nicolas n'aimait pas les inconnus à messages personnels, pas plus que les lettres recommandées ou les convocations de toutes sortes. Dangers potentiels, sujets d'inquiétude, de quoi mettre sa vie entre parenthèses le temps de tirer l'affaire au clair. Il décrocha le téléphone en regardant l'heure.

— Mme Lemarié ? Nicolas Gredzinski.

— Heureuse de faire votre connaissance, je m'occupe de votre compte, au Crédit agricole. Avant vous aviez affaire à M. N'Guyen, il a été nommé responsable d'agence à Lyon.

Nicolas n'avait aucun souvenir de M. N'Guyen ni d'aucun employé de banque depuis l'ouverture de son compte, vingt-deux ans plus tôt. Il ne demandait *rien* à une banque. Il ne savait ni s'en servir ni déjouer ses pièges, il n'avait jamais demandé de prêt et, au grand jamais, il n'avait eu à subir de sermon à cause d'un découvert. La banque n'était pour lui qu'un relais entre son salaire et ses dépenses ; les deux colonnes débit et crédit ne devaient jamais être des sujets de préoccupation. Jamais.

— Je suppose que les 435 000 francs qui viennent d'être crédités à votre compte ne vont pas y rester.

Comment répondre à la question, il n'avait pas encore eu le temps d'accepter l'idée qu'un cylindre en aluminium allait peut-être changer sa vie.

— Au cas ou voudriez les placer, je pourrais vous proposer certains de nos produits qui se comportent très bien sur le marché. Il faudrait que vous passiez à l'agence pour en parler. Auriez-vous un moment la semaine prochaine ?

— Non.

— La semaine suivante ?

Nicolas en voulait juste assez à Mme Lemarié pour se payer le luxe de la déconcerter comme il n'aurait pas pu l'imaginer un mois plus tôt.

— Je vais d'abord me faire plaisir. Dépenser quarante ou cinquante mille francs en bêtises de toutes sortes. Je vais les gaspiller sans regret, la vie est courte.

— …

— Vous ne pensez pas que la vie est courte ?

— Si si…

— Je vais en profiter aussi pour faire des cadeaux à des gens qui n'ont pas autant de chance que moi.

— Faites attention aux impôts.

— Ces 435 000 francs ne sont qu'un acompte, j'ai un ami comptable qui va gérer tout ça, ne craignez rien. Merci de votre appel.

L'idée qu'elle venait de lui suggérer sans le savoir n'était pas si sotte. Nicolas remit sa veste, quitta son bureau et dit à Muriel qu'il était en rendez-vous extérieur toute l'après-midi. Trente minutes plus tard, il arpentait les Galeries Lafayette, les mains dans les poches, tout prêt à se laisser tenter.

La première personne à qui prodiguer ses largesses aurait dû être Mme Zabel, la petite dame ronde aux lunettes en demi-lune qui avait reçu son dépôt de dossier à l'I.N.P.I. Les conseils qu'elle lui avait donnés pour le mettre en contact avec des industriels susceptibles d'être intéressés par son Trickpack avaient porté leurs fruits. Un fabricant de gadgets qui n'en était pas à un objet absurde près (on lui devait une kyrielle de choses en plastique très coloré pour équiper cuisines et salles de bains) lui avait fait signer un contrat dûment relu par un conseiller juridique proposé par cette même Mme Zabel. Tout le reste, fabrication et commercialisation, s'était déroulé sans lui. Il n'avait même pas eu besoin de donner son avis sur les applications possibles du Trickpack ; son industriel en bimbeloterie en avait trouvé d'insoupçonnables, à commencer par le marché américain où une loi interdisait d'exhiber toute marque d'alcool en public ; il n'était pas rare de croiser dans la rue des individus qui portaient à la bouche des sacs en papier marron ; ceux-là allaient accueillir le Trickpack avec enthousiasme.

La société Altux S.A. venait de lancer neuf déclinaisons du Trickpack, quatre étaient des boissons inventées qui détournaient le visuel de sodas connus. Les autres, contre toute attente, étaient bel et bien réelles : cinq marques largement distribuées dont, le comble, une de bière, avaient accepté de prêter leur logo au Trickpack pour tenter une communication qui ne manquait pas d'ironie. En vente dans les gadgeteries et les rayons cadeaux, le Trickpack avait déjà rapporté à son créateur un chèque de 435 000 francs.

Pour la première fois de sa vie, Nicolas pouvait se faire plaisir sans limite d'argent. Il imagina un cadeau extravagant dont il n'avait nul besoin mais qui aurait pris valeur de symbole. Vingt ou trente mille francs dépensés d'un coup, sans y réfléchir, c'était garder pour toujours le délicieux souvenir d'un moment de folie. Il se mit à rêver d'un costume comme on en voit dans les films de mafieux, quelques rayures qui vous changent un homme en gouape, de quoi inspirer le respect à des Marcheschi. Il en essaya un, puis un autre ; au troisième le cœur n'y était déjà plus. Il lui suffisait de voir la veste sur ses épaules pour l'imaginer dans son armoire, mangée par les mites. L'envie de passer inaperçu qui l'accompagnait depuis l'enfance était devenue son seul costume, taillée dans l'étoffe même de l'anonymat, elle lui allait comme un gant. Il chercha son bonheur ailleurs : les cent disques qu'il aimerait écouter ne serait-ce qu'une fois, les mille livres qu'il s'était promis de lire un jour, les films qui lui parleraient d'aujourd'hui. Mais rien ne lui faisait envie, l'urgence était ailleurs : tous les jours, toutes les nuits, ici et maintenant. Où trouvait-il son compte d'exaltation, avant ? Nulle part, il n'y avait pas d'avant.

Il dut se rendre à l'évidence : depuis qu'il avait pris ses quartiers à l'hôtel — où rien ne lui appartenait sinon le fondamental, son temps, sa vie, son corps — les choses matérielles perdaient tout attrait à ses yeux ; il préférait désormais traverser les décors. Celui des Galeries Lafayette ne l'amusait plus, l'envie de se faire plaisir s'émoussait. Si encore il avait hérité de son enfance une passion. Il se souvenait d'avoir envié les engouements des autres gosses pour l'aéromodélisme, les miniatures, les timbres, la pêche ; parfois il avait fait semblant de s'y intéresser, par conformisme, mais l'ennui reprenait vite le dessus. Il était de ces rares enfants qui peuvent rester des heures dans un canapé, immobile. On y voyait une forme de sagesse précoce, il ne s'agissait en fait que de repli sur soi. Qui pouvait s'en douter ? Les enfants n'ont aucune raison de s'en faire, c'est ce que les parents préfèrent croire.

Il ne lui restait plus que le dernier étage, la literie. L'idée d'y jeter un œil ne lui paraissait pas si saugrenue. Pourquoi pas un lit, après tout ? Un jour ou l'autre il aurait bien besoin d'un lit gigantesque, moelleux jusqu'à l'indécence, pour réparer toutes les nuits blanches passées avec Loraine. Un lit à ce point excep-

168

tionnel qu'elle n'y résisterait pas et finirait par s'y vautrer elle aussi. Le meilleur lit du monde. De quoi réconcilier la médecine et l'hédonisme. L'idée l'amusa un instant, juste le temps de réaliser que Loraine avait déjà, Dieu sait où, un lit bien à elle.

*

Le comptoir avait dû être taillé dans un chêne centenaire. La patine du bois sous les doigts, sa couleur chaude donnaient envie de boire quelque chose dans les mêmes tons. Le nuancier était là, au mur, par rangées entières, tant de bouteilles inconnues qui méritaient de ne plus l'être. Nicolas n'avait pas trop du reste de sa vie pour les goûter toutes, les classer, les étudier comme un encyclopédiste, écrire le grand livre de l'ivresse, celui que les académies salueraient comme un classique, en attendant la chaire à la Sorbonne.

— Qu'est-ce que je vous sers ?

— Un truc fort, donnez-moi un conseil. Vous boiriez quoi, vous ?

— Je bois rarement pendant le travail, et jamais l'après-midi.

— C'est quoi cette bouteille rousse à l'étiquette blanche ?

— Southern Comfort, un bourbon assez sirupeux, personnellement je trouve ça trop sucré, ça attaque le foie un peu vite. Si vous aimez le bourbon, je peux vous proposer l'un des meilleurs, il m'en reste encore une caisse aux normes américaines, à l'époque où c'était encore légal ici.

Nicolas regarda sa montre : 15 h 10. Le temps passait vite, la vie aussi.

— Attention, ça chiffre ses 50,5°.

— Faites goûter.

Il avait fini par trouver son cadeau, l'idée s'était imposée à lui dans un escalator, parmi tous ces gens. Il avait eu envie de ce verre que le barman allait lui servir et avait filé droit au rayon des accessoires hommes où on lui proposa trois modèles de flasques. Il choisit celle de vingt centilitres, légèrement arrondie pour épouser la forme du pectoral, doublée de cuir noir, avec bouchon relié au goulot. La contenance lui parut bonne, de quoi se donner une dose de courage si l'on se perd en forêt, ou tenir le coup si l'on reste bloqué dans l'ascenseur, deux alibis pour justifier le cadeau. Désormais, il avait le bonheur à portée de main dans une poche intérieure, le malheur aussi ; le tout pour 140 francs. Mme Lemarié n'aurait pas à faire les gros yeux.

— Ça arrache, votre truc, mais on s'y fait.

Cela dit pour rassurer le barman quand, en fait, il y avait le feu à la maison. La poitrine sur le point d'exploser, le souffle suspendu, et puis, juste un soupir. C'est ce soupir-là qui déclenche tout le reste : le souffle se calme, les épaules se relâchent, le cœur retrouve son rythme, un sourire intérieur se dessine et l'imagination se met à battre la campagne. Ce qui est vraiment important le redevient, le reste s'oublie, les scories, les brouillages, les atermoiements, les vaines inquiétudes, les quiproquos divers, le temps pris au temps de vivre.

— Vous pouvez me remplir ça ? demanda-t-il en brandissant sa flasque.

— Un baptême ?

— En quelque sorte.

— Vous avez envie de rouler à quoi ?

— Au super. Vodka. Vous n'auriez pas le cousin polonais de votre bourbon ?

— L'avantage des flasques, c'est que le geste est discret, mais l'haleine vous trahit. Les goulées de vodka entre deux portes, ça se détecte. J'ai une eau-de-vie qui peut vous aider à passer la quatrième, ni vu ni connu. Vous voulez goûter ?

— Non, je préfère la surprise.

La journée commençait vraiment, tout ce qui avait précédé n'était que léthargie, l'essentiel lui apparaissait, et avec lui, une certitude : il était bien l'ingrat qu'il redoutait ! Comment avait-il pu oublier Mme Zabel ! Il empocha la flasque, but un autre

Wild Turkey cul sec et retourna dans les grands magasins pour réparer sa faute.

Au feu !

*

— C'est à moi que ça fait plaisir, madame Zabel. On doit toujours savoir ce qu'on doit et à qui on le doit. Qu'est-ce qui serait arrivé si j'avais eu rendez-vous dans le bureau d'à côté ?

— Ma collègue vous aurait renseigné comme je l'ai fait, et aujourd'hui c'est elle qui aurait entre les mains ce superbe carré Hermès, qu'elle aurait sans doute refusé comme je vais devoir le faire.

— Ce n'est pas de la corruption, madame Zabel, c'est de la gratitude ! Et puis cet ocre jaune, c'est exactement votre couleur, vous ne pouvez pas refuser.

— …?

Malgré les 50,5° qui alimentaient la combustion spontanée de sa générosité, Nicolas percevait une très légère inquiétude derrière le sourire amusé de sa bienfaitrice. Qu'elle le croie soûl pouvait gâcher sa bonne humeur et son très sincère sentiment de reconnaissance envers elle. Pourtant, il était bel et bien soûl, un peu trop à son goût.

— S'il vous plaît, madame Zabel… Acceptez…

— Ne me faites pas ces yeux de brun ténébreux, monsieur Gredzinski, vous allez me faire fléchir.

— À la bonne heure !

Son élocution était hors de danger, son haleine insoupçonnable.

— Tant que je suis là, madame Zabel, je voulais vous parler d'une idée qui pourrait se transformer en projet, si vous pensez que c'est digne d'intérêt. Il faut vous dire que depuis quelque temps j'ai l'habitude de me réveiller entre les bras d'une femme merveilleuse.

— …?

— Il se trouve justement que nous ne nous réveillons pas toujours au même moment puisque la belle en question disparaît dès l'aube, tout auréolée de son mystère, pendant que je me remets d'une nuit fiévreuse et copieusement arrosée. Voyez-vous, elle fait son possible pour ne pas me réveiller et malgré l'envie de la serrer une dernière fois dans mes bras avant son départ, je lui en sais gré. Il faut vous dire que, depuis tout petit, j'ai des réveils de cran d'arrêt, j'ouvre les yeux et clac, ça y est, je suis remonté à bloc, tous ressorts tendus, un vrai drame. Je ne suis pas de ces bienheureux, dont vous êtes peut-être, qui parviennent à se rendormir illico.

— Ça m'arrive.

— Prenez ça comme une chance. La race dont je fais partie ne connaît pas de demi-sommeil, de parenthèse assoupie, de sieste à trois temps. Nous, les angoissés, un bloc de réel nous tombe dessus dès que nous revenons à la conscience, et là, le compte à rebours est lancé, il ne nous reste que deux ou trois minutes pour que tous les symptômes se réveillent, la première pensée intelligible est forcément pessimiste et va gagner en gravité à chaque seconde ; on se rappelle tout à coup que l'on vit ici-bas, dans ce monde construit par d'autres, mais que nous n'avons jamais essayé de changer, que la journée sera celle qu'on redoutait et que l'on va devoir mordre sa ceinture jusqu'au soir. On se sentirait presque coupable de s'être laissé berner par Morphée qui, ce chien, ne nous ouvrira plus les bras avant que nous n'ayons traversé notre quotidienne vallée de larmes. Alors imaginez le problème universel du réveil à contretemps ; elle doit être sur le pont à 6 heures, il se remet d'un boulot qui s'est terminé tard, les cas de figure sont innombrables et concernent quelques milliards de gens qui dorment à deux dans le même lit, mais qui n'ont pas le droit de se lever à la même heure. Comment ne pas entendre le réveil de l'autre ? Comment préserver son propre sommeil ? C'est aussi bête que ça ! Quelqu'un a dû se poser la question dans votre auguste institution. Ne me dites pas que je suis le premier ! Parce que si je l'étais, je pourrais proposer un bracelet-montre ultraléger, équipé d'un vibreur qui donnerait l'exacte et suffisante impulsion pour réveiller l'un sans déranger l'autre. J'ai pensé à tout, voulez-vous plus de détails?

*

Sa promotion au sein du Groupe n'avait rien changé au cérémonial du club de l'apéritif. Tous l'avaient félicité avec effusion, Marcheschi l'avait enjoint d'offrir le champagne et s'était fait un point d'honneur à les régaler d'une seconde bouteille. Un an plus tard, la chose était admise, plus personne n'y faisait référence. Les rendez-vous se poursuivaient à l'orée de l'automne, une table près du flipper avait remplacé la terrasse, le pastis s'était changé en vin, seuls l'heure et le principal sujet de conversation — que José appelait le «plat unique» — restaient immuables. Le Groupe était un feuilleton truffé de personnages, diffusé à raison d'un épisode par jour; personne n'en connaîtrait vraisemblablement la fin. Le seul thème capable de rivaliser, c'était Marcheschi en personne, sa vie, son œuvre.

— Il faut que je vous parle de quelqu'un qui m'est cher, dit-il, le redoutable Rémi Schach, un mystérieux investisseur qui fait trembler la Bourse. Quelqu'un le connaît?

Tous sentirent la question piégée et se turent.

— C'est bien normal, je n'avais pas le droit de divulguer son existence avant aujourd'hui. J'ai reçu l'ordre, il y a un mois, de lancer une O.P.A. sur la chaîne Autoniels qui intéressait, hormis le Groupe, la Dietrich de Cologne, et la...

Nicolas n'écoutait déjà plus; les frasques de Marcheschi avaient au moins l'avantage de faire apparaître Loraine à la table, invisible et toujours souriante, parfois nue, muette, mais présente. Il restait muet lui aussi et se contentait de laisser son imagination la recréer de toutes pièces, l'arête impeccable de son nez, l'ombre claire de ses cernes qui ajoutaient une nuance inconnue au bleu de ses yeux, jusqu'aux cheveux qui lui tom-

173

baient en mèches bouclées sur les oreilles. Fignolée jusqu'au plus petit détail, elle croisait les bras comme pour l'imiter, et tous deux restaient là de longues minutes à se manger du regard. Rien ne pouvait alors tirer Nicolas de sa rêverie, sinon les éclats de voix de Marcheschi lui-même.

— ... et si le Groupe Parena a emporté le morceau, c'est grâce au providentiel Rémi Schach, partenaire fantôme, qui n'est autre que l'anagramme de... ?

— Marcheschi ! dit Régine pour coiffer les autres au poteau.

— Vous aviez le droit de faire ça ?

— Dans la finance, le pseudonyme est même encouragé.

Encore une fois, Marcheschi venait de prouver aux autres qu'il était à la fois présent à cette table mais dans d'autres sphères que les leurs, que sa vie avait quelque chose de romanesque, et que son métier n'était pas, comme pour les autres, une longue et quotidienne fatalité.

— Qu'est-ce que ça fait d'avoir une double identité ? demanda José.

— Elle est triple ! Quand j'en ai marre de faire gagner de l'argent au Groupe, je me connecte sur Internet pour jouer en réseau à un jeu de massacre qui s'appelle Unreal Tournament. La semaine dernière, j'ai eu l'honneur d'être inscrit dans la liste des mille meilleurs scores du monde, sous le nom de guerre de *Slaughter*.

Nicolas, perplexe, se demandait ce que cette histoire d'identités multiples lui évoquait ; Loraine réapparut pour lui rafraîchir la mémoire et lui rendre le sourire. Marcheschi dut sentir que l'agaçant Gredzinski allait prendre la parole et se mit à le fixer, comme on lance un défi.

Nicolas le releva :

— En 1658, à Paris, un polémiste du nom de Louis de Montalte ferraille contre les jésuites et corrige les nombreuses réimpressions de son texte, considéré comme le plus grand succès de librairie du siècle, *Les Provinciales*. Au même moment, le jeune Amos Dettonville invente ce que l'on appelle aujourd'hui le « calcul intégral ». Parallèlement, le dénommé Salomon de Tultie, philosophe, prend des notes pour une gigantesque fresque sur la condition humaine et son rapport à Dieu : *Les Pensées*. Les trois ne sont qu'une seule et même personne que l'on connaît mieux sous le nom de Blaise Pascal. Ses trois pseudonymes sont des anagrammes de LOM — pour « l'homme » — TON DIEU EST LÀ. Pour lui, un texte, une idée, un principe, appartenaient à tout le monde, il lui était impensable d'en revendiquer, en son nom, la paternité. Il préférait disparaître derrière des identités fictives. C'était un type comme ça, Pascal.

Il se tut.

Au loin, sur l'esplanade, une apparition de Loraine, fière de lui, lui faisait signe de venir la rejoindre au plus vite.

*

Lorsqu'ils ne dormaient pas à l'hôtel, elle disparaissait en sortant de chez Lynn sans que Nicolas sache la direction qu'elle prenait. Elle ne prononçait pas même un banal *il faut que je rentre*, qui n'aurait rien révélé tout en créant un malaise. Il lui fallait alors patienter avant de retrouver la chambre 318, où il leur arrivait de faire n'importe quoi, tout et son contraire, et personne n'aurait pu imaginer tant de liberté en si peu d'espace. Ils s'apprenaient les caresses que l'autre ne connaissait ou n'osait pas, ils faisaient rouler des bouteilles à terre pour se les passer, jouaient à lancer des cartes le plus près du mur, s'inventaient des fantasmes inédits, décryptaient des haïku, léchaient leur peau ruisselante de tous les alcools du monde, invoquaient mille génies, ou dormaient, des heures et des heures, paisibles, enlacés, jusqu'au plus profond de l'oubli.

— Passe-moi les chips.

— Tu es en pleine régression, ma pauvre.

— Je n'y avais pas droit quand j'étais petite.

Là encore, il ne savait comment interpréter une réaction aussi anodine. Avait-elle eu l'enfance d'une Cosette ou bien était-elle la fille d'un inflexible diététicien ?

Il était 1 heure et demie du matin, elle avait gardé une culotte et un soutien-gorge coordonnés couleur abricot, et ils grignotaient quelques bêtises faute d'avoir dîné.

— Tu veux savoir à quel moment je suis vraiment tombée amoureuse de toi ?

— ... ?

— C'est dans cette chambre, la troisième ou la quatrième nuit.

— J'avais dû te faire jouir comme jamais.

— Pas du tout. On regardait la télé. Il était 3 heures du matin, et nous assistions à un championnat de patinage artistique en direct des États-Unis.

— Aucun souvenir.

— À un moment, une des filles a glissé et s'est retrouvée à terre dans une position ridicule. La pauvre s'est relevée comme si de rien n'était et a continué jusqu'au bout, comme elles le font toutes. Les téléspectateurs, à cette seconde précise, se divisent en trois catégories. La première, sûrement la plus courante, sont ceux qui attendent le ralenti. Ils ont vu cette fille se casser la gueule et quelque chose de formidablement excitant les pousse à revoir un moment aussi terrible. Ceux-là, en général, attendent les notes catastrophiques, le gros plan sur le regard de la fille qui n'y croit plus ; et ils sont souvent récompensés par quelques larmes.

Les couvertures avaient roulé à terre, la chambre était plongée dans la pénombre, et leurs vêtements jetés pêle-mêle autour du gigantesque lit aux draps encore frais. Loraine était allongée à plat ventre, immobile, les bras ballants, pour soulager un léger mal de dos qui ne l'avait pas quittée de la journée. Nicolas, en caleçon gris, était assis sur le matelas, une main posée sur un verre glacé, l'autre sur les mollets de sa douce.

— La seconde catégorie serait celle qui plaint sincèrement la malheureuse. Ils laissent échapper un petit cri la première et la seconde fois qu'ils voient la chute. « *Oh, la pauvre... !* » Il y a de la compassion dans leur regard, mais peut-être autre chose de plus secret, caché bien en dessous, quelque chose d'inavouable et de délicieux ; ils n'en sauront jamais rien eux-mêmes.

Il se pencha un instant pour poser les lèvres sur la cheville de Loraine et lui mordilla les orteils sans lui couper la parole.

— Et puis il y a une troisième catégorie, extrêmement rare, dont tu fais partie. Au moment du ralenti, je t'ai vu détourner brusquement le regard. Tu ne voulais en aucun cas revoir ça. Trop pénible. On ne sait pas à quoi tu pensais, peut-être au vrai drame de cette fille, à ces mois ou ces années d'entraînement acharné pour en arriver là, ce petit instant atroce, devant des millions d'yeux. Tu n'avais pas envie d'y ajouter les tiens. Une seconde plus tard, j'étais amoureuse.

Il sourit vaguement, haussa les épaules pour signifier sa gêne et détourna encore le regard. L'anecdote ne lui évoquait rien de précis, il n'avait jamais pensé faire partie d'aucune catégorie devant un championnat de patinage artistique, au mieux il se sentait de ceux qui regardent avec attention la jupette des filles onduler dans le mouvement, mais il ne se souvenait pas de la chute en question. Pourtant, Loraine avait raison sur ce point : sans être pire ni meilleur qu'un autre, Nicolas fuyait le spectacle du désarroi d'autrui.

— Ils sont ridiculement petits, ces paquets de chips, dit-elle.

— Comme les doses de vodka, tout est à l'échelle.

— Viens me faire un câlin.

— J'adore ce petit ensemble abricot, je trouve ça très...

Un nouveau tourbillon frénétique vira rapidement au cannibalisme.

Loraine avait dit *amoureuse*.

Il tenait dans ses bras une femme *amoureuse* de lui.

Il essaya de comprendre le mot, ce qu'il recouvrait, sous-entendait, lui trouva de délicieux synonymes et reprit un peu de vodka. Toujours à plat ventre, Loraine saisit la télécommande, alluma le téléviseur, coupa le son, trouva une image digne d'être regardée : des canards qui volaient en V au-dessus d'un grand lac. Nicolas essaya de se souvenir de la dernière femme qui lui avait avoué être amoureuse ; il lui fallut remonter loin. Une époque si pénible qu'il préféra couper court et mordre la cuisse de Loraine pour déclencher de nouvelles hostilités. Faire l'amour avec elle était une des rares choses au monde qui allait de soi. La spontanéité de leurs corps, leur façon d'être à l'autre, de se l'approprier, n'appelait ni réflexion ni commentaire. Jamais il n'avait rêvé d'un geste qui n'arrivait pas, pas une fois il n'avait regretté une situation qu'il était bien le seul à imaginer, ni tenté une caresse qu'elle avait freinée. La fantaisie ne pouvait que suivre. Certaines nuits, comme celle-ci, elle les précédait et les tenait éveillés jusqu'à l'aube.

Il saisit son petit carnet noir pour y écrire :

Méfie-toi de la sagesse des autres. Rien n'a de sens. Tout se contredit, même les vérités premières. Personne ne peut savoir où tu vas puisque tu ne le sais pas toi-même. Les chemins tortueux que tu prends vont paraître obscurs, ils le sont, mais veille à ce que personne ne t'en détourne.

PAUL VERMEIREN

Comme chaque matin depuis un an, en passant sous le porche du 8 bis rue Notre-Dame-de-Bonne-Nouvelle, Paul Vermeiren jeta un œil vers la plaque dorée de son agence. Le jour où il avait visité les locaux, le nom s'était imposé de lui-même : *Agence Bonne Nouvelle*. Il n'avait pas eu tort, la légère ironie contenue dans l'adresse inspirait confiance, nombre de clients y avaient été sensibles. Il traversa la cour pavée, s'engagea dans l'escalier A, entra dans l'appartement du second étage sans avoir besoin d'ouvrir à clé. La distribution des pièces était idéale : un petit vestibule qui servait de salle d'attente et donnait sur deux bureaux indépendants, le sien et celui de son associé Julien Grillet. Une troisième pièce, équipée d'une douche et une kitchenette, servait à Paul de pied-à-terre quand les besoins d'une enquête l'empêchaient de retourner vers sa campagne, en moyenne deux nuits par semaine. Il posa sa veste en cuir sur le bras d'un fauteuil et se dirigea vers le coin cuisine où Julien préparait du café.

— C'était comment, Saint-Malo ?
— Pas eu le temps de visiter, dit Paul.
— Ton affaire ?
— Ça s'est bien passé, un peu long vers la fin.

Tout en relevant les messages du répondeur, Julien raconta son week-end d'inertie totale. Paul alla finir sa tasse dans son

179

bureau, impatient de se mettre au travail : écrire son rapport de mission à Saint-Malo, le client avait insisté pour l'avoir en main le soir même. C'était le moment de reprendre ses notes, d'en déchiffrer certaines désormais illisibles et de les transformer en quelque chose de clair. Il alluma son ordinateur, ouvrit un nouveau fichier dans le dossier *Rapports*, qu'il intitula du nom du client : Leterrier.

L'homme l'avait contacté deux semaines plus tôt au sujet de sa femme, cadre dans une grosse société de promotion immobilière. Elle se plaignait depuis plusieurs mois d'avoir à multiplier ses visites dans leur succursale de Saint-Malo pour redresser une gestion déplorable. Elle demandait à son mari de prendre son mal en patience à raison d'un week-end sur trois. Au lieu de quoi, le mari envoya Paul Vermeiren sur place.

<u>Confidentiel.</u>
À ne divulguer à aucun tiers.

RAPPORT DE SURVEILLANCE

Objet : Surveillance vendredi 6 mai de Mme Elizabeth LETERRIER (signalement par photographie couleur) à partir de la société Immotan, 4, place Gasnier-Duparc, 35400 Saint-Malo.

7 h 00 : Début de mission (départ de Paris, arrivée à Saint-Malo à 10 h 15).

11 h 30 : Mise en place du dispositif de surveillance au niveau du 4, place Gasnier-Duparc à Saint-Malo.

14 h 25 : Arrivée de Mme Leterrier à bord de sa voiture qu'elle gare sur le parking et entre dans l'immeuble de la société Immotan. Elle porte un tailleur gris clair, un sac à main noir.

16 h 50 : Mme Leterrier sort seule de la société Immotan. Sur le parking, elle ouvre le coffre de sa voiture et en sort un sac de voyage marron. Puis elle se rend, à pied, au café «Le Lucky», place Jean-Moulin, et s'installe en terrasse (cf. photographie n°01).

17 h 05 : Une Safrane grise immatriculée 84 LK 35 se gare à quelques mètres de la table de Mme Leterrier. Un homme d'environ cinquante ans en descend, rejoint Mme Leterrier et s'installe à sa table. Il porte un cos-

180

tume gris et des lunettes de soleil. Il est d'assez forte corpulence, mesure 1 m 75/80, il a les cheveux courts et châtains.

17 h 10 : Mme Leterrier prend un café en compagnie de l'homme, qui boit un pastis. Il pose plusieurs fois la main sur celle de Mme Leterrier.

17 h 25 : Ils remontent tous les deux dans la Safrane qui roule un moment puis s'arrête, rue des Cordiers. Ils font des achats chez un marchand de fruits et légumes et dans une supérette 8 à 8.

17 h 40 : Ils partent à bord du véhicule.

17 h 50 : Ils entrent dans la résidence « Mandragore », 52, boulevard Henri-Dunant, à Saint-Servan-sur-Mer, et garent la Safrane sur le parking. Ils longent un jardin et montent par un escalier extérieur qui donne accès à un appartement, au premier étage du second bâtiment (cf. photographie n°02). Mme Leterrier porte son sac de voyage marron. Le nom de Bernard NANTY est écrit sur la boîte aux lettres qui correspond à l'appartement.

N.B. : On peut constater que quatre fenêtres de l'appartement donnent vers l'extérieur de la résidence, rue de la Pie. La surveillance continue à partir de cette rue.

18 h 10 : La silhouette de Mme Leterrier apparaît à l'une des fenêtres, elle porte un peignoir et une serviette-éponge nouée autour de la tête. Elle tire le rideau.

21 h 40 : Plus aucune lumière n'est visible dans l'appartement depuis la rue de la Pie.

21 h 45 : Fin de la surveillance et mise en place de « témoins » (cailloux) sous les roues de la Safrane.

22 h 00 : Fin de mission.

Pour se dégourdir un instant les jambes, Paul alla préparer du thé et en proposa une tasse à Julien.

— Ça va me couper la faim, si on allait plutôt déjeuner ?

Surpris, Paul jeta un œil à sa montre, il était déjà 13 heures.

— Pas le temps. Ramène-moi un sandwich au pain de mie, thon crudités, avec de l'eau gazeuse.

— Il y a un M. Martinez qui a appelé, tu peux le joindre cet après-midi dans sa boutique.

— Merci.

— C'est quoi, cette boutique ?

— Une confiserie. Il veut savoir s'il ne s'est pas fait escroquer par un industriel.

Paul s'occuperait de lui après ce rapport qu'il devait impérativement terminer avant son rendez-vous de 16 heures.

RAPPORT DE SURVEILLANCE

Objet : Surveillance samedi 7 mai de Mme LETERRIER à partir de la résidence Mandragore, côté rue de la Pie, Saint-Servan.

7 h 00 : Début de mission.

7 h 30 : Mise en place du dispositif de surveillance de la résidence Mandragore, côté rue de la Pie. Les rideaux de l'appartement sont toujours tirés. La Safrane est garée à la même place que la veille. Les «témoins» sont toujours sous les roues du véhicule indiquant qu'il n'a pas été déplacé.

N.B. : Renseignements pris auprès du concierge, l'homme de cinquante ans vu la veille en compagnie de Mme Leterrier est effectivement M. Bernard NANTY, locataire en titre de l'appartement surveillé.

10 h 00 : Ouverture des stores de la baie vitrée de l'appartement. M. Nanty, torse nu, prend un café en regardant par la fenêtre. Nous apercevons la silhouette de Mme Leterrier, en peignoir bleu marine.

10 h 45 : M. Nanty et Mme Leterrier sortent de l'appartement et montent dans la Safrane. Elle porte un jean et un débardeur rose et tient à la main un sac de sport. Il porte un jean, un tee-shirt noir, et des sandales.

10 h 50 : Ils quittent la résidence.

11 h 10 : La Safrane s'arrête aux abords de la plage dite «L'andemer», sur la route de Saint-Briac. Mme Leterrier sort du véhicule et le contourne pour rejoindre M. Nanty toujours assis derrière le volant, fenêtre baissée. Ils discutent un instant (cf. photographie n°03), semblent hésiter, puis Mme Leterrier remonte dans le véhicule qui repart.

11 h 20 : La voiture s'arrête au bord d'une plage presque déserte située à moins de 2 km du lieu-dit Bois Bizet. Ils s'installent sur une grande couverture étendue sur le sable. Mme Leterrier porte un maillot de bain une pièce, noir. Ils s'embrassent plusieurs fois sur la bouche.

11 h 50 : Mme Leterrier et M. Nanty se baignent.

12 h 05 : Ils sont assis sur la couverture. Mme Leterrier a la tête posée sur l'épaule de M. Nanty. Ils regardent la mer.

12 h 20 : Ils se rhabillent et quittent la plage à bord de la Safrane.

12 h 45 : La Safrane se gare rue de Chartres, à Saint-Malo.

13 h 00 : Ils entrent dans un magasin de vêtements pour hommes. M. Nanty essaie plusieurs chemises en présence de Mme Leterrier. Ils n'achètent rien et sortent.

13 h 25 : Ils entrent dans la crêperie «Mitaine» rue des Grands-Degrés, et s'installent à une table pour déjeuner (cf. photographie n°04).

14 h 50 : Ils sortent, rejoignent la voiture et quittent les lieux.

15 h 10 : La voiture entre dans la résidence Mandragore, Mme Leterrier et M. Nanty rejoignent l'appartement de ce dernier. Ils tirent les rideaux des fenêtres donnant rue de la Pie.

16 h 15 : Mme Leterrier quitte seule l'appartement du premier étage. D'une remise dont elle a la clé, elle sort un vélo et s'en va.

16 h 35 : Mme Leterrier attache son vélo à un poteau de la rue de Chartres. Elle entre dans une pharmacie et en ressort, un sac en papier à la main. Puis elle retourne dans le magasin de confection pour hommes où elle achète une des chemises précédemment essayées par M. Nanty.

16 h 50 : Elle quitte les lieux, sur son vélo.

16 h 55 : Elle s'arrête dans une rue commerçante près de la place Vauban où elle achète des légumes et une pièce de viande.

17 h 10 : Elle quitte les lieux, sur son vélo.

17 h 25 : Elle entre dans la résidence Mandragore, range le vélo et rejoint l'appartement de M. Nanty.

18 h 30 : Mme Leterrier apparaît de temps à autre aux fenêtres donnant rue de la Pie, notamment dans la pièce située à l'extrême gauche, manifestement la cuisine.

19 h 15 : M. Nanty sort de l'appartement pour se rendre dans une cave commune à toute la résidence, et en ressort avec un carton de vin.

21 h 10 : M. Nanty ferme les volets des trois pièces principales et allume les lumières.

22 h 30 : Fin de la surveillance. Toutes les lumières sont éteintes.

23 h 00 : fin de mission.

Il relut et corrigea un mot ou deux en imaginant Rodier penché sur son épaule. Paul pensait souvent à lui depuis qu'il volait de ses propres ailes et se sentait coupable de ne pas le joindre, demander de ses nouvelles ou lui donner des siennes. Il détestait l'idée de passer pour un ingrat aux yeux d'un homme qui n'avait pas ménagé sa peine pour le former à ce métier de fou, lui éviter des tonnes d'embûches, toutes choses que Paul appréciait désormais à leur juste valeur. Rodier n'avait pas compris pour quelle raison invraisemblable Thierry avait refusé l'offre de reprendre son agence et sa clientèle. Un cadeau en or. Il était prêt à faire le maximum pour assurer le passage de relais, négocier le bail, prévenir des clients réguliers, trouver un associé, et bien d'autres choses encore.

— Tu veux vraiment commencer de zéro ?
— Oui.
— Je ne comprends pas, mais c'est toi qui décides.
— Salut, patron.
— … Tu me donneras des nouvelles ?
— Bien sûr.

Ce fut la dernière fois qu'ils se parlèrent. Huit jours plus tard il devenait Paul Vermeiren ; le remords d'avoir eu à décevoir son vieux professeur le poursuivait encore aujourd'hui.

Paul souffla entre les touches du clavier pour chasser des miettes de pain. S'il continuait à ce rythme, il pouvait terminer son rapport avant le rendez-vous de 16 heures et prendre un café au tabac d'en face.

RAPPORT DE SURVEILLANCE

Objet : Surveillance dimanche 8 mai de Mme LETERRIER à partir de la résidence Mandragore, côté rue de la Pie, Saint-Servan.

7 h 00 : Début de mission.

7 h 30 : Mise en place du dispositif de surveillance à la résidence Mandragore, côté rue de la Pie. Les volets sont toujours fermés.

11 h 30 : Mme Leterrier ouvre les volets de la pièce principale. Nous pouvons voir, depuis la rue de la Pie, que M. Nanty enlace Mme Leterrier en se tenant derrière elle. Il glisse sa main sous sa chemise de nuit, au niveau de la poitrine. Il embrasse Mme Leterrier dans le cou pendant une minute environ.

15 h 10 : Un livreur de la société RAPID'ZA vient livrer une pizza chez M. Nanty.

17 h 15 : Ils quittent l'appartement et montent dans la Safrane. Mme Leterrier porte son sac de voyage.

17 h 40 : M. Nanty dépose Mme Leterrier à sa voiture sur le parking de la société Immotan. Elle range son sac de voyage dans le coffre. Ils s'enlacent durant quelques minutes et se séparent. Les voitures s'engagent dans des directions opposées.

17 h 50 : fin de la surveillance.

22 h 00 : Fin de mission.

Réc. Facture. Vendredi 6 mai ; 7 h-22 h = 15 heures
              Samedi 7 mai ; 7 h-23 h = 16 heures
              Dimanche 8 mai ; 7 h-22 h = 15 heures

Total nombre d'heures à 300 F : 46 heures, soit 13 800 F.H.T.
FRAIS (hôtel, restauration, location voiture, carburant, divers) = 3 225 F.H.T.
Quatre photographies = 1 600 F.H.T.
TOTAL H.T. = 18 625
TVA 19,6 % = 3 836,75
TOTAL T.T.C. = 22 461,75

Dès le vendredi soir, les lumières de l'appartement de Nanty à peine éteintes, Paul avait appelé Jacques Leterrier pour lui dire que ce qu'il avait vu lui paraissait suffisant. Mais le mari avait insisté pour que Paul lui relate heure par heure le week-end de sa femme et de son amant, photos à l'appui. Dans pareil cas, hommes et femmes veulent tous voir la tête du rival. La plupart du temps, ils le trouvent d'une laideur inimaginable.

Paul Vermeiren relut une dernière fois son rapport sur l'écran avant de l'imprimer. Il anticipait sur la réaction de son client à chaque phrase. Leterrier était prêt à encaisser beaucoup de choses : la précipitation des premiers instants, le petit nid d'amour dont on ne sort pratiquement pas, la serviette dans les cheveux, même le souper fin qu'elle mijote et qui traduit une terrible quotidienneté. Un seul détail allait lui faire bien plus mal que tout le reste : la chemise. La chemise que Mme Leterrier était allée acheter à l'insu de son amant pour lui en faire la surprise. Un cadeau que l'on fait à *son homme*. Paul avait encore en mémoire son regard en sortant du magasin, son envie de lui faire plaisir. Sur le chemin du retour, seule sur son vélo, elle avait poussé la chansonnette, heureuse, le nez au vent, un paquet cadeau dans son panier.

Paul se concentra sur cet épisode et sa façon de le décrire dans son rapport. Tout bien réfléchi, cette chemise n'avait peut-être pas besoin d'être citée ; en aucun cas elle ne risquait de changer quoi que ce soit aux décisions de Leterrier. Il coupa l'escapade à vélo comme si elle n'avait jamais existé. Ce tout petit événement dans la vie intime de parfaits inconnus, il avait le pouvoir de le gommer, de le rendre à ceux qui l'avaient vécu.

Puis son regard s'arrêta un instant sur :

12 h 05 : Ils sont assis sur la couverture. Mme Leterrier a la tête posée sur l'épaule de M. Nanty. Ils regardent la mer.

Paul se souvenait de cette image qu'il n'avait pas voulu photographier. Pendant un long moment, les amants s'étaient tus, immobiles, le regard perdu vers le flux des vagues. Il ne s'agissait pas d'un silence de vieux couple, mais un parfait moment d'osmose, quelque chose qui allait bien plus loin que l'affection, le sexe, la faute, seul s'exprimait l'inexprimable, un bonheur intérieur si paisible et si partagé qu'il n'avait besoin de rien. Le récit qu'en faisait Paul en une phrase ne traduisait rien de tout ça, mais gardait à ce moment son exception. Il imprima le texte tel quel et le mit sous enveloppe. Il était 15 h 50, trop tard pour une pause au tabac. Il profita de ce moment de battement pour rappeler M. Martinez et convenir d'un rendez-vous. On sonna à la porte ; Paul fit entrer dans son bureau une jeune femme de trente ans qu'il voyait pour la première fois.

— J'ai une chaîne de trois sandwicheries qui fait beaucoup de livraisons à domicile. J'ai deux chèques de clients qui ont été falsifiés après encaissement. Le premier, de 345 francs, a été transformé en 62 345 avec une machine automatique, vous voyez ce dont je parle ?

— C'est ce qu'on appelle une « gaufreuse », non ?

— Oui, c'est ça. Le second a été falsifié à la main. Après enquête de la police, on sait que les chèques ont été endossés par deux individus qui ont ouvert des comptes sous des faux noms et qui ont fait des retraits en liquide de la quasi-totalité des sommes. Je veux savoir si les chèques ont été volés dans une de mes boîtes aux lettres ou si je dois soupçonner quelqu'un qui travaille avec moi. Ce serait la pire des hypothèses.

Paul prenait quelques notes en regardant cette femme bien dans les yeux, Rodier l'avait mis en garde sur les nouveaux visages.

— Le jour où tu ouvriras ton agence, ne crois pas systématiquement tout ce que diront tes premiers clients. Tu seras tellement content d'en voir ! Méfie-toi d'un phénomène naturel d'empathie, uniquement parce que c'est toi qu'ils ont sollicité.

Rodier faisait plus spécialement référence aux affaires sentimentales, les cas d'adultères étant de loin les plus irrationnels et les plus délicats. Lors d'une de ses toutes premières affaires, un mari n'avait-il pas demandé à Paul de suivre, non pas sa femme, mais l'amant de celle-ci.

— Je veux savoir ce qu'il fait de ses journées, les gens qu'il voit.

— Je peux vous demander pourquoi ?

— Je veux que vous me prouviez que c'est un con.

— … ?

— Un vrai con, avec des activités de con, des habitudes de con. Preuves à l'appui, Angèle arrêtera de fréquenter ce con

Peu de temps après, Paul reçut l'équivalent féminin de ce type : une femme de quarante ans, mariée depuis quinze, qui lui demandait de suivre la maîtresse de son mari.

— Je veux savoir si elle a d'autres amants que lui.

— Pourquoi ?

— Parce qu'il ne supporte pas les traînées.

Le client avait bien plus de raisons d'être méfiant que l'enquêteur. À cran, il était prêt à écouter le premier venu susceptible de découvrir la vérité. Pour celui qui souffre, il ne peut y en avoir qu'une.

*

Voir travailler Julien Grillet avait quelque chose de fascinant et d'effrayant à la fois. À la différence de Paul, « fileur » de son état, homme de terrain, Grillet était « enquêteur » depuis vingt ans et s'astreignait à des heures de bureau avec une régularité de métronome, sans jamais quitter son fauteuil. Tôt le matin, son fax crachait des listes de noms émanant de divers organismes de recouvrement, de régies immobilières ou même de propriétaires victimes de mauvais payeurs, qui faisaient appel à lui pour trouver la nouvelle adresse des indélicats. Il traitait une moyenne de quinze cas par jour et en résolvait les trois quarts. À partir du dernier domicile connu, il téléphonait aux administrations susceptibles de le renseigner, il connaissait les institutions et leur fonctionnement, les codes d'accès, les formalités, les termes clés, mais aussi les coutumes, la psychologie de telle catégorie de fonctionnaires, et la façon de contourner les règles. Il jouait de la perméabilité entre les services et accédait à des informations que des pouvoirs officiels avaient du mal à obtenir à cause de la lourdeur des procédures. Paul aimait l'entendre se faire passer pour un employé du fisc demandant un service à un collègue, ou mieux encore, à un gendarme. Son affection naturelle pour les faussaires et les menteurs le rendait admiratif quand il écoutait Julien berner le pays entier. Une fois l'adresse obtenue, Grillet vérifiait sur son Minitel, cherchait le numéro de téléphone d'un voisin de palier, et se faisait passer, entre autres, pour un agent de la Caisse des Dépôts et Consignations qui ne sait quoi faire d'un trop-perçu au nom de M. X. Dix fois sur dix, le voisin en question se faisait un plaisir de confirmer que M. X habitait bien là. Quand il y avait risque d'homonymie, Grillet joignait M. X lui-même afin d'éviter toute erreur. Sa façon de soigner le travail.

Un fileur comme Paul avait souvent besoin d'un enquêteur, pour une adresse, un nom, une recherche de solvabilité ou de patrimoine. Au début de leur collaboration, Paul avait demandé à Julien si le travail de terrain ne lui manquait pas. Lequel savait, depuis tout gosse, que moins il apparaissait, mieux ça valait pour lui. *Dans une filature, on ne verrait que moi dans la rue.* En revanche, il obtenait tout ce qu'il voulait par téléphone, c'était un don. Adolescent, c'est lui qui parvenait à convaincre les filles de venir dans les fêtes ; une fois sur place aucune ne venait lui parler. Ce que Julien aimait par-dessus tout, c'était passer pour un employé des Télécom, un brigadier-chef, un trésorier payeur, un cousin de province ou le Père Noël en personne, l'important était qu'on le croie. Le temps d'un coup de fil, il avait l'impression d'être un peu tous ces gens-là.

Depuis un an, Paul Vermeiren et Julien Grillet faisaient équipe, l'Agence Bonne Nouvelle tournait rond. Aucun des deux n'avait envie d'en savoir davantage sur l'autre.

*

En fin de journée, Paul trouva le temps de passer dans sa salle de sport pour lutter contre un avachissement annoncé et un ventre naissant. Après quoi, il ne lui fallut pas plus de vingt minutes pour rejoindre son petit coin de campagne que le bruit et la fureur avaient épargné ce jour-là encore. Il s'installa sous sa pergola pour siroter un doigt de porto dans la lumière déclinante, et méditer, en silence, sur la journée qui venait de s'écouler et celle qui se préparait. Il ne perdait jamais de vue que la base de son sablier s'alourdissait de jour en jour ; désormais, chaque grain de sable avait son importance.

En se préparant devant son miroir, il jeta un œil à ses cicatrices qui blanchissaient de plus en plus. Les traits de son visage s'étaient figés une fois pour toutes et avaient pris la place du masque dessiné par Joust.

Ce soir, il était d'humeur à mettre une cravate ; une envie de faire plaisir à celle qui l'attendait dans un café de Montparnasse vers les 22 heures. Éva aimait les manières et les attentions, surtout dans les histoires naissantes. Si la leur devait mourir cette nuit même, ce serait sans drame et sans regret de part et d'autre. Éva savait découper elle-même le poisson cru pour en faire des sushis et portait presque toujours des dentelles noires. Elle prenait Paul pour un privé d'opérette et pensait qu'il la menait en bateau les rares fois où il évoquait sa journée. Il l'emmena souper dans un endroit silencieux où ils s'amusèrent à imaginer les enfants qu'ils n'auraient jamais. Elle lui proposa d'aller chez elle pour profiter de la terrasse et faire l'amour à ciel ouvert. Avant de s'y rendre, Paul fit un crochet en voiture pour repérer un immeuble du XIIe arrondissement d'où partirait sa filature du lendemain, 10 heures. Comme Éva lui demandait pourquoi ce détour, il répondit qu'elle lui faisait perdre son sens de l'orientation.

NICOLAS GREDZINSKI

— Parmi tes chers génies, quel serait ton préféré ?

— Question stupide, mon ami, elle prouve que tu n'as rien compris au génie.

— Posons-la autrement. Pour lequel as-tu une affection particulière, une petite faiblesse inexplicable ?

— Tu postules ?

— Réponds.

— J'aime bien Rimbaud parce qu'il était sensible des genoux, je trouve que ça va bien avec le génie. J'ai aussi un petit faible pour Freud parce qu'il s'est suicidé au cigare avec un acharnement qui déconcertait ses médecins. Michel-Ange fait aussi partie de mes préférés parce qu'il était assez fou pour faire des faux.

— Des faux... ?

— Un jour, par besoin d'argent, il a réalisé une fausse sculpture antique qu'il a enterrée dans un jardin, et qui, une fois découverte, coûtait cent fois le prix d'un Michel-Ange ! Si on l'estimait aujourd'hui, ce serait à coup sûr le faux le plus cher du monde.

— Qu'est-ce que tu préfères dans tout son travail ?

— Je n'ai jamais vu que des reproductions.

— Qu'est-ce que tu aimerais voir, *en vrai* ?

— La Sixtine, la *Pietà*, et sans doute le *Moïse*.

— Tous les trois sont à Rome, non ?

— Si.

Un voyage à Rome, voilà ce qu'il avait trouvé à lui offrir. Après tout, n'était-elle pas à l'origine du Trickpack, sans parler du réveil individuel ? Loraine était de taille à inspirer un artiste de la Renaissance ou un écrivain picaresque ; Nicolas ne se sentait pas à la hauteur de sa muse.

À l'avion, elle préféra le charme d'une cabine de train ; le rail lui paraissait plus quotidien et la perspective d'éprouver quelques sensations originales ne lui déplaisait pas. Ils sacrifièrent donc au fantasme des wagons-lits en buvant du vin blanc servi par un conducteur qui oublia un moment sa nostalgie d'une époque où la générosité des pourboires rendait son salaire ridicule.

Celui de Nicolas l'était bien plus encore, comparé à ce que lui rapportait le Trickpack. D'autres marques de sodas s'étaient prises au jeu, mais aussi, il dut le voir pour le croire, une marque de vin, et une de champagne. On pouvait cacher sa bière ou son eau gazeuse dans un étui doré frappé au blason du champagne *Paul Garance et Fils*. C'était le Trickpack le plus vendu depuis ces deux derniers mois, snobissime objet de 40 francs. L'ensemble de la gamme donnait de très bons résultats, le brevet avait été acheté par l'Italie, l'Allemagne et tous les pays scandinaves. Hugues, le comptable de Nicolas et désormais son associé, songeait à l'Asie, et surtout au Japon où le succès du Trickpack semblait annoncé. Nicolas était riche, les rares personnes au courant le lui répétaient, mais il refusait d'y croire. Il avait tout juste l'impression que quelque chose s'entassait quelque part dans un coffre. Continuer à travailler pour le Groupe lui paraissait ridicule, mais l'idée que son quotidien pût s'arrêter brutalement lui faisait peur : chaque jour il repoussait sa décision au lendemain.

Nicolas se sentait coupable d'avoir tant d'argent. Faire plaisir à son entourage, c'était soigner sa culpabilité. Il commença par son équipe, le service artistique et son pendant administratif. Nicolas trouva, par hasard, le dénominateur commun de tous ces individus : le football. Chacun d'eux s'était révélé une âme de *tifosi* quand il leur avait annoncé que le Groupe Parena allait s'offrir un petit club prêt à passer en première division. Toute une signalétique devait être mise au point — maillots, logos, transports — et les graphistes s'étaient attelés à la tâche. C'est en voyant leur enthousiasme qu'il eut l'idée de leur offrir à chacun deux places pour une finale au Stade de France. À Muriel, il offrit le plus gros flacon d'un parfum qu'*elle ne pouvait pas se permettre* selon ses propres mots. L'étage y eut droit aussi, le club de l'apéritif, et bien d'autres. Il avait dû mentir sur l'origine des cadeaux en prétendant qu'il avait un ami bien placé à la Fédération française de Football, un autre chez Guerlain, et un tas d'autres un peu partout, quand, en réalité, il avait payé de sa poche. Dans ses largesses, il avait particulièrement soigné Jacot en lui faisant goûter à la cuisine des grands restaurants parisiens pour tenter de lui faire reprendre un peu de poids. Un soir, au Grand Véfour, il lui demanda :

— Tu as vraiment besoin d'être à Paris pour te reposer ?

— Non, je pourrais aussi bien être à la campagne, mais ça m'a toujours foutu le cafard.

— Pourquoi pas la mer ?

— En cette saison ?

— Avec des vahinés.

— … ?

— Kauai. Tu sais où c'est ?

— Non.

— Dans l'archipel d'Hawaii.

Jacot en était revenu toujours aussi maigre, mais bronzé, détendu, il avait l'impression d'avoir volé ce mois de rêve à l'adversité, une victoire. Si l'argent pouvait acheter un peu de réconfort et lutter contre l'angoisse, il n'y avait pas de meilleur placement. Et qui sait, à force de jouer les Pères Noël, Nicolas allait peut-être découvrir que l'argent pouvait acheter de la confiance, de la discrétion, du zèle, et comble du paradoxe, de la sincérité.

Loraine avait des scrupules à profiter de sa générosité ; c'est le propre des gens nés sans fortune qui travaillent leur vie entière. Durant leur escapade, Nicolas comprit que Loraine se levait chaque matin, jour après jour, pour gagner sa vie. Il essaya d'imaginer quel genre de boulot elle pouvait faire ; sans trouver de réponse intéressante, il faillit lui poser directement la question, mais l'ombre protectrice de son mauvais génie sut le retenir à temps. Dans les billets qu'il laissait sur sa table de nuit, l'*Autre* était formel : *Ne force pas ta chance avec cette fille !*

Dans une cabine double du train Palatino, allongée sur le lit du bas, Loraine passa la nuit à regarder les ténèbres défiler à ses pieds. Au petit jour, Nicolas ouvrit les yeux et la retrouva dans la même position, un livre en main, une tasse de café posée sur un plateau.

— … Où sommes-nous ?

— Nous venons de passer Pise.

— Moi aussi, je pourrais avoir du café ?

— Je vais en redemander à M. Mésange.

— Qui ça ?

— Le conducteur.

— Vous êtes déjà copains ?

— Il ne dormait pas et moi non plus, il m'a raconté sa vie dans les trains, c'était passionnant. Quand nous avons quitté Turin, je suis revenue dans la cabine, j'ai regardé si tout allait bien de ton côté, et j'ai lu.

Elle ouvrit la porte, fit un signe vers le couloir, le conducteur arriva deux minutes plus tard avec un plateau de petit déjeuner qu'il tendit à Nicolas, échangea quelques amabilités avec Loraine et sortit de la cabine.

— J'aimerais bien avoir ton talent pour sympathiser, dit-il.

— Il n'y a pas un peu d'ironie là-dedans ?

— Pas du tout. Pour me sentir à l'aise avec quelqu'un, j'ai besoin de bien le connaître.

194

— Je ne me fie qu'à la première impression.

— Moi, jamais ! Il m'arrive de changer radicalement d'avis sur un individu entre le premier et le second rendez-vous.

— La première impression est plus fiable que la deuxième, dit-elle, pour une raison précise : elle est le fruit d'une bien plus longue expérience.

Une des mille raisons de vouloir se réveiller avec Loraine tous les jours : l'entendre se lancer dans une discussion théorique à 7 heures du matin. Il adorait ses démonstrations alambiquées, surtout quand elle était allongée sur le ventre.

— Chaque personne que tu rencontres pour la première fois, tu la juges selon des critères mûris par quarante années d'expérience. C'est ton esprit, conscient et inconscient, qui analyse l'ensemble des signes émis par un inconnu ; on peut aussi appeler ça l'intuition, et l'intuition est une mécanique complexe. En revanche, si tu le revois une semaine plus tard, ton expérience et ta réflexion n'auront pas plus d'une semaine. Suis-je claire ?

— Non.

— Je t'aime bien.

— Moi aussi.

Dès qu'il posa le pied sur le quai de Roma Termini, Nicolas eut envie de boire ; il n'était que 10 h 25. Dans le taxi, pour tromper son impatience, il se lança dans un périlleux éloge sur ce mélange architectural de pierre crayeuse et de pierre ocre qui, selon lui, vous faisait passer d'une ville impériale à une bourgade de campagne. Les fenêtres de leur chambre donnaient sur le Campo dei Fiori, et de la fenêtre de la salle de bains on pouvait voir un patio où bruissait une fontaine. Le soleil d'automne, orange et frais, les appelait au-dehors, mais ils ne résistèrent pas à la tentation de fermer les rideaux pour s'étendre un moment dans un grand lit immobile. Serrés l'un contre l'autre, ils détendirent leurs corps fatigués par le roulis du train ; une énergie toute neuve leur donna des envies de découverte. Il ouvrit le mini-bar, regarda sa montre, trop vite pour y lire l'heure, saisit

195

une dose de whisky, fit tourner le bouchon métallique d'un geste nerveux et vida le liquide dans un verre.

— Ça te tente ?

— J'attends le déjeuner, dit-elle en entrant dans la salle de bains.

Penché à la fenêtre, le verre à la main, il regardait le Campo dei Fiori sans le voir, comme s'il était n'importe où ailleurs.

Une heure plus tard, ils entraient dans l'église de Saint-Pierre-aux-Liens où Moïse attendait Loraine depuis cinq siècles, assis, le regard sévère, la tête tournée vers elle. Elle avait la curieuse impression d'être en retard. Nicolas se sentit de trop.

*

Le tête-à-tête dura une heure. À bout de patience, Nicolas proposa à Loraine de se remettre de ses émotions dans une trattoria.

— Juste avant j'aimerais passer chez un petit caviste de la via Cavour, c'est tout près.

— Tu m'as dit que tu ne connaissais pas Rome..

— C'est vrai, mais je connais un peu le vin.

C'était une *Casa Vinicola* coincée entre une supérette et un marchand de céramiques. Nicolas, les bras croisés, la regardait parcourir les rayonnages en silence, lire les étiquettes, prendre une bouteille pour le plaisir de la toucher. Le serveur parvenait à répondre à ses questions, et Loraine, une fois de plus, se trouva un allié en moins de temps qu'il n'en faut pour trinquer.

— Il y a une différence entre *Semisecco* et *Amabile* ?

— Non, les deux veulent dire semi-doux, plutôt pour les vins… *Frizzanti* ?

— Pétillants.

L'homme leur fit goûter un chianti de 95 que Loraine trouva *robusto* sans savoir si le mot existait, et demanda :

— Vitigno Sangiovese ?

— Il Brunello di Montalcino, tutto Sangiovese.

196

Nicolas ne comprenait qu'une chose : son verre était déjà vide. Il n'avait pas eu le temps de goûter aux arômes, aux tannins, à toutes les subtilités contenues dans cette lampée de rouge qui avait disparu en moins d'une seconde, pendant que Loraine et sa nouvelle conquête brandissaient le liquide bien haut pour le voir à la lumière. Il lui tardait de sortir de cette échoppe pour se retrouver devant une bouteille entière, voire une deuxième si le moment s'y prêtait. En attendant, il déambulait dans cette maison aux murs de vin, avec un sol et un toit en vin, parsemée de meubles en vin. Loraine demanda mille détails sur une bouteille de corvo bianco au vendeur amusé de voir une petite Française se passionner pour sa boutique. Il félicita Nicolas de *vivre avec une femme qui aimait autant le vin*. Loraine demanda un catalogue des prix, Nicolas la poussa dehors après deux fausses sorties, et ils se retrouvèrent attablés, quelques minutes plus tard, dans un petit restaurant, « Da Vincenzo », près de la piazza del Popolo. On y trouvait, selon Marcheschi, « les meilleures melanzane alla parmiggiana du monde ».

Le « meilleur » était la vraie spécialité de Marcheschi. Il se gargarisait de « meilleur » dans des domaines très variés ; il connaissait le meilleur réparateur de vidéo de Paris, la meilleure soupe tonkinoise du XIIIᵉ arrondissement, il n'écoutait que le meilleur album de Frank Zappa, et confectionnait lui-même la meilleure tarte au citron du monde.

— Je vais prendre les melanzane alla parmiggiana, dit Nicolas, l'air de rien.

— C'est quoi ?

— Des lamelles d'aubergines empilées selon le principe des lasagnes, et gratinées au parmesan.

— Cent fois oui.

Dans un coin de la salle, Nicolas vit un violon, posé sur son étui, et un piano droit qui semblait entretenu. Un petit air de Debussy lui revint en mémoire.

— Avec le sketch que tu m'as fait tout à l'heure dans la boutique, je te laisse le choix du vin.

— Aubergine et parmesan, ça doit être très fort au palais, dit-elle en saisissant la carte. Un barolo un peu charpenté ?

Nicolas se détendit en voyant arriver la bouteille et but deux verres de suite, dans la hâte, comme s'il avait soif. Il retrouva le sourire et l'usage de la parole.

— Je savais que tu aimais le vin, mais de là à imaginer que je couche avec une œnologue.

— Il faut pas mal d'années d'études pour être œnologue, pas mal de talent pour en être un bon, je n'ai rien de tout ça. Le vin est un ami, un véritable ami qui m'apporte beaucoup de joie et de très rares déceptions. Un ami avec qui nous n'aurions pas à nous donner de preuves quotidiennes d'amitié ; nous pouvons même ne pas nous voir pendant des semaines, le lien reste intact.

Elle leva son verre en l'air, solennelle, et le regarda comme dans une boule de cristal.

— Le vin exalte ce que nous mangeons, c'est une fête. Un ou deux verres de bon vin à table, je n'en demande pas plus à l'existence. C'est notre corps et beaucoup de notre âme. Notre imaginaire.

Nicolas comprit soudain une évidence de toujours. Il avait fallu venir jusqu'à Rome pour admettre que Loraine et lui ne seraient jamais de la même espèce, qu'ils vivaient sous des latitudes différentes. Partout, Nicolas se sentait en climat hostile ; Loraine était en paix avec le monde. Nicolas avait peur des lendemains ; Loraine pensait qu'à chaque jour suffit sa peine. Elle avait du talent pour apprivoiser le bonheur ; Nicolas le faisait fuir sitôt qu'il en sentait la présence. Elle ne cherchait jamais l'ivresse ; Nicolas la convoquait séance tenante. Elle n'anticipait pas sur notre fin à tous ; lui était parfois tenté de la précipiter pour ne plus avoir à la craindre. Voilà ce que disait leur intermède dans la *Casa Vinicola*.

— Dans ma famille, on raconte une histoire, dit-elle. Un grand-oncle de ma mère avait hérité d'une cave de son beau-père. Un prix de beauté, une cave de rêve, tous les grands crus classés, les meilleures années, rien que des chefs-d'œuvre. Le problème c'est que le bonhomme n'avait jamais connu que la bouteille étoilée et le tord-boyaux en pichet. Rien qu'en tenant une de ces bouteilles, il se sentait complexé. En déboucher une pour les invités, c'était un drame. Faire le bon choix, l'apprécier à sa juste valeur, savoir le boire, connaître son nom, son histoire, respecter les rituels, rien que des problèmes. Jusqu'au jour où sa cave a été inondée assez longtemps pour délaver les étiquettes. Plus question de savoir quoi que ce soit sur ces vins. Au petit bonheur, il débouchait une bouteille et la goûtait. C'est depuis ce jour-là qu'il s'est mis à apprécier le bon vin.

Nicolas l'écoutait à peine et se regardait boire ; il savait que sa façon de conjurer le désarroi ne pouvait pas durer, que sa fuite en avant était vouée à l'échec. Pourtant, dès qu'il sentait monter en lui le souffle de l'alcool, il regrettait d'avoir tenu tant d'années sans boire, d'avoir vécu à la traîne, d'avoir tout subi sans se rebeller. Dans son malheur, il avait une certitude, celle d'être né avec *le vin heureux*. Il ne cherchait pas à comprendre ce petit miracle, il l'acceptait comme un don. En portant le verre à ses lèvres, il imagina l'enfant qu'il aurait pu être s'il avait eu la possibilité de tricher comme il le faisait aujourd'hui. Un autre petit garçon, plus joyeux et plus téméraire, un gosse frondeur et malin comme on les aime. Il aurait passé son temps à inventer des machines de guerre et à fouiner du côté des filles, intrigué par leur invulnérable fragilité. Mais il n'avait jamais été celui-là, il était resté immobile en attendant l'âge adulte. Il se rêvait grand, et là tout changeait, tout allait vite, il devenait enfin un héros. Il s'en était fait le meilleur des films, la plus passionnante des aventures. C'est ce rêve-là qu'il avait retrouvé, intact, tant d'années plus tard, au fond d'un tout petit verre de vodka glacée.

— C'est ce retour de terre que j'aime dans le barolo, tu sens ?

— Non.

— Peu importe, on s'en fout.

— Je ne serai jamais un esthète. Je crois que je préfère la quantité à la qualité.

— Les deux peuvent aller de pair, tu sais. La cuite la plus chère du monde, on la doit à un sommelier. Je l'ai su par un ami qui vend du vin français à New York, il était présent au moment des faits. Ça s'est passé il y a une quinzaine d'années au Waldorf Astoria qui organisait une dégustation exceptionnelle pour une association d'œnologues américains. Les vins venaient de France, tous dignes de figurer dans la cave du grand-oncle, des pétrus 29, des pommards 47, rien que des vins mythiques, tous ces braves gens en avaient les moyens. Depuis le départ de Paris, les caisses avaient voyagé sous une escorte de chef d'État, un convoi d'or vers Fort Knox. On entrepose le trésor dans la cave dont seul le sommelier du Waldorf à la clé. Quand toutes les caisses sont pointées, que les assurances ont fait un constat d'entrée sans émettre de réserve, que les organisateurs sont rassurés, que les transporteurs peuvent essuyer la sueur qui leur coule du front, le sommelier tire un coup sec sur la porte blindée et s'enferme dans la cave à double tour. Par la trappe, il leur dit : «Je vais aller en prison, je le sais. Et je m'en fous. Ma carrière est foutue, je m'en fous aussi. Je vais vivre des moments dont aucun amoureux du vin n'a jamais osé rêver. La plus merveilleuse dégustation du monde, les plus grandes heures, je vais les vivre, tout seul, jusqu'à l'ivresse. Je vais m'offrir un voyage exceptionnel à travers le siècle, personne ne l'a fait jusqu'à aujourd'hui, personne ne le refera. Messieurs, je vous donne rendez-vous dans trois jours.»

Le vin coulait dans les veines de Nicolas et le réchauffait enfin. Il se sentait proche de ce sommelier merveilleusement forcené. Il ferma les yeux un instant et poussa un soupir qui marquait la frontière entre ce monde-ci et ce monde-*là*.

Il connaissait ce monde-ci depuis toujours, c'était celui de l'enfance et des années qui passent. Un bon vieux réel auquel il était condamné, comme les autres. Ce monde-ci avait presque tout pour lui, il était dépositaire du passé et garant de l'avenir. Il donnait envie d'exister, faute de vivre. Ce monde-ci n'était pas ce que les hommes pourraient en faire mais ce qu'ils en faisaient. Il resterait, les hommes non. Il était fait de compromis, de pis-aller, on y cherchait le petit bonheur du jour, on y pansait la plaie du moment. Quand on tentait de le fuir, il devenait prison ; on ne vivait pas en marge de ce monde-ci. Il faisait payer cher tous ceux qui avaient eu la faiblesse de regarder vers ce monde-*là*.

Et ce monde-là était bien différent.

C'était une terre d'asile pour celui qui désirait, parfois, s'échapper de ce monde-ci. Une taverne ouverte jour et nuit, accueil chaleureux et prix modiques. Les hommes y étaient tous frères, tous égaux, enfin. Qui n'était pas le bienvenu dans ce monde-là ? La porte en était toujours ouverte, la confrérie accueillait les gens les plus divers, les plus heureux, les plus tristes, les plus fous, les plus sages. On pouvait y reprendre son souffle, le temps de retrouver le sourire. Les plus désespérés y élisaient domicile. Les plus lucides aussi. Il suffisait d'un verre. Et surtout d'un soupir.

— En dessert, je vais reprendre un plat d'aubergines, dit-elle.

Le sourire tendre et mutin de Loraine le fascinait bien plus que tous les chefs-d'œuvre de Rome. Il posa sa fourchette et la regarda manger, boire, sourire, s'étonner de tout ; il voulait retenir ce court instant d'harmonie, embrasser tant de qualité d'un seul regard. Même s'il savait que d'ici quelques secondes, une heure, un jour, toute la tristesse universelle allait lui retomber dessus, à cet instant précis, il avait le cœur en joie. Il commanda une autre bouteille en se disant qu'à force d'en ouvrir, il finirait par trouver le message d'un naufragé, la carte d'un trésor, le secret du bonheur.

— On commence par la Sixtine ou par la *Pietà* ? demanda-t-elle.

— On file direct à l'hôtel faire l'amour. Si tu veux, je peux travailler le côté Renaissance.

— N'importe quoi…

— Allons voir la *Pietà*, si tu préfères. Mais promets-moi

qu'une fois rentrée à Paris tu ne parleras plus de Michel-Ange pendant quinze jours.

À cette seconde précise, si Méphisto en personne lui était apparu pour exaucer un seul souhait en échange de son âme, Nicolas aurait demandé à entrer dans la collection de Loraine. Jamais il ne serait un inventeur, même mineur, il était le contraire ; l'idée du Trickpack avouait une certaine fantaisie, celle qu'il laissait s'exprimer quand il était éméché, mais son esprit créatif s'arrêtait là, dans un surplus d'absurdité dont l'humanité se serait bien passé. Que lui restait-il pour impressionner celle qu'il aimait, briller pour ses seuls yeux, se sentir unique ? Il se serait damné pour trouver le souffle, la force, la beauté.

Une idée folle lui traversa l'esprit, il laissa échapper un rire qui venait de très loin.

Le piano, muet, dans son coin, lui faisait penser à un élève puni.

Non, tu n'oseras jamais.

Il but un verre entier de cette seconde bouteille et regarda le dos de ses mains tendues, parfaitement immobiles.

Ça fait trop longtemps, Nicolas. Tu vas te rendre ridicule.

Désormais, il n'avait plus besoin de sa timidité originelle, elle ne le protégeait plus. La piétiner devenait un plaisir.

Tu ne sauras plus, ces choses-là s'oublient.

Et quand bien même.

Il y avait combien … quinze ans ? vingt ?

La pulpe de ses doigts le démangeait, il serra les poings.

Loraine leva les yeux vers lui quand il se dirigea, sans crier gare, vers le piano. Serveurs et clients n'y prêtèrent aucune attention, elle fut la seule surprise. Il s'installa, comme un vrai pianiste, frotta ses mains, joua un moment avec les touches. Loraine le regardait, bouche bée, fourchette levée, amusée, inquiète. Le léger brouhaha des tables rassura Nicolas, il était seul devant le clavier, à la recherche de quelques instants volés à sa jeunesse. Courbé sur les touches, il essayait de les identifier par associations d'idées, comme il le faisait à l'époque. *Celle-là, au-dessus de la serrure c'est celle du pouce, avec un écart de trois touches pour l'auriculaire. La main droite, c'était quoi, déjà ? Je mettais le majeur sur une touche noire, vers la gauche.*

Loraine croisa les bras ; elle aimait les surprises. Elle aimait Nicolas plus encore.

Qu'est-ce que je risque ?

Les notes de Debussy avaient-elles jamais vibré dans cette petite trattoria de la Piazza del Popolo ?

Nicolas retrouva le *Clair de lune* de ses vingt ans.

Les couacs s'oubliaient. Les convives se turent.

Bientôt, il n'y eut plus que la musique.

*

La *Pietà*, et la Sixtine, ils n'avaient pas besoin d'en voir plus. Après tout, ils étaient venus à Rome uniquement pour ça, se goinfrer d'art aurait sans doute gâché quelque chose. Nicolas avait hâte de quitter ces merveilles pour aller boire, mais se contenta de taper discrètement dans sa flasque. Si l'alcoolisme gagnait du terrain, il n'avait pas envie de le lire dans le regard de Loraine. Il voulait se retrouver en tête à tête avec elle, fuir les endroits publics, même sublimes, et chahuter, dire et faire n'importe quoi dans quelques mètres carrés, pourvu qu'ils contiennent un mini-bar et des rideaux. Elle n'avait aucune envie de rentrer et voulait profiter de Rome et de Nicolas à la lumière du jour. Il comprit alors qu'il avait besoin de boire pour gripper les mécanismes de l'inquiétude, mais aussi pour éviter que ne s'emballent ceux du bonheur.

Ils burent un apéritif, piazza Navona, comme les touristes qu'ils étaient, puis traînèrent dans les rues à la recherche de clichés. Tard dans la nuit, ils rentrèrent à l'hôtel pour se jeter l'un sur l'autre. Une pleine bouteille de Wyborowa posée dans un coin se chargeait d'éloigner les démons de Nicolas au cas où ils seraient revenus en force. Il ne lui restait plus qu'à aimer, sans penser à rien d'autre.

Il lui était impensable de redevenir le triste sire qu'il avait toujours été, inquiet pour mille raisons absurdes. Désormais, il savait, de jour comme de nuit, entrer en contact avec son Hyde quand il était Jekyll pour lui laisser prendre les commandes. Son sens de l'instant ne le trahissait plus. Il avait appris à changer de vitesse quand bon lui semblait, solliciter son double à la demande. *L'autre* savait tout rendre passionnant, une conversation de bistrot, un trajet en métro, la lecture d'un quotidien. Il rendait magique la rencontre d'une silhouette dans un ascenseur, il savait trouver les mots pour calmer les esprits échaudés et ranimer les enthousiasmes perdus. Ce n'était pas la noirceur de Nicolas qui se libérait mais bien l'inverse : sa bienveillance face à l'humanité, sa curiosité pour tout ce qui n'était pas son petit monde, sa douceur trop longtemps contenue. Les rares moments où il laissait l'*Autre* s'éloigner, Nicolas se sentait vite nostalgique de ses frasques, de ses idées brillantes et saugrenues, de sa morgue.

Craignez les anxieux, le jour où ils n'auront plus peur, ils deviendront les maîtres du monde.

Les mots échappés de la nuit l'inspiraient pour le jour à venir, et le simple fait d'avoir une preuve écrite de l'existence de cet autre lui-même lui donnait courage. Il n'avait plus peur de son ombre, son ombre c'était l'*Autre*, qui le protégeait.

Au petit matin, ivre de tout, il saisit le calepin posé sur la table de chevet et écrivit quelques mots à la va-vite pendant que Loraine, enveloppée dans un couvre-lit, prenait le frais sur le balcon.

Méfie-toi de ceux qui confondent l'éclairage et la lumière.

PAUL VERMEIREN

Il se redressa tout à coup et resta un long moment tétanisé, le journal en main, incapable de réagir. Au loin, il entendait la voix de Julien Grillet sans comprendre ses paroles. Paul fit quelques pas dans son bureau, ouvrit la fenêtre, laissa traîner un regard vague sur la cour de récréation vide de l'école d'en face, porta une main à sa bouche et réprima un haut-le-cœur. Il lui fallait sortir d'urgence, sans savoir où aller.

— Je m'absente un moment, tu peux prendre les coups de fil ?

— … Ça va ?

— …

— T'es blanc comme un linge.

— J'ai un rendez-vous ici dans une heure, mais je n'y serai pas. Prétexte n'importe quoi, propose une autre date. Je ne fais jamais ça…

— Je m'en occupe. Appelle-moi si tu en as besoin.

Julien le suivit jusqu'au vestibule et referma doucement la porte derrière lui. Au bas des escaliers, vidé de ses forces, Paul s'assit sur une marche et ouvrit à nouveau le quotidien chiffonné.

Les amis de Thierry Blin, disparu il y a un an,
sont invités à se retrouver le mardi 16 mai à 18 heures,
au 170, rue de Turenne, Paris IIIe,
pour boire le verre du souvenir.

*

Il y avait sûrement erreur.

Le crime était parfait.

Il en était l'auteur.

Disparu, Blin, rayé de la liste des vivants. Il n'était ni bon ni mauvais, il était mortel, Paul n'avait fait que précipiter l'inéluctable. Et Dieu sait si, un an après son forfait, Vermeiren s'était cru tiré d'affaire. Il avait joui de son impunité comme si le scénario de son crime et son incomparable exécution lui donnaient le droit de ne plus jamais être inquiété. Un an, c'était plus qu'une prescription, il avait mérité d'être classé dans les Vaines Recherches, il avait gagné le droit d'exister, de vivre sa vie, de faire son métier, de fréquenter qui bon lui semblait. Il ne nuisait à personne, il était même plutôt utile à la communauté, il payait des impôts et quantité de taxes, c'est dire si la société voulait bien de lui. Paul Vermeiren avait payé cher sa place et ne la lâcherait pas comme ça.

Rester rationnel, analyser. Le mot *disparu* pouvait laisser penser que Blin était considéré comme mort. Avec un peu de chance, ça voulait dire que ceux qui avaient passé l'annonce avaient fait le deuil de leur cher *ami*. Ami ! Rien que ce seul mot, écrit noir sur blanc dans un quotidien, était impensable. Blin n'avait pas d'amis, pas un seul pour boire *le verre du souvenir*. Blin aurait sûrement détesté avoir un ami capable d'une pareille formulation. Qui avait envie d'évoquer Blin ? Qui s'était aperçu de sa disparition ? Qui se souvenait de lui un an plus tard ? *Laissez-le crever ! Vous lui foutiez la paix quand il était encore de ce monde.* Blin avait le droit d'en finir, Blin avait le droit d'exiger qu'on ne prononce plus jamais son nom, Vermeiren n'avait fait que l'y aider.

Ce verre du souvenir devait avoir lieu le lendemain ; Paul avait le temps de fouiner vers ce 170, rue de Turenne qui ne lui évoquait rien. Un bus le laissa place de la République, il entra

206

dans le café « Le Grand Turenne » où il se fit passer pour un ami de Thierry Blin.

— Je ne pourrai pas venir demain, je peux savoir qui organise la réunion ?

Le patron du café avait l'habitude de louer la salle du premier pour toutes sortes de réceptions ; Paul réussit à obtenir le nom de celle qui l'avait contacté : Mme Reynouard.

— ... Reynouard ?

Son premier réflexe fut de décrocher le téléphone pour mettre Julien sur le coup. En y consacrant la journée, son associé avait une chance de remonter jusqu'à elle à partir de son seul nom. Il changea d'avis tout à coup, raccrocha, remercia le patron, et quitta le quartier.

En retournant à pied vers son agence, Paul se vit boire ce verre du souvenir au milieu de fantômes qui se souvenaient du fantôme de Blin. Il passa en revue toutes les mauvaises raisons de s'y rendre et les mille occasions de se trahir. La plus évidente était le risque de se voir entouré des seuls gens capables de débusquer Blin derrière Vermeiren. Il suffisait d'un détail insignifiant que Paul n'aurait su prévoir. Ce verre du souvenir était empoisonné.

Seulement voilà. Y avait-il un seul rendez-vous au monde plus fascinant que celui-là ?

*

Vingt-quatre heures plus tard, la tentation de jouer les morts vivants avait pris le dessus.

Il entra dans « Le Grand Turenne » à 18 h 30. Un léger brouhaha parvenait de la salle du premier étage, Paul monta les marches sans hésiter. Ce soir le diable et lui allaient se retrouver face à face. L'occasion rêvée d'entendre les spéculations sur la mort de Blin, connaître les suites de sa disparition, le bilan des recherches. Certaines informations pouvaient même lui permettre d'éviter des erreurs à venir. Plus que tout, il allait enfin savoir si Blin avait des amis. Faire connaissance. Mesurer leur douleur. Leur parler mais surtout les écouter. En moins d'une heure, il aurait l'assurance de ne plus avoir à s'en faire. C'était l'épreuve du feu, mais aussi la seule façon de se débarrasser du spectre de Blin, une fois pour toutes. En somme, il allait visser son propre cercueil.

Il aboutit à une enclave de la grande salle où une silhouette drapée dans une robe chinoise en satin bleu découvrait les feuilles aluminium des plateaux d'amuse-gueule. Elle tourna la tête à l'arrivée de Paul et l'accueillit d'un sourire.

— Bonjour.

— ...?

— Vous avez lu l'annonce ?

— Oui.

— C'est par ici, venez. Je m'appelle Brigitte Reynouard, dit-elle en lui tendant la main.

... *Mademoiselle ?*

Comment avait-il pu oublier qu'elle s'appelait Reynouard ? Elle qui connaissait le numéro de sécurité sociale de Blin par cœur, ses numéros de compte, les petits secrets de son quotidien et de ses états d'âme ; il n'avait pas même fait l'effort de retenir son nom de famille. Il ne l'avait jamais appelée que «Mademoiselle». Brigitte voulut le débarrasser de sa veste en cuir ; encore hébété, gauche, il préféra la garder. Elle était là, face à lui, telle qu'il l'avait toujours connue, souriante en toutes circonstances. Blin savait déchiffrer le sourire de Brigitte, elle pouvait tout exprimer du bout des lèvres. *Je ne vous connais pas, mais merci d'être là, qui que vous soyez*, disait-elle ce soir à cet inconnu. Ses longs cheveux raides, d'un noir synthétique, tombaient sur ses épaules en satin bleu.

— Vous me suivez ? Les autres sont déjà là.

Brigitte regardait les gens dans les yeux, ses poignées de main étaient franches, ses bises étaient gourmandes et sincères, comme si elle prenait vraiment plaisir à frotter ses joues contre celles de l'autre. En accueillant Vermeiren, elle n'avait rien éprouvé de particulier, sinon la joie de partager ce moment avec un *ami* de plus. Paul venait de passer une première épreuve avant même d'avoir eu en main ce fameux verre.

— Ce sont des intimes de Thierry Blin, je n'y ai peut-être pas ma place.

— Il suffit d'avoir eu envie de venir. Je peux vous demander qui vous êtes ?

Il avait préparé une réponse et l'avait répétée à haute voix, comme un rôle.

— Paul Vermeiren, je suis agent de recherches privé. Il m'avait contacté il y a deux ans pour retrouver le propriétaire d'un dessin de maître qu'on lui avait laissé en dépôt. Une histoire compliquée mais qui s'est bien terminée pour lui.

— Un dessin ?

— Un dessin de Bonnard.

— Il ne m'en a jamais parlé. Pourtant, je connaissais tout l'inventaire de la boutique, je m'occupais de ses comptes.

— Il a fait appel à moi pour des raisons de discrétion. Je crois pouvoir dire aujourd'hui qu'il avait le secret espoir de garder ce dessin.

— La dernière année, il aurait fait n'importe quoi pour trouver de l'argent.

— J'ai lu l'annonce par hasard, hier matin. Ça m'a fait un choc, surtout au mot *disparu*.

— Ça nous a tous fait un choc.

— Il est mort ?

Elle haussa les épaules, tendit ses paumes en l'air et soupira. «Dieu seul le sait.»

— C'est vous qui avez eu l'idée de cette réunion ?

— Oui.

Mademoiselle... Je ne pensais pas à vous en voulant tout quitter. Blin ne vous méritait pas.

— Venez, je vais vous présenter ceux que je connais.

— Je préfère ne pas parler de cette affaire de dessin. Présentez-moi comme un simple client de sa boutique.

— Je comprends.

Dans une grande salle, une vingtaine de personnes discutaient à mi-voix, un verre à la main. En bonne hôtesse, Brigitte présenta à Paul «un des plus vieux amis de Thierry».

Didier était toujours aussi mou, aussi blond, il portait ses sempiternelles chemises en étoffe moirée dont on ne voyait jamais les boutons.

— Paul Vermeiren, un client de la boutique.

C'était la phrase à dire à Didier pour qu'il cesse de s'intéresser au nouvel arrivant. Didier n'aimait rien mieux que de serrer les bonnes mains ; un simple client de Blin ne présentait que peu d'intérêt.

— Didier Legendre, un copain d'enfance de Thierry.

Ils s'étaient rencontrés en classe de seconde ; pouvait-on encore parler d'enfance ? Didier faisait partie de ces gens qui amélioraient la vérité, non pour la poétiser mais pour exalter le peu qu'ils avaient à raconter. Il parlait facilement de son jogging à 7 heures du matin dans le jardin du Luxembourg, été comme hiver ; en réalité, il ne l'avait fait en tout et pour tout que deux fois, en juillet, sur les coups de 10 heures. Il se targuait de connaître «Barcelone comme sa poche» et oubliait que Nadine, exaspérée par sa lenteur, lui arrachait la carte des mains pour les remettre dans le droit chemin. Il disait une douzaine quand il s'agissait de huit, il disait plein pour dire plusieurs, et dans tous les cas, il arrondissait le réel au franc supérieur. Compte tenu des gens présents, Didier était pourtant le seul à pouvoir prétendre au titre d'ami d'enfance de Thierry.

— Vous avez été mis au courant par l'annonce ? demanda Paul.

— Non, c'est Nadine qui m'a prévenu.

Paul ne la voyait pas dans l'assistance, sans pouvoir s'en étonner devant Didier.

— Je ne la connais pas.

— C'était la compagne de Thierry. Une des dernières personnes à lui avoir parlé.

210

Blin et lui s'étaient perdus de vue : l'indigence de leurs échanges et l'acharnement de Didier à s'imposer dans les conversations était devenu insupportable. Il faisait partie de ceux qui accaparent le ballon à grand renfort de croche-pieds, pour ne jamais marquer.

— Les quelques fois où nous nous sommes rencontrés, j'ai eu l'impression d'avoir affaire à un homme discret, toujours mesuré. Pas le genre de type à disparaître du jour au lendemain.

— C'était quelqu'un de torturé, tout môme il était déjà comme ça. Qu'il ait disparu, c'est incroyable par certains côtés, et puis quand on le connaissait vraiment bien, ça n'est pas si surprenant.

— Ah non ?

— Ce serait difficile à résumer en quelques phrases, mais quand nous passions des nuits blanches à fumer nos premières clopes, à se raconter nos premières filles, il parlait déjà de celui qu'il allait devenir, il était persuadé qu'il allait casser la baraque.

Ils fumaient, ça oui, mais en aucun cas ils ne se « racontaient leurs premières filles », elles étaient encore un mythe dans leurs jeunes esprits. Quant à « casser la baraque », il ne s'agissait que de bêtises d'adolescents obsédés par leur avenir, pressés de se sortir du lot. Ils étaient touchants de banalité.

— On s'est inscrits ensemble aux Beaux-Arts. Je dessine toujours, c'est même mon métier, mais sur des supports modernes, je fabrique des images virtuelles. Thierry a voulu devenir peintre et il a fini par ouvrir sa boutique d'encadrements.

À l'époque, tu m'y avais encouragé. Tu me parlais de la noblesse de l'artisan qui refuse la folie contemporaine. Aujourd'hui, Didier Legendre fabriquait des affiches avec des ronds et des carrés de toutes les couleurs, des effets de relief qu'un enfant pouvait obtenir en appuyant sur les bons boutons. Sans vergogne, il avait même demandé à Thierry d'en encadrer certaines. Aujourd'hui, Blin était devenu Vermeiren, celui qu'il avait toujours voulu être, et personne n'avait su rester à ce point fidèle à ses rêves.

— Il se sentait volé d'une jeunesse qui n'était pas à la hauteur de ses espérances.

Paul dut le reconnaître, il y avait un fond de vrai.

— Vous savez, je suis retourné dans un de nos coins préférés, le long du chemin de fer de la gare de Choisy-le-Roi, en direction de Juvisy. Il y a, à un endroit précis, comme un creux sous les rails, on pouvait y tenir à quatre, recroquevillés, en attendant qu'un train passe. Vous ne pouvez pas imaginer la violence d'un moment pareil, ça durait dix à quinze secondes, c'était interminable, on hurlait à gorge déployée pour couvrir le bruit du train et notre peur avec. C'était ça, Thierry et moi.

Paul le savait capable de beaucoup, mais pas d'emprunter les souvenirs des autres. Attendre le train, agenouillé sous les rails, aucun des deux ne l'avait fait, mais seulement un dénommé Mathias qui n'avait peur de rien, pas même de faire exploser un pétard dans son poing serré.

— J'y suis retourné en pensant à lui. Je n'ai pas osé le refaire !

Le creux avait été bouché deux ans plus tard, toute la zone était depuis longtemps inaccessible, entourée de grillages à haute tension. Blin y était retourné aussi.

— Nous nous sommes moins vus, ces dernières années. Nous n'en avions pas besoin. Je savais qu'il était là, il savait que j'étais là, ça nous suffisait. Il aurait débarqué tout de suite si je l'avais appelé au secours à 2 heures du matin, et réciproquement.

Dieu me préserve d'avoir besoin d'un type comme toi à 2 heures du matin. Blin était devenu exigeant sur la qualité de cette amitié qui n'en avait jamais vraiment été une. La coupe avait débordé le soir où, dans une salle de billard de l'avenue du Maine, Didier avait passé son temps à regarder, ravi, des joueurs débutants rater leurs coups. Thierry comprit, trop tard, que la médiocrité d'autrui rassurait Didier. Rien ne pouvait rivaliser avec un tel plaisir.

— Tenez, vous connaissez Anne ?

Didier profita du passage de celle-ci pour s'esquiver et ne plus revenir. Paul se retrouva aux prises avec la redoutable Anne Ponceau, plus pimpante que jamais, malgré une tendance à l'embonpoint désormais irréversible. Cheveux cendrés, yeux noisette, et toujours cette voix posée, réfléchie. Nadine l'avait présentée à Thierry comme sa sœur élective, ils étaient faits pour s'entendre, à ceci près que Blin n'avait pas l'esprit de famille. *Anne, tu es venue... Tu ne semblais pas avoir beaucoup d'estime pour moi. Je me suis peut-être trompé, j'ai pris ta discrétion pour de l'indifférence.* Anne avait beaucoup de choses pour elle et un seul défaut : la psychanalyse. Elle était de ceux qui, parce qu'ils s'allongent sur un divan depuis des années, s'imaginent savoir lire dans l'âme du voisin.

— Il ne s'était jamais remis de la mort de son père. Thierry avait toujours souffert d'une peur de l'abandon, d'un manque de protection. Il a longtemps cherché une image paternelle à laquelle s'identifier.

Ce qu'il n'avait jamais supporté chez Anne, c'était sa façon d'infantiliser l'individu, ou pire, de le considérer comme un sujet d'étude qui ferait d'elle une sorte d'entomologiste passionnée par ses raisonnements qu'elle assenait comme des verdicts. Pendant les dîners, parfois même les week-ends à la campagne, elle restait à l'affût d'une interprétation psychanalytique des événements de la journée allant du crash aérien au pot de moutarde égaré. Elle savait faire passer son entourage pour de sympathiques petits êtres trahis par leur impitoyable inconscient. Blin s'amusait à placer de faux lapsus dans la conversation — « manger le chat » au lieu de « changer le mât » — pour la voir entrer en état de combustion spontanée ; la logorrhée qui s'ensuivait aurait mérité de petites publications à compte d'auteur. N'était-ce pas cette même Anne qui, un soir, avait dit, au détour d'une phrase : « Ma mère était catholique, et mon autre père était protestant. »

— D'ailleurs la mère de Thierry ne s'est jamais remise de la disparition de son mari. Plus rien n'a été pareil.

Hypothèse intéressante. Anne ne s'y était jamais risquée devant Blin en personne. Étrange situation que de s'entendre résumer un drame familial dont il n'avait, lui-même, jamais eu conscience. La perte de son père avait été douloureuse, mais jamais il n'avait eu le sentiment qu'elle les avait rendus bancals, sa mère ou lui.

— La question est de savoir si tout ça peut ouvrir des pistes sur sa disparition, dit Paul.

— C'est forcément à mettre en corrélation. Thierry avait peur du travail d'analyse. Ça l'aurait sans doute aidé à passer cette crise.

Anne avait cherché plus d'une fois à le pousser vers le divan ; un intarissable prosélytisme qui allait bien avec le personnage. *J'ai procédé autrement, Anne. Il est encore trop tôt pour savoir si je me suis réussi, mais au moins, j'aurai essayé.* Quelle tête ferait-elle à cette seconde précise si Paul lui avouait en bloc qu'il avait changé de visage, de nom, de métier, de domicile, de femme, qu'il avait organisé sa disparition, et qu'il se retrouvait là, devant elle, à l'écouter claironner des choses comme : « Thierry avait peur du travail d'analyse. » Anne n'avait aucun scrupule à s'ingérer dans la vie d'autrui, à anticiper sur son devenir. Elle se contentait d'une ou deux grilles de lecture avec lesquels elle tricotait toutes les certitudes dont elle aurait besoin jusqu'à la fin de sa vie. Chercher le prévisible en chacun, c'était nier l'irrationnel de tous, leur poésie, leur absurdité, leur libre arbitre. Certaines folies échappaient à toute logique, et la plupart, comme celle de Thierry Blin, n'étaient pas répertoriées dans le grand livre des pathologies.

Entre deux gorgées de ce verre du souvenir — un punch assez relevé — Paul s'arrêtait sur certains visages. À chaque regard, à chaque mouvement de tête, à chaque nouvelle apparition, il s'attendait à être foudroyé par les yeux écarquillés de celui qui reconnaîtrait l'ombre de Blin derrière ses traits.

À force de parler de lui, on allait finir par le voir partout.

En attendant, il passait brillamment le test, son heure de vérité n'avait pas encore sonné. Depuis qu'Anne s'était jetée dans les bras d'une autre amie de Nadine — Mireyo, ou un prénom bizarre dans ce genre-là, Blin l'avait à peine connue — il pouvait enfin faire le décompte, lent et méthodique, de ceux qui avaient pris la peine de se déplacer jusqu'ici pour évoquer sa mémoire.

Il repéra, entre autres, le jeune encadreur qui avait repris sa boutique en compagnie de Mme Combes et de divers clients du Cadre bleu. Paul fut presque touché de les savoir présents, surtout le médecin, prospère et sympathique, brillant, d'une politesse rare, et qui n'avait jamais payé le montage d'une vitrine pour son colloque sur la médecine du travail. Hormis ce petit groupe qui ne se mélangeait pas aux autres, il y avait Roger, l'homme qui l'avait initié à l'encadrement, au Louvre. Paul se demanda comment il avait eu vent de la réunion et s'approcha de lui, le salua en jouant la pure politesse, tendit son verre pour trinquer. Roger était un véritable encadreur, de ceux pour qui c'est un art auquel on consacre une vie. Il n'était éloquent que dans l'exercice de sa fonction, le reste du temps, il écoutait, timide, comme ce soir-là, face à Paul Vermeiren. Le cousin Clément était présent aussi, un des derniers vestiges d'une famille sans trop de racines. Blin n'avait jamais connu les confitures d'une grand-mère, les bagarres avec des cousins de province Les repas de Noël n'avaient jamais excédé quatre personnes. Clément, fils de l'unique frère de sa mère, avait vécu au Vietnam jusqu'à l'âge de dix-huit ans, puis à Djibouti jusqu'à ses trente-cinq, ils ne s'étaient pas parlé plus de trois fois depuis son retour. Paul remarqua la présence, parfaitement injustifiée, de Jacques et Céline, couple de voisins de la rue de la Convention. Thierry avait *disparu*, et ce simple mot donnait du relief au fait de l'avoir connu ; le relent de soufre méritait le détour. Blin était-il tombé dans une crevasse ? Blin avait-il été kidnappé, exilé, séquestré par une secte, zigouillé par des joueurs de poker affiliés au milieu ? Blin avait-il refait sa vie ailleurs ? Cruelle ironie, il resterait dans les mémoires pour avoir quitté le paysage sans la moindre explication. Devenir un fait divers était le plus sûr moyen de ne jamais être oublié.

Tiens, le coiffeur... Le coiffeur est venu...

Paul ne se doutait pas que le coiffeur était l'homme le moins rancunier du monde. Un jour où il passait devant le Cadre bleu, Blin l'avait insulté pour avoir jeté son paquet de cigarettes par terre. Il était entré dans une colère noire : les gens capables de faire ça étaient des êtres inférieurs sans la moindre réflexion sur l'existence, sur autrui ; ils étaient condamnés à mourir puérils, le chemin à parcourir étant désormais trop long. L'homme l'avait écouté, interdit, et lui avait fait des excuses que Blin, dans sa fureur, n'avait pas su entendre. Une rage vite transformée en gêne ; plus jamais il n'était retourné dans son salon. Aujourd'hui, le coiffeur était là, le verre du souvenir en main. Paul ne résista pas à l'envie d'aller lui parler.

— Je me présente, Paul Vermeiren, j'étais un client de la boutique de Thierry Blin, mais je n'habite pas le quartier.

— Jean-Pierre Maraud, on était collègues. Je veux dire, des commerçants du coin.

Il saisit une poignée de cacahouètes et les happa toutes d'un coup.

— Quelle genre de commerce ?

— J'ai un salon de coiffure.

— Je ne les fréquente pas beaucoup, dit-il en caressant son crâne lisse.

Maraud, peu intrigué par la présence de Paul, essayait d'écouter, à quelques pas de là, les anecdotes de Mme Combes.

— Et vous le coiffiez ? insista Paul.

— Il y a longtemps, oui, mais il y a eu une petite fâcherie, un truc stupide, j'avais jeté un papier dans la rue et il ne m'a plus jamais adressé la parole.

— Il l'a sans doute regretté, vous savez. Peut-être qu'il n'osait plus passer devant votre boutique parce qu'il se sentait coupable.

— Il avait eu raison de pousser un coup de gueule. Je me suis demandé pourquoi il m'arrivait de jeter des choses à terre. Était-ce parce que je n'avais aucune conscience du bien commun et que je me foutais de la propreté des rues ? Était-ce parce que j'imaginais un employé de la voirie passer derrière moi ? Ou tout simplement parce ce que ça n'est pas interdit chez nous, une raison bien suffisante pour ne pas s'en priver ? Je n'ai pas réussi à me situer dans une de ces catégories, mais la peur de me retrouver dans toutes m'a donné une sacrée leçon. J'avais, comme il le disait, du chemin à parcourir, cette affaire de papier par terre a été un déclencheur, une prise de conscience. Aujourd'hui, quand je vois un type jeter quoi que ce soit dans la rue, j'ai pitié de lui. Je me fais une haute idée du respect de la collectivité. Grâce à Thierry Blin.

Paul Vermeiren sentit comme une bouffée de chaleur, le verre du souvenir lui montait à la tête. Il aurait aimé échanger quelques mots avec tous, les écouter parler de Blin, en apprendre sur lui. Il reconnut tout à coup une voix et se retourna sans y croire. Une petite voix du passé, un timbre inoubliable qu'il avait oublié. Il chercha d'où elle venait. *Elle était minuscule, cette fille.* Une voix qui allait si bien avec sa taille. Et son minois toujours un peu froncé, sa façon de jouer les fausses ingénues.

… *Agnès ?*

Tu es là, Agnès ?

Ses cheveux avaient un peu blanchi, mais elle était restée fidèle à la coupe Louise Brooks. Ce petit air de diablotin qui sort d'une boîte. Dès l'âge de seize ans elle voulait avoir des enfants et s'en occuper, elle voulait même s'occuper de ceux des autres, elle en voulait partout dans la maison. Blin ne savait pas encore comment les fabriquer. Agnès avait été son initiatrice, à peine plus âgée que lui, mais tellement plus à l'aise avec tout ça. De parents divorcés, elle vivait chez sa mère, voisine des Blin. Un jour, Thierry et Agnès avaient pris le train pour aller chez son père, à Rueil-Malmaison, le temps d'un week-end. Ils voulaient jouer aux amants de cinéma, éclairage à la bougie, bas résille, faux champagne et vraie terreur, toutes les conditions du fiasco réunies. Ils ne firent l'amour qu'une semaine plus tard, sans préambule ni décorum, dans sa chambre d'enfant, à quelques mètres du salon où la mère d'Agnès regardait un épisode de *Dallas*. Leur histoire n'avait pas eu le temps de faire un tour complet autour du soleil. Comment imaginer, plus de vingt ans après, qu'elle y attachait encore de l'importance. Un grand type l'accompagnait, prévenant, discret. Elle avait toujours rêvé d'un géant pour donner à leurs enfants une chance d'être dans la moyenne. Un peu empruntés, ils se parlaient pour se donner une contenance, ils ne connaissaient personne et personne ne les connaissait. Vermeiren s'approcha.

— Bonjour, je m'appelle Paul, je ne connais pas grand monde. Apparemment vous non plus.

— Je m'appelle Agnès, et voilà mon mari, Marco. J'ai lu dans le journal que Thierry était... enfin... avait disparu. Je n'étais même pas sûre qu'il s'agissait du même. Ça fait si long-temps...

Paul aurait aimé retenir un moment la main d'Agnès dans la sienne, juste le temps de remonter le passé.

— On était des copains-voisins, à Juvisy. Et vous ?

Ton soutien-gorge qui s'ouvrait par-devant. Tu savais déjà que les garçons étaient gauches. Ta façon de faire « ouppps... » quand mes mains s'aventuraient vers des territoires encore interdits.

— On habite toujours en banlieue, c'est mieux pour les gosses.

J'adorais te souffler sur le front pour défaire ta frange, tu détestais ça. Tu m'avais laissé te regarder te laver, je t'avais séchée, la serviette t'enveloppait tout entière.

— On ne s'était jamais revus.

Toi et moi, effondrés un matin, notre drame portait un nom : mycose. Il y avait plus de toujours que d'amour dans nos phrases. Nous ne nous aimions pas, nous ne faisions que nous adorer.

— On a un peu de route à faire, après il faut raccompagner

218

la baby-sitter. Dites, j'aimerais vous demander, la femme de Thierry est là ?

Agnès voulait voir à quoi ressemblait la compagne de son amourette de jeunesse. Paul venait d'éprouver la même curiosité en voyant ce grand type à son bras.

— Elle devrait venir, mais je ne la vois pas.

— Tant pis. Eh bien, merci, monsieur… ? Comment, déjà ?

— Vermeiren.

Son mari posa les verres, chercha ses clés, se renseigna auprès de Brigitte sur le meilleur chemin pour retourner en banlieue Sud. Agnès en profita pour serrer à nouveau la main de Paul ; il sentit comme une caresse dans sa paume. Elle le regarda droit dans les yeux et lui transmit son trouble.

— On y va, chérie ?

Adieu petite.

Brigitte réapparut, un plateau de canapés en main.

— Voulez-vous que je vous présente quelqu'un ? lui demanda-t-elle, toujours aussi attentive.

Elle était loin de se douter qu'il avait une histoire commune, même courte, avec chacun.

Nathalie Cohen, partenaire occasionnelle de tennis. Un classement bien supérieur à celui de Thierry, ce qui compensait largement sa force physique. Nadine et M. Cohen les regardaient jouer un moment puis s'éclipsaient pour aller boire un Coca pendant qu'elle le faisait transpirer comme jamais aucune femme ne l'avait fait.

Michel Bonnemay, son dentiste, était venu avec Évelyne. Blin ne payait jamais ses soins et le remboursait en cadres, personne ne savait où en étaient les comptes, tout cela les amusait beaucoup et facilitait les écritures. Paul avait envie, comme Brigitte, de remercier un à un tous ceux qui avaient pris la peine de venir. Étaient-ils une mosaïque de Blin, de ses interactions humaines ? À eux tous pouvaient-ils écrire l'histoire de ce cher disparu ? Mme Combes, qui donnait de la voix, était prête à s'attaquer à un chapitre entier.

— Il était adorable, mais attention, quel sacré bonhomme ! Il menait les clients à la baguette, c'est le cas de le dire !

Blin lui avait soufflé le jeu de mots. Elle n'avait pas compris sur le coup.

— Et je peux même vous raconter une anecdote. Oh, ce jour-là, quand j'y repense... Vous vous rappelez peut-être, c'est pendant mon otite qui n'en finissait plus, mais j'avais des compensations ! Je peux bien l'avouer maintenant, je disais à tout le monde que j'étais sourde et la plupart me croyaient, ça me permettait d'entendre seulement ce qui m'arrangeait. Eh bien, figurez-vous qu'un jour, juste pour la plaisanterie, hein, j'étais dans sa boutique pour retirer un cadre. Il m'annonce une note de 600 francs. Aussi sec, je lui donne un billet de 200, je le remercie bien fort et je sors. Ah, quelle rigolade ! Fallait le voir me courir après dans la rue pour me hurler 600 ! dans les oreilles.

Quelques sourires autour d'elle, des rires polis. Paul se souvenait de cette histoire ; la veille il avait vu un film où le personnage central était un encadreur que personne ne paie, pas même une petite vieille qui fait semblant de ne pas l'entendre et lui verse la moitié de ce qu'elle doit en le remerciant d'un grand sourire. Mme Combes l'avait vu aussi et s'en était largement inspirée ; la scène s'était déroulée comme elle venait de le raconter, à ceci près que Blin ne l'avait pas poursuivie dans la rue comme elle le prétendait, mais s'était contenté, comme le héros du film, de la laisser partir en disant : *Vous êtes maligne, madame Combes.* Il avait perdu 400 francs, mais pendant une minute, il s'était pris pour un personnage de cinéma, et ce n'était pas cher payé. Si Blin avait été enterré pour de bon, c'est Mme Combes qui se serait occupée de la collecte pour la couronne. *De la part de tous ses amis du quartier.*

Une anecdote en appelait une autre, Paul se sentit vite débordé.

— Moi aussi, je me souviens d'un jour où...

— Et moi aussi, tenez...

Ne pouvant tout capter, il en perdait les trois quarts, c'était horrible !

— Roublard, avec ça...

— Tourmenté, ça se voyait...

Un à la fois, nom de nom ! Laissez-moi en profiter, j'y ai droit !

— Eh bien, moi, je me souviens mieux de sa boutique que de lui, dit la libraire. On ne passe pas chez un encadreur comme on passe chez le charcutier. J'y allais parfois pour rien, pour discuter, boire du thé, écouter ce curieux silence ponctué de coups de râpe, sentir le parfum des vernis. L'été, il y faisait même plus frais. Le temps s'y écoulait autrement que partout ailleurs dans le quartier. Lui-même avait des gestes lents, pendant qu'il travaillait on pouvait rester silencieux sans que cela ne nous gêne, ni lui ni moi. C'était comme une parenthèse sereine, et quand on sortait, on retrouvait l'agitation des rues de Paris.

— Il aimait encourager les volontés. Tu as toujours voulu aller au Népal, fais-le ! Tu veux te lancer en indépendant, fais-le ! Tu veux perdre dix kilos, il ne tient qu'à toi ! Il pensait que tout était affaire de détermination, et il avait raison. Il suffisait de lui passer un coup de fil et ça donnait la pêche.

Paul, tenté de les croire, essaya de se raisonner : ces gens étaient censés dire du bien du disparu, c'était même le but de cette réunion. Blin n'avait rien d'exceptionnel, un autre aurait eu droit au même traitement.

— Il y avait chez lui, dit une voix qui couvrait les autres, un curieux mélange de sensibilité et de distance face aux événements.

L'homme était bavard et sa voix de baryton donnait de l'écho à son charisme. Un petit corps charpenté, un regard creusé, un visage fait de sillons, une silhouette inconnue qui intriguait Paul depuis le début de la soirée.

— D'une exigence avec lui-même qui lui permettait de l'être avec les autres.

C'était bien la première fois qu'il voyait ce type de sa vie.

— Le mot «éthique», tellement galvaudé qu'il ne veut plus rien dire aujourd'hui, avait encore un sens pour lui. Le mot «honneur» aussi.

Quelqu'un dans cette pièce va finir par lui demander ce qu'il fout là, nom de Dieu ?

— Bon, je peux bien vous faire cette confidence maintenant qu'il n'est plus là, un jour il m'a dit : «Tu vois, René, je suis nostalgique de l'existence de Dieu. La vie serait bien plus simple si j'étais croyant, je me poserais moins de questions.»

Vous allez le laisser pérorer comme ça combien de temps ? Ce type est un imposteur ! Il n'a jamais connu Blin de sa vie !

— Une fois, par hasard, je l'ai vu se recueillir, cimetière Montmartre, sur la tombe de Stendhal.

Au fou ! À l'assassin ! Brigitte, mettez-le dehors ! Il doit faire ça tous les jours, c'est un hobby, un métier, une perversion, un truc comme ça. Il lit les carnets noirs des quotidiens et vient faire son numéro ! Ce n'est même pas le mot verre *qui le motive, c'est le mot* souvenir *!*

L'arrivée de Nadine attira les regards, on baissa d'un ton. Même l'imposteur. Seule, plutôt en forme, habillée avec un brin de fantaisie, histoire de montrer qu'elle était le contraire d'une veuve. Là encore, Paul aurait payé cher pour voir à quoi ressemblait le nouvel homme de sa vie, ou l'homme de sa nouvelle vie. Comme ses clients de l'Agence Bonne Nouvelle, il était curieux des traits de son remplaçant. Nadine embrassa presque tout le monde, entre sourire et gravité. Après tout, elle avait un rôle à jouer. Il voulait une épreuve de vérité, elle était enfin là, en chair et en os. Il allait devoir regarder en face cette femme avec qui il avait vécu pendant cinq ans, une femme qui avait pleuré dans ses bras, qui l'avait soigné quand il était malade. Brigitte la présenta aux rares invités qui ne la connaissaient pas, dont Paul.

— Nadine Larieux.

— Paul Vermeiren.

Elle le salua et passa au suivant, comme ça, dans la foulée. Il ne se doutait pas qu'elle avait une poignée de main aussi franche.

... Nadine ? Dis-moi que ce n'est pas vrai... Nadine, c'est moi !

— Bonjour Michel, bonjour Évelyne.

Oui, moi... Le type qui t'a entièrement déshabillée dans une forêt déserte, en plein jour, juste parce que ça l'amusait. Et toi aussi, du reste. Ohé... Nadine ?

— Salut, toi.

— Salut Nadine.

Celui qui te demandait de porter des justaucorps qui s'ouvrent entre les jambes. Oui, c'est moi, mais regarde donc vers moi, enfin !

— Tu vas bien, Didier ?

Celui qui te bâillonnait de sa main quand parfois il t'arrivait de crier trop fort. Ça ne te dit plus rien ?

— Alors, on le boit ce verre ? dit-elle.

Nouvelle tournée dans la liesse générale. Paul Vermeiren venait de trouver ce qu'il était venu chercher : le droit d'exister, de se fabriquer ses propres souvenirs sans avoir besoin de ceux de Thierry Blin. Entièrement rassuré, il fut sur le point de partir quand Brigitte demanda le silence.

— Je voudrais vous remercier d'être venus ici aujourd'hui pour Thierry.

Petites réactions, verres qui se tendent vers elle. Elle agita la main pour signifier qu'elle n'avait pas fini.

— Pour être tout à fait sincère, ce n'est pas la seule raison pour laquelle je vous ai demandé de venir, ce soir. Comme vous le savez peut-être, les recherches autour de la disparition de Thierry sont officiellement arrêtées, faute de piste. J'ai discuté des heures avec la police qui est obligée de suivre la procédure. Mais c'est une vérité dont je ne me satisfais pas. Je n'arrive pas à l'admettre.

Tout l'auditoire fut pris à contre-pied. Le punch venait à peine de réchauffer les consciences, le recueillement avait fait place à une ambiance, les témoins devenaient des convives prêts à continuer la soirée. Et Brigitte évoquait un drame.

Le sien.

— Je me suis dit que si tous ceux qui l'avaient connu étaient réunis, nous pourrions recouper nos témoignages, retrouver des informations que la police n'aurait pas. Si nous essayons tous de nous souvenir des derniers jours avant sa disparition, nous pourrions peut-être recueillir des indices, même infimes, qui permettraient de relancer les recherches. Il n'y a plus grand-chose à espérer, mais je dois aller jusqu'au bout. Je m'en serais voulu toute ma vie de ne pas le tenter.

— ...

— ...?

Personne ne sut faire écho à ses paroles et le silence se prolongea, inquiétant, pénible. Paul, défait, préféra s'asseoir un moment à l'écart.

C'était donc elle.

Brigitte.

Elle s'était occupée des démarches avec la police, elle avait attendu les résultat de l'enquête, elle avait donné, espéré. À n'en pas douter, c'était elle qui avait signalé la disparition de Blin. Pourquoi avait-elle donné tant d'elle-même ? Blin n'était rien de plus qu'un client. Il ne se souvenait pas d'un seul moment ambigu, un de ces regards qu'on échange sans le chercher vraiment, comme un code tacite entre homme et femme. Il ne se souvenait pas d'avoir regardé une seule fois ses jambes, son décolleté. Ni rêvé d'elle. Il n'avait pas souvenir du moindre jeu de séduction. Pour lui, Brigitte était charmante, adorable, attentive, rayonnante. C'était beaucoup, mais rien de plus.

*

Avant de partir, chacun dit ce qu'il avait à dire, même l'imposteur. Sans l'avouer, sans même se le formuler, Anne n'aimait pas l'idée d'un Blin vivant. Trop irrationnel, trop invrai-

224

semblable. Blin n'avait pas l'étoffe d'un fait divers ; Paul en fut presque vexé. Heureusement, la tendance générale était au pessimisme, comme s'il s'agissait de calmer les espoirs de Brigitte et de la préparer à accepter le pire. Elle était devenue la femme du marin qui, malgré l'annonce du naufrage, attendait le miracle. Une femme qui aurait donné n'importe quoi pour une certitude. Elle tenait à Blin à ce point-là. Il était presque attendrissant de voir Nadine elle-même venir la consoler.

— Il continuera à vivre dans nos mémoires.

— S'il est mort, paix à son âme, dit Didier.

— S'il est vivant, respectons son choix, osa Michel.

Paul croisa les doigts pour qu'on en reste là. Quand les derniers eurent quitté la pièce, Brigitte avait des faux airs de veuve. Paul saisit sa veste en cuir sur un dossier de chaise, elle accourut vers lui.

— Restez encore un peu, je vais raccompagner les autres.

Une injonction. Douce, timide, mais c'était une injonction. Jusqu'à la dernière poignée de main, aux derniers remerciements, Paul sentit son cœur battre à s'en faire péter la poitrine. Il avait peur que le masque de Vermeiren n'ait pas résisté au regard d'une femme amoureuse.

Paul avait failli croire à ce Blin ; Agnès lui avait gardé une place dans sa mémoire, le coiffeur se sentait meilleur grâce à lui, même l'imposteur avait su le faire passer pour un pur esprit. Et ce type formidable avait été aveugle au point de ne pas avoir ressenti l'affection de Brigitte ?

Ils se retrouvèrent seuls dans le grand salon, soudain si vide et silencieux.

— Je me doutais bien que cette réunion ne servirait pas à grand-chose, dit-elle, mais je ne pouvais pas ne pas l'organiser.

— Je comprends.

— Vous êtes pressé ? On prend un dernier verre ? Pas celui du souvenir, j'entends.

Lui n'entendait rien mais accepta, hypnotisé par le regard d'une femme qui avait su cacher son amour comme une héroïne romantique. Elle sortit une bouteille de whisky et en servit deux verres d'autorité. Blin lui faisait ce coup-là pour fêter la fin des bilans et autres feuilles d'impôts ; un rituel qu'elle avait conservé.

Mademoiselle... Comment pouvais-je me douter de ce que vous ressentiez pour moi ? Vous auriez dû me le faire comprendre d'un signe. Ça aurait peut-être tout changé, qui sait ?

— Comment a-t-il pu me faire ça, après tout ce que nous avons vécu. Je n'étais pas que sa comptable, vous savez...

— ...?

— À vous, je peux bien le dire, nous avions une liaison.

— ...!

— Personne n'en a jamais rien su, pas même Nadine. Nous étions discrets... Nous étions brillants !

— ...

— Encore un peu de whisky ?

— Vous devriez peut-être freiner sur le verre du souvenir.

— Nous faisions l'amour dans l'atelier, il me couchait sur sa longue table, près de l'établi, dans les copeaux et les pots de vernis. Inoubliable !

— Brigitte...

— Dans ses bras, je me sentais comme... c'est difficile à dire... je me voyais comme... « Mademoiselle ». Une femme qui n'existait que pour son seul regard, celle que je devenais à son approche... Je veux redevenir « Mademoiselle »...

— ...

— Retrouvez-le-moi.

— ... Pardon ?

— Je sais qu'il n'est pas mort. C'est comme une intime conviction. Je sens qu'il est là, pas loin, qu'il nous a joué un tour pendable.

— ...

— Je vous engage officiellement. C'est votre métier, non ? Là où la police a déclaré forfait, je vous confie cette mission.

226

— Vous ne pensez pas que les autres ont raison, qu'il vaut mieux l'oublier ?

— C'est au-dessus de mes forces. Tant qu'on ne m'apportera pas la preuve formelle de sa mort, je le chercherai. Quand il verra tout ce que j'ai mis en œuvre pour lui, il tombera amoureux de moi.

— S'il est encore vivant, ça prendra peut-être des années !

— Si vous refusez, j'en embaucherai un autre, et un autre après lui.

Paniqué à cette idée, Paul chercha un argument définitif, et ne trouva qu'un misérable :

— Ça va vous coûter très très cher !

— Tant pis. Vous acceptez ou pas ?

Il ferma les yeux et chercha loin, en lui, la force de ne pas fondre en larmes.

NICOLAS GREDZINSKI

L'*Autre* en lui était formel : *fous-lui la paix*. Les billets qu'il laissait à Nicolas au petit matin prenaient des allures de diktat : *Pour une fois que tu rencontres quelqu'un qui ne te demande rien sinon de ne rien lui demander, ne va pas tout foutre en l'air.* L'argumentaire changeait parfois, mais le message restait le même. Nicolas s'en offensait : au moment même où son double écrivait ces lignes fiévreuses, Loraine était à quelques mètres de lui, chaude, belle, terriblement présente, à portée de caresses. L'*Autre* avait beau jeu de l'exhorter à la patience, il n'avait pas à subir ce doute insupportable que Nicolas traînait la journée durant. Si elle cachait quelque chose d'inavouable, il avait le droit de savoir quoi. Le droit de celui qui aime et souffre. Pourquoi continuer ce jeu d'une rare cruauté ? L'*Autre* revenait toujours sur le mot « confiance », mais Loraine faisait-elle confiance à Nicolas ? Le pauvre n'avait-il pas passé tous les tests avec succès ? N'avait-il pas été assez patient ? Avec le temps, il prenait le silence de Loraine pour de la méfiance et cette méfiance avait des faux airs de dédain.

Nicolas ne se cachait plus devant Muriel quand, sur les coups de 10 heures, elle passait lui donner son courrier. La gamme complète des Trickpacks sur son bureau, il n'éprouvait même plus le besoin d'en recouvrir ses bières. Cet objet était né d'un sentiment de honte dont il s'était affranchi ; il buvait de la bière parce que son corps la réclamait et que sa bonne conscience n'y voyait aucun inconvénient. De temps en temps, *l'Autre* se fendait d'une phrase sur la question : *Bois tant que tu en as besoin, bois tant que ça te permet d'avancer. Évite les dérivés d'anis, les alcools de fruit et de blé. Ton coup d'essai a été un coup de chance, reste à la vodka. Tu peux faire des mélanges tant que tu n'oublies pas le plaisir du goût. Et pense à boire beaucoup d'eau entre deux verres d'alcool. Je sais, c'est pas facile, fais au mieux.*

— Je vous laisse les journaux reçus pendant votre absence ?

— Merci, Muriel.

Il profitait de sa revue de presse quotidienne pour émerger de ses gueules de bois, de plus en plus coriaces. Il ouvrit une seconde Heineken et, pour la masquer, choisit le Trickpack d'une autre marque de bière, amusé par l'absurdité du geste. Parmi les dernières déclinaisons du Trickpack proposées par Altux S.A., on trouvait le modèle avec message en capitales noires sur fond blanc, du type : *L'abus d'alcool est dangereux pour la santé*. On trouvait le modèle couple *Elle* ou *Lui* — avec possibilité de le personnaliser, y faire inscrire son prénom ou imprimer sa photo. On trouvait des détournements de boîtes de conserve, dont la fameuse boîte d'épinards de Popeye. On trouvait le Trickpack *Trichloréthylène*, mais aussi *Arsenic, Strychnine, Eau bénite*. Et pour couronner le tout, des slogans sur l'ivresse et des dialogues célèbres de cinéma. Plus rien ne surprenait Nicolas, surtout avant la première bière, celle qu'il goûtait de toutes ses papilles. Le reste de la journée, il avait le choix entre divers poisons, selon les circonstances. À une certaine heure de la soirée, la bière appelait la vodka de façon irrésistible, qui elle-même appelait, tard dans la nuit, la fraîcheur de la bière. Une spirale dans laquelle Nicolas se jetait sans l'ombre d'un remords. Un jour prochain, rongé par l'alcool, à l'article de la mort, il garderait le délicat souvenir de l'amertume de la bière au matin.

Les amis de Thierry Blin, disparu il y a un an,
sont invités à se retrouver le mardi 16 mai à 18 heures,
au 170, rue de Turenne, Paris IIIe,
pour boire le verre du souvenir.

Entre deux articles à peine parcourus : Thierry Blin.
Surgi d'une autre vie.
Le tennis des Feuillants. Borg et Connors.
Un entrefilet aberrant.
Voilà au moins un verre que Nicolas ne boirait pas, il était à Rome le mardi 16 mai.

Le doute sur le nom ne résista pas à ce « disparu il y a un an ». Il s'agissait là du même Blin, celui qui avait eu l'idée de ce pari d'ivrogne. Ils s'étaient fixé rendez-vous trois ans plus tard, le 23 juin exactement, soit dans moins d'un mois.

Sa bière avait tout à coup un goût d'eau gazeuse et ne lui était plus d'aucune utilité. Pour accuser le choc, il se sentit obligé de porter la main à la flasque dans sa poche intérieure gauche. La gorgée de vodka arriva à point nommé ; il avait besoin de se concentrer sans réveiller la peur en lui. Que voulait dire ce « disparu » ? Mort ou disparu ? Comment savoir ce que ce fou avait en tête ? Avait-il persévéré dans l'idée insensée de devenir quelqu'un d'autre ? Au nom de quoi ? À quel prix ? Blin était-il mort d'avoir voulu devenir cet autre ? Une chose était sûre : aucun des deux ne serait au rendez-vous qu'ils s'étaient fixé. Nicolas garderait à jamais le souvenir de ce dément qui voulait être un autre et qui, à son insu, lui avait fait connaître la vodka. Il leva donc sa flasque à la mémoire de Thierry Blin, bienfaiteur sans le savoir. Ce fut son verre du souvenir.

Journaux et magazines étalés sur sa table venaient de perdre tout intérêt. Pour des raisons encore inconscientes, Nicolas ressortit les billets laissés la veille par l'*Autre*. L'essentiel s'inscrivait là, sur ces petits bouts de papier, le reste était oubliable. Le monstre devenait de plus en plus précis dans ses libellés et prenait désormais le temps de soigner la ponctuation, de faire des phrases complètes, toujours dans un style enlevé, parfois comminatoire, comme s'il poussait un hurlement du fin fond des ténèbres.

Avant, quand quelqu'un te faisait attendre plus de vingt minutes à un rendez-vous, tu avais peur qu'il soit mort. Désormais, souhaite-le !

Certains passages étaient plus sibyllins, Nicolas les gardait précieusement dans un tiroir et y jetait un œil de temps à autre pour déchiffrer l'énigme.

La grande question : « Est-ce qu'il ne nous arrive que ce qui nous fait peur ? » ou « Est-ce justement ce que nous redoutons le plus qui n'arrive jamais ? »

Parfois, il retrouvait des billets faisant appel à des situations en prise directe avec son quotidien.

Envoie chier Garnier et son plan de restructuration. Ça ne sert que son service et ça dessert le tien, même s'il prétend le contraire.

En relisant ces mots, Nicolas composa sur-le-champ le numéro de poste de Garnier.

— Guy ?

— Salut, Nicolas.

— En fin de compte, j'ai réfléchi, je préfère que nos services restent indépendants, en tout cas pour le moment, merci d'y avoir pensé.

— ... ?

— Au revoir, Guy.

Nicolas était bien obligé de reconnaître que l'*Autre* avait raison sur presque tout, excepté sur un point : les cachotteries de Loraine. Si elle ne se décidait pas à partager son secret, Nicolas allait devoir se passer de son consentement. Il entendait déjà son double pousser des cris d'outre-tombe :

— *Tu vas tout gâcher, imbécile. Méfie-toi du mythe d'Orphée !*

— Je prends le risque.

— *Elle a sûrement ses raisons.*

231

— Je veux les connaître.

— *Ça ne te suffit pas de vivre ce que tu vis, au jour le jour ?*
Tu en veux plus ? Jusqu'où ? À quel prix ?

— Justement, ce n'est pas *au jour le jour*, il ne s'agit que de
nuits. J'aime cette femme, je *l'aime*, je ne peux plus ne pas
savoir ce qu'elle fait quand je ne suis pas là, ça me rend fou. Au
début, le jeu était amusant, ça sentait le soufre, maintenant c'est
une odeur qui m'insupporte, je veux savoir, parce que j'y ai
droit.

— *Tu n'as aucun droit.*

— Qu'est-ce que tu en sais ? Elle est toujours à tes côtés, tu
ne souffres pas de son absence.

— *Ce qu'elle te donne est déjà énorme, si elle a besoin de*
plus de temps, laisse-le-lui.

— Je n'attendrai pas une nuit de plus.

Il tournait autour de la décision depuis quelques semaines et
tout s'était précipité à leur retour de Rome. Il fallait qu'il sache.
Dès aujourd'hui. Il lui suffisait d'ouvrir les pages jaunes à la
lettre D.

Détective, Investigations, Filatures, Discrétion...

Aussi simple que ça.

Association Paris détective... Agence B.U. Détective... Cabi-
net Latour, enquêtes...

Parmi ceux-là, il en trouverait bien un pour lui dire qui était
Loraine.

A.P.R., missions. Prévoir, Décider, Agir, affaires commer-
ciales et privées...

Elle n'en saurait rien.

Surveillances & Recherches... Détective depuis 1923..

Il en aurait le cœur net.

Surveillances en voitures-radio, métro Chaussée-d'Antin..

Il y avait droit.

Consultants Détectives... Audit de sécurité... Contrefaçon.
Débiteurs... Disparitions... Protection de l'information..
S.O.S. Détectives...

Lequel choisir ? Ces types-là étaient prêts à tout, il suffisait d'y mettre le prix. Il chercha un nom qui l'inspirait entre la liste et les encadrés, mais tous se valaient, tous le rendaient méfiant. Il reprit une goulée de vodka pour se donner du courage et parcourut chaque adresse, chaque nom. Sans le savoir, il ne se remettait pas du choc causé par cette réapparition de Blin dans sa vie : une réapparition annonçant une disparition, tout allait trop vite. Le mot « disparu » l'avait troublé pour des raisons qui devenaient plus claires. Et si, à force de rester anonyme, Loraine disparaissait elle aussi ? Et si elle en avait dit le moins possible dans le seul but de préparer sa sortie, un jour prochain ? Et si son silence protégeait Nicolas d'une menace ? Derrière ce *disparu*, il avait pris peur pour Loraine. Il vida sa flasque sans même s'en rendre compte.

Dossiers privés... Discrétion... Agence Bonne Nouvelle...
Pourquoi pas l'agence Bonne Nouvelle ? Un nom saugrenu et naïf à la fois. Celle-là ou une autre, après tout, quelle importance. À court de vodka, il se résigna à terminer sa bière tiède d'une traite. Il était soûl, il le savait, il l'avait bien cherché.

— Allô ? Je voudrais parler à un détective.

— M. Vermeiren est en mission actuellement, mais je peux vous donner un rendez-vous.

— J'ai besoin de quelqu'un tout de suite.

— Essayez chez B.I.D.M., ou le cabinet Paul Lartigues, ce sont de grosses maisons, ils peuvent réagir vite, mais peut-être pas dans l'heure.

— Je vais me débrouiller, merci.

Après tout, pourquoi faire appel à cette engeance ? À quoi bon raconter sa vie à un inconnu ? Ça ne devait pas être sorcier, après tout. Avec un peu d'adresse, de jugé, en moins d'une heure il serait fixé. La brûlure de la vodka lui manquait, il avait hâte de sortir de sa tour pour entrer dans n'importe quel bar et remplir sa flasque — il avait essayé un tas d'autres alcools, mais aucun ne réussissait à faire apparaître l'*Autre* en pleine journée.

— Allô, Loraine ? Je ne t'entends pas...

— On capte mal ici. Je n'ai pas trop le temps de te parler.

Il voulut lui laisser une chance de tout lui raconter. C'était peut-être ce qu'elle attendait.

— Où es-tu ?

— Je viens de te dire que je n'ai pas le temps. De toute façon, on se retrouve ce soir, non ?

— Il faut qu'on se voie maintenant.

— Qu'est-ce qui te prend ?

— C'est important. Je ne te le demanderais pas si ça ne l'était pas. C'est bien la première fois, non ?

— …

— Oui ou non ?

— Oui.

— Dis-moi où et quand.

— …

— Loraine !

— La brasserie des Petits Carreaux, dans le prolongement de la rue Montorgueil.

— Dans combien de temps ?

— 13 h 15.

Si son secret était trop lourd, il l'aiderait à le porter. S'il était trop lourd pour deux, il en aurait le cœur net et saurait quelle décision prendre.

— Allô, Muriel ? Je vais m'absenter pour le reste de la journée. Vous voulez bien annuler tout ce que j'ai cette après-midi ?

— Bien, monsieur, il y avait juste un rendez-vous avec le Conseil général Rhône-Alpes, ils sont à Paris jusqu'à samedi, je trouverai un autre moment.

— Merci, Muriel.

— Monsieur ? Il y a autre chose… Quelqu'un vient d'arriver pour vous, il voudrait que vous le receviez.

— Maintenant ? Qui est-ce ?

— … Il dit qu'il ne vous dérangera pas longtemps.

— Qui est-ce, Muriel ?

— … C'est M. Bardane.

— Ne le faites pas entrer.

Il saisit sa flasque, la rangea dans sa poche intérieure et quitta son bureau pour se diriger vers les ascenseurs. Bardane était là, assis sur un fauteuil comme un coursier qui attend son pli. La dernière personne au monde que Nicolas avait envie de trouver sur sa route. Loraine l'attendait, une vie entière allait peut-être se jouer dans l'heure à venir, c'était précisément le moment que ce con avait choisi pour refaire surface ! Pourquoi le verbe disparaître n'était-il pas réservé à des gens comme lui ?

— Bonjour, Nicolas.

Bardane tendit la main en se forçant à sourire. Gredzinski ne prit pas cette peine.

— Vous tombez mal, je ne peux pas vous recevoir.

À la fois négligé et tiré à quatre épingles, l'ancien directeur de clientèle. Fatigué, le regard rougeaud, les yeux tombants, rien que de très pénible.

— Juste dix minutes, s'il vous plaît, Nicolas.

Les arrogants seront tous un jour serviles. Mais pourquoi justement aujourd'hui, merde !

Depuis le départ de Bardane, Nicolas éprouvait un sentiment proche du remords, mais un remords sporadique, de qualité inférieure, un remords décoratif, une inquiétude de secours qui s'estompait dès la première gorgée d'alcool. Cet homme avait voulu l'humilier à une époque où il n'était pas encore le Gredzinski d'aujourd'hui, il avait peur quand on haussait la voix en sa présence, il avait peur de son ombre, de la vie, de tout ; une proie facile. Aujourd'hui, il avait bien le droit de pousser la rancune à son point ultime.

Il attendait l'ascenseur, Bardane le suivait de près, une précipitation grotesque, comme toute sa gestuelle qui ne s'était pas arrangée depuis le chômage. Nicolas l'ignorait ostensiblement, mais rien n'y fit ; ils se retrouvèrent seuls dans la cabine.

— Je sais que j'ai commis beaucoup d'erreurs avec vous, Nicolas. Je n'aurais pas dû vous infliger cette réunion. Je sais que c'est ce que vous me reprochez le plus, et vous avez raison.

— Je n'ai pas voulu votre poste, on me l'a offert sur un plateau. S'il vous manque tant que ça, reprenez-le, je n'en ai plus besoin, je n'ai même plus besoin de travailler de toute ma vie, je touche par mois dix à vingt fois plus que mon salaire, qu'on a d'ailleurs révisé à la hausse après votre départ. Si j'occupe ce poste, c'est parce que ça m'a amusé jusqu'à aujourd'hui, mais c'est terminé. Ils vont recruter bientôt, mettez-vous sur les rangs.

— Ne plaisantez pas. J'ai perdu le sens de l'humour depuis trop longtemps.

L'a-t-il jamais eu? se demanda Nicolas en voyant les portes de l'ascenseur s'ouvrir sur l'atrium.

— Je suis venu vous présenter des excuses. Je suis responsable de tout ce qui s'est passé.

— Je suis pressé, ça ne se voit pas?

— Personne ne veut me reprendre, vu mon âge. J'ai pensé que je pouvais retrouver du boulot dans l'heure et...

Ils arrivèrent sur le parvis. Plus Nicolas accélérait le pas, plus la situation devenait ridicule.

— Broaters ne voit que par vous, il vous suffirait d'un seul mot pour que je retrouve un poste, n'importe lequel, je veux bien être dégradé.

— Vous *êtes* dégradé.

— Prenez-moi dans le service, je connais la boutique par cœur, je peux être un atout.

Nicolas courait presque sur la passerelle, il allait être en retard, Loraine n'attendrait pas. Il l'aimait, il devait le lui dire séance tenante et la convaincre qu'il pouvait tout entendre. Bardane ne le lâchait plus et risquait de tout fiche par terre.

— Quand les trompettes du Jugement dernier sonneront, dit Nicolas, et que je me présenterai devant l'Éternel, j'avouerai toutes mes fautes : «J'ai volé un Télécran à un gosse plus petit que moi, j'avais six ans. J'ai dit à tout le monde dans ma classe de cinquième que Clarisse Vallée était amoureuse de moi, et tout le monde s'est foutu d'elle. J'ai mis un coup de pied d'une rare violence à un chat qui m'avait réveillé à force de miauler après sa nourriture. » Et quand l'Éternel me demandera, pour me racheter, ce que j'ai fait de bien pour l'humanité, je répondrai : « J'ai cassé Bardane. »

Nicolas s'engouffra dans le métro, arriva devant les composteurs, jeta un œil par-dessus son épaule.

Personne.

*

Il la chercha dans le café, c'était la mauvaise heure, celle des déjeuners pressés, des clients à l'affût d'un recoin, des serveurs survoltés et bien trop occupés pour s'occuper de lui. Il se fraya un chemin dans le trafic et s'installa, debout, à une extrémité du comptoir envahie par les verres et les tasses de café vides. Pourquoi ne lui avait-elle pas donné rendez-vous dans un endroit qu'ils connaissaient, un bar perdu, un jardin public ? Comment jouer leur heure de vérité dans la bousculade d'un bistrot ? Elle entra, le rejoignit, déposa un baiser furtif sur ses lèvres.

— Qu'est-ce qui se passe ?

— Tu ne veux pas aller ailleurs ? Il doit bien y avoir un endroit calme pas loin.

— Nicolas, je n'ai que dix minutes. Si je suis venue, c'est que j'ai senti une urgence, et une urgence ça ne prend pas des heures, sinon ça n'est plus une urgence.

— Il faut qu'on parle de nous.

— Et merde ! J'ai fait exprès de te donner rendez-vous ici parce que je le sentais venir.

— Tu ne crois pas que j'ai assez attendu ?

— … ?

— Je t'aime, nom de Dieu !

— Moi aussi, c'est bien pour ça que je te propose d'oublier ce rendez-vous débile et de nous retrouver vers 21 heures, chez Lynn, comme prévu. Moi, je peux faire ça, mais toi ?

Pour ne pas aggraver son cas, il fut contraint de répondre oui.

237

Après tout ce qu'ils avaient vécu, elle trouvait encore le moyen de le remettre à sa place, comme le premier soir de leur rencontre.

— Alors à ce soir. Embrasse-moi, crétin.

Il la détestait, il l'aimait. Ils s'embrassèrent. L'*Autre* avait raison : il fallait être fou pour mettre leur histoire en péril. Elle sortit du bistrot, il la regarda s'éloigner, elle lui fit un signe de la main et descendit la rue Montorgueil.

Il fallait être fou.

Complètement fou.

Pourquoi avait-elle choisi ce café ?

Après tout, ça n'avait aucune importance.

Pourquoi à 13 h 15 ?

Nicolas se demanda où était passée sa belle détermination. Le barman voulut le servir, il commanda une double vodka et la but cul sec à s'en faire monter les larmes aux yeux. Ce café avait-il une importance dans la vie de Loraine ? Dans sa vie professionnelle ? Ou dans sa vie privée, celle dont il se sentait exclu ? Il ressortit dans la rue sur le coup d'une impulsion, s'engagea dans la direction qu'il lui avait vue prendre, s'arrêta à l'angle de la rue Étienne-Marcel. Au loin, il la vit se diriger vers les Halles.

À lui de choisir, et vite.

Obtempérer aux sermons de l'*Autre*, rentrer sagement au bureau, se noyer dans le travail plutôt que dans la vodka, retrouver Loraine ce soir et passer la nuit à ses côtés ? Ou jouer les détectives de fortune sans savoir où tout ça le mènerait ?

Il n'eut pas à la suivre longtemps.

Loraine entra dans un magasin dont la façade était bleu et blanc.

À travers la vitrine, entre deux affiches qui proposaient des dos de cabillaud surgelés pour 64 francs le sac de 550 grammes, et des aiguillettes de poulet Nouvelle-Orléans pour 22,80 francs, Nicolas discerna, près de la caisse, une femme qui boutonnait sa blouse blanche.

Loraine, elle, arrêta net son geste quand elle reconnut le visage de Nicolas.

Un sourire qu'il aurait préféré ne pas voir vint se dessiner sur ses lèvres. Elle fit signe à une collègue de prendre sa place derrière la caisse, sortit le rejoindre, se planta devant lui et croisa les bras.

— Je m'appelle Loraine Rigal, j'habite un studio au 146 rue de Flandre, je suis célibataire, sans enfants. Je suis née dans un petit village près de Coulommiers, mon père et ma mère s'occupaient de la ferme. Ils n'étaient pas très riches, mais j'ai pu aller jusqu'au baccalauréat, qui ne m'a pas servi à grand-chose quand je me suis installée à Paris, à dix-neuf ans. J'avais une petite chambre de bonne, rue Madame, avec un réchaud à gaz et une casserole beige au bord de mon lit ; la vue était belle, c'était mon idée de la bohème. Je suis allée de petits boulots en petits studios durant quelques années jusqu'à trouver une place ici, où j'assure le réassort des rayons, je tiens la caisse, et, vu mon ancienneté, je fais tourner la boutique sans qu'on soit sur mon dos. Comme tout le monde, j'ai imaginé que je pouvais vivre un grand amour. Un serveur de restaurant m'avait rangée dans la catégorie « week-end ». Il y avait la fille pour la nuit, la fille pour un mois, et la femme de sa vie. Rien que pour moi, il avait créé une mention spéciale « week-end ». Ensuite, il y a eu Frédéric. Je l'avais rencontré dans une librairie, il était ingénieur du son pour le cinéma, je le trouvais beau, j'avais l'air de lui plaire. Dès le premier café, il m'a demandé ce que je faisais dans la vie. Quand je lui ai répondu que j'étais employée dans une boutique de surgelés, j'ai senti comme une précipitation, et sans savoir qu'il y avait un lien de cause à effet, nous sommes devenus amants très vite. J'étais folle de lui. Le genre d'histoire où l'on se dit que cette fois c'est *pour de bon*. Un jour, il m'a invitée dans une énorme fête de cinéma. C'était la première fois que je voyais des célébrités d'aussi près. Ce soir-là j'ai observé un phénomène étrange : dès qu'un type m'abordait, il lui fallait moins d'une minute, montre en main, pour me demander qui j'étais et ce que je faisais dans la vie. Quand je répondais, comme une brave fille, que je travaillais dans une boutique de surgelés, il lui fallait moins d'une minute, montre en main, pour trouver quelqu'un d'autre à qui poser la même question. Mais que dire d'autre que *caissière dans un magasin de surgelés* quand on est *caissière dans un magasin de surgelés* ? On dit quoi ? Je travaille pour une grande chaîne de distribution dans la troisième gamme alimentaire ? Je suis technicienne en chaîne du froid ? À force de voir des amis lui demander ce qu'il faisait avec moi, Frédéric a fini par se poser la même question. Il m'a fallu près d'une année pour m'en remettre. Ensuite, il y a eu Éric. Comme tous les hommes mariés, il n'aimait pas qu'on nous voie dans les endroits publics. Nos rendez-vous avaient lieu chez moi, et jamais après 2 heures du matin. Il a fini par quitter sa femme pour épouser une directrice de collection dans une maison d'édition. Et je ne parle pas de Fabien, qui, lui, savait ce que je faisais puisque nous nous sommes rencontrés pendant qu'il faisait ses courses à la boutique. À la première dispute, il n'a pas pu s'empêcher de me lancer au visage : « C'est pas une vendeuse de surgelés qui va me dire ce que je dois faire ! » Je ne considère pas comme une honte de faire ce que je fais, mais depuis quelques années, j'ai une autre ambition dans la vie. Je veux vivre un vieux rêve : m'occuper de vin. J'ai fait connaissance avec le vin, toute seule, à Paris. J'allais dans des bars à vins pour le plaisir de la découverte. Pour en savoir plus sur le domaine, j'ai lu des guides, des magazines. Il est impossible de se former un palais seul, je me suis mise à courir les associations de cavistes, les rencontres autour du vin, les dégustations. Dans les endroits plus huppés, je parvenais à me faire embaucher pour le service, on me laissait goûter aux grands crus. J'écoutais les pros, je prenais des notes. Puis je me suis inscrite à un cours de dégustation, ça m'a aidée à différencier les arômes, à les classer. Tout ça devenait de plus en plus sérieux, j'ai mis de côté de quoi m'offrir un premier stage, avec excursion dans les vignobles. C'est là que tout s'est déclenché.

On m'a accordé un congé sans solde, j'ai suivi une formation pour obtenir le diplôme de la Fédération nationale des Cavistes indépendants. J'y ai appris à gérer les stocks, à acheter et garder les vins, à prospecter. J'ai peut-être trouvé quelqu'un qui veut s'associer et tenter l'expérience avec moi. Mon projet serait d'ouvrir une petite boutique pour des gens modestes, avec des vins à 20 ou 30 francs la bouteille, parfois 50. Pour ça, il faut sillonner la France à la recherche de petits vignobles qui travaillent encore dans le respect du vin, il faut prospecter dans les régions moins cotées que d'autres, le Lubéron, les Corbières, le Cahors, l'Anjou, le Saumur, le Bergerac, etc. Il y a encore des viticulteurs qui savent ne pas trop produire, attendre la maturité des raisins, ils prennent de vrais risques pour essayer de rivaliser avec la piquette des coopératives, celle qu'on trouve à Paris, dans les grandes surfaces, avec des étiquettes de domaines qui n'existent pas. C'est pour ceux qui ne connaîtront jamais le talbot 82 que je veux ouvrir cette boutique, donner à tous l'occasion de boire du bon vin, parce que tout le monde y a droit.

« En attendant de devenir cette autre moi-même, cette *Loraine qui donne des bonnes choses à boire même aux pauvres*, je me suis juré de ne plus jamais dire que j'étais *Loraine la caissière des surgelés*. Le chemin d'une Loraine à l'autre est passionnant, mais il est long et difficile, un rien peut tout fiche par terre. Afin de me préserver, de garder mes forces, mes convictions, et pour éviter de me laisser envahir par le doute des autres, même ceux qui me veulent du bien, je suis *Loraine qui ne répond jamais à aucune question d'ordre privé*. Jusqu'à aujourd'hui, ça ne m'avait pas trop mal réussi. Et pourtant, il a fallu à tout prix que tu saches. Rien que pour ça, je ne veux plus jamais te revoir.

PAUL VERMEIREN

En refusant l'affaire de Brigitte, Paul s'exposait à un grave danger : lancer un autre privé sur les traces de Blin. Un charlatan la ratissait de ses économies et un privé chevronné pouvait remonter jusqu'à Vermeiren.

Elle avait rêvé Blin au point de s'inventer une liaison avec lui — la plus cruelle des déclarations d'amour — un aveuglement qui faisait peur à Paul. Cet acharnement à vouloir retrouver le cher disparu le mettait en danger. Il lui fallait se sortir de là comme il devait la libérer, elle, de cette passion qui avait fait de *Mademoiselle* une mythomane.

Vermeiren partit donc à la recherche de Blin, mais avant de se lancer, il ne put résister à la tentation de la questionner sur le personnage.

— Il avait des hobbies, des centres d'intérêt ?

— Il aimait le tennis, mais il était trop fier pour perdre un tournoi, ou même un match. C'était ce qu'on appelle un « mauvais joueur »

— … ?

— S'il s'est mis à jouer au poker, ça ne pouvait que mal tourner. Essayez un peu de chercher de ce côté-là.

— Sans savoir d'où venaient ses connexions avec ce milieu, ça ne va pas être simple. Autre chose ?

— Je ne sais pas si c'est important, mais il y a un détail dont

242

je n'ai jamais parlé à la police. Je n'ai pas voulu briser le secret professionnel, même pour un début de piste.

— ...?

— Un comptable, c'est comme un médecin, un avocat. Vous voyez ce que je veux dire, vous êtes astreint aux mêmes règles de confidentialité.

— Poursuivez...

— Quand j'épluchais ses talons de chèques, je trouvais trois ou quatre versements par an à une «Barbara», sans autre précision. «Barbara 800 francs», «Barbara 300», des sommes de cet ordre-là, jamais plus. J'ai imaginé une maîtresse, j'en devenais jalouse, mais rien n'est venu recouper cette hypothèse. Je n'ai jamais su qui était cette Barbara. Ça peut vous être utile ?

Barbara avait un nez rouge, des cheveux verts, elle chaussait du 60, Blin n'avait jamais vu son vrai visage. Barbara était un clown. Dans un long entretien pour le *Nouvel Observateur*, elle racontait ses journées entières passées dans les hôpitaux, à faire rire des enfants cancéreux, week-ends et jours de fête compris. Surtout les jours de fête. Avec les années, elle avait su s'entourer d'une poignée de bénévoles ; à la fin de l'article, elle laissait une adresse où envoyer des dons. Blin donnait en se demandant parfois si ça l'aidait à s'acheter une bonne conscience, jusqu'à ce qu'il comprenne que la réponse n'avait pas vraiment d'importance. Il aurait pu aider tant d'autres associations, collectes de fonds, comités de soutien, mais il avait choisi Barbara parce que les photos publiées dans la presse ne dévoilaient pas son vrai visage. Elle aurait pu être sa voisine de palier, il ne l'aurait jamais su.

— Il avait des manies, des habitudes ?

— Pas vraiment. Ou bien des trucs un peu tordus.

— ... Tordus ?

— Il y a une chose qu'il aimait par-dessus tout. Les jours où il pleuvait fort, il regardait discrètement à travers la vitrine de la boutique la rue se vider, les gens courir. Ça ne manquait pas, il y en avait toujours un pour s'abriter dans la cabine téléphonique, sur le trottoir d'en face. Thierry appelait la cabine, et le type, un peu déconcerté, finissait toujours par décrocher. Et là...

Et là quoi ? Des gags de potaches, rien de plus, des mauvaises blagues d'adolescent attardé.

— Thierry se composait un personnage inquiétant, dangereux, comme s'il voulait déloger le malheureux. Ça donnait des choses comme « ... *Allô, Étienne...? Je n'ai pu avoir que 6 kilos, mais je ne descends pas à moins de 600 le gramme, c'est d'accord ?* » L'homme répondait n'importe quoi, Thierry enchaînait sur « *Vous n'êtes pas Étienne ! Vous êtes bien dans la cabine en face de la papeterie de la rue Raymond-Losserand ?* » Le pauvre type lâchait le téléphone et sortait sous la pluie pour tourner le premier coin de rue. Thierry jouait plein d'autres personnages, des espions russes, des maris jaloux, je trouvais ce petit jeu odieux, il me répondait qu'il venait de mettre un peu d'aventure dans la vie d'un type qui en manquait sûrement. Vous ne pouvez pas imaginer une telle mauvaise foi.

Le mot « dangereux » agaça Vermeiren, il lui renvoyait une image de pervers. Pour une fois, il voulut réhabiliter Blin.

— Et s'il y avait une femme dans la cabine ?

— C'était différent, Thierry se piquait de pouvoir la faire rire. Il y arrivait parfois.

C'était ce que Paul voulait entendre. Même si, cent fois, Blin avait eu envie de dire, au bout du fil, en prenant une voix d'outre-tombe : « Elle vous va bien cette petite jupe rouge. »

— Vous voyez autre chose, Brigitte ?

— J'ai retrouvé quelques feuillets de son pense-bête, mais ça ne dit rien.

— Quelques feuillets de quoi ?

— Sur un petit bloc-notes, il écrivait tout ce qu'il avait à faire, à ne pas oublier.

— ... Comment les avez-vous eus en main ?

— Je les ramassais dans la corbeille à mesure qu'il les jetait.

Paul dut se mordre la lèvre pour cacher sa surprise.

— Je sais, ça me donne l'air d'une folle, mais...

Oui, bonne à enfermer, il n'en croyait pas ses oreilles.

— Je vous en ai apporté quelques-uns, pour vous montrer, mais peut-être que ça ne vous sera d'aucune utilité.

Strictement aucune, mais Paul voulait les voir de ses yeux.

Commander 50 feuilles de contrecollé chez Rossignol.
Mardi soir, poulet. Ou du veau, Juliette aime bien le veau.
01 55 24 14 15, client possible pour la Combes (aquarelle).
Dire à Nadine qu'elle est bien dans la robe qu'elle n'ose pas mettre.

— Ça a de l'intérêt, Paul ?

Pot annuel chez Parshibi, samedi (Efferalgan).
Enregistrer « Feu Mathias Pascal » sur la 3.
95C ? Se faire expliquer.

— Ça en a ou pas ?
— Aucun. Vous allez les garder ?
— Bien sûr. Il me reste si peu de lui.

Même si Paul n'avait rien à craindre de ces feuillets, il se sentait spolié de quelque chose et en voulut à Brigitte d'avoir été capable de ça. Mythomane, fétichiste, quoi d'autre ? L'amour à sens unique poussait-il vers ces extrémités ?

— Il ne vous a jamais parlé de suicide ? La question est un peu abrupte, mais il faut tout imaginer.

— Il pouvait parfois être ailleurs, obscur, absent, mais jamais dépressif. La seule fois où je l'ai entendu prononcer le mot suicide, c'était au sujet du « petit Archimède ».

Vermeiren voyait très bien à quoi elle faisait référence et s'amusa à lui demander des précisions.

— Régulièrement, il me racontait l'histoire du « petit Archimède », je faisais semblant de l'avoir oubliée tant ça lui faisait plaisir. Je ne sais plus d'où il la tenait, un fait divers, ou un roman, un film, peu importe. C'est l'histoire d'un gosse de

245

quatre ou cinq ans qui a des prédispositions incroyables pour la musique. Sans que personne ne lui enseigne rien, il maîtrise la gamme et peut jouer de n'importe quel instrument sans prendre aucun cours. Ses parents sont émerveillés et lui achètent un piano, lui paient un professeur, ils tiennent un petit Mozart, c'est une chance incroyable. Mais l'enthousiasme de l'enfant s'étiole vite, il refuse de jouer, et ses parents qui ont nourri des espoirs insensés le forcent à répéter ses gammes, ce qui le rend malheureux comme une pierre. Un matin, l'enfant se défenestre. Dans sa chambre, bien cachés sous son lit, les parents trouvent quantité de croquis, des figures géométriques, des calculs, des démonstrations mathématiques. Ils comprennent trop tard que le gosse n'était pas un petit Mozart mais un petit Archimède. Comme tous les grands mathématiciens, il savait déchiffrer le langage musical, mais ça n'était rien de plus qu'un divertissement. Sa passion, sa vraie voie, c'était l'algèbre, la géométrie, le calcul, les lois qui régissent l'univers et ses formes. Thierry était fasciné par ce petit conte. Il trouvait terrible l'idée d'une vocation contrariée.

Un frisson parcourut l'échine de Paul qui comprit enfin pourquoi Blin aimait tant raconter cette histoire.

— Faites le maximum. Ne me cachez rien de ce que vous trouverez. Je suis prête à entendre tout ce que vous pourrez me dire.

— En êtes-vous sûre ?

— Oui.

Ce fut sans doute cette certitude qui incita Paul à exaucer son plus cher désir.

Quinze jours plus tard, il lui donna rendez-vous à l'agence en fin d'après-midi et la fit patienter une dizaine de minutes, le temps de laisser son associé quitter les lieux.

— Entrez, mademoiselle Reynouard.

Comme les autres clients, elle jeta une œillade circulaire à la pièce, à la recherche de quelque objet typique, d'une ambiance. Puis elle s'assit et croisa les bras, tendue, prête à écouter les pires révélations. Paul attendait que le regard de Brigitte s'arrête enfin sur le sien.

— ... Qu'est-ce qui vous est arrivé, monsieur Vermeiren !

— Vous voulez parler de ça ? dit-il en montrant les pansements sur son visage.

Une large bande de gaze sous la paupière gauche, bleuie, presque close, et un sparadrap à la commissure des lèvres. Question cicatrices, Paul avait connu bien pire, celles-ci disparaîtraient en moins d'une semaine. En attendant, elles produisaient l'effet escompté.

— C'est votre enquête qui... ?

Pour ponctuer la surprise de Brigitte, il laissa s'étirer un long silence.

— Je reviendrai là-dessus plus tard, commençons par le début. J'ai longuement réfléchi avant d'accepter cette affaire. Le simple fait que Thierry Blin ait été mon client m'interdisait en théorie toute enquête à son sujet ; de plus, il connaissait mon visage, ce qui rendait la filature plus risquée. Vous avez réussi à me convaincre et la suite a prouvé que vous aviez raison.

Presque jaloux, Paul se demanda comment Blin pouvait encore allumer cette flamme dans les yeux d'une femme.

— Malgré vos efforts, l'ancien entourage de Blin ne nous a pas appris grand-chose. Je suis donc parti de la seule piste que j'avais en main : la mission qu'il m'avait confiée à propos du dessin de Bonnard dont il voulait retrouver le propriétaire. Vous voulez le détail de la façon dont je suis remonté jusqu'à lui ?

— Vous l'avez retrouvé ?!

— Oui.

Il vit ses joues rosir en une seconde, sentit son corps se tendre son souffle plus haletant. Blin n'avait jamais rien remarqué de tout ça à l'approche de Brigitte.

— Où est-il ? Vous lui avez parlé !

Il posa la main sur un dossier bleu.

— Tout est là, mademoiselle Reynouard. Thierry Blin vit à Paris, il a changé de visage. Il s'appelle désormais Franck Sarla.

— ... !

— Il m'a fallu six jours pour remonter jusqu'à lui, quatre pour le pister dans sa nouvelle vie. Ce sont ces quatre jours qui sont consignés ici. Avant que vous ne lisiez le rapport, je tiens à vous mettre en garde. Ce que vous allez y trouver va sans doute vous choquer, il est encore temps de ne pas l'ouvrir. Je connais votre détermination, mais vous allez peut-être échanger un souvenir qui vous est cher contre une vérité qui va longtemps vous encombrer. Réfléchissez.

— C'est tout réfléchi !

Il fallait s'y attendre.

Il saisit le dossier bleu et le lui tendit.

Elle se cala dans le fauteuil, respira à fond, et se mit à lire pendant que, du fond de la pièce, Paul tirait une cigarette du paquet qu'il gardait pour de très rares occasions.

Confidentiel.
À ne divulguer à aucun tiers.

RAPPORT DE SURVEILLANCE

Objet : Surveillance lundi 28 mai de M. Thierry BLIN, dit Franck SARLA (et dénommé ci-après) à partir de son domicile, 24, cité Germain-Pilon, 75 018 Paris.

8 h 00 : Début de mission

8 h 30 : Mise en place du dispositif de surveillance au niveau du 24, cité Germain-Pilon.

10 h 25 : Sortie de M. SARLA, seul, il porte un pantalon et une épaisse vareuse en cuir. Il se rend, à pied, à la brasserie du «Mont d'or», à l'angle du boulevard de Clichy et de la rue André-Antoine. M. Sarla semble connu du personnel et du patron, M. Brun, qui vient à sa rencontre. Ils s'installent à une table à l'écart pour discuter.

11 h 50 : Fin de la conversation avec M. Brun. M. Sarla quitte la brasserie pour s'engouffrer dans le métro.

12 h 05 : M. Sarla sort du métro à la station Brochant et entre au «Cercle Batignolles», un établissement de jeu sis au 145, rue Brochant. Le cercle étant régi par la loi 1951, seuls les membres parrainés peuvent

avoir accès aux salles de jeux de cartes et de boule. La surveillance se poursuit à partir de l'académie de billard attenante aux salles de jeu.

13 h 30 : Courte réapparition de M. Sarla, portant une cravate et une veste manifestement prêtées par l'établissement. Il se rend aux toilettes et retourne dans la salle de jeu. Renseignements pris, il ne peut s'agir que de la salle où se réunissent les joueurs de poker.

15 h 50 : M. Sarla quitte le cercle, seul.

15 h 55 : M. Sarla entre dans le métro Brochant.

16 h 05 : M. Sarla sort du métro Place-de-Clichy, et s'achemine rue Blanche.

16 h 10 : M. Sarla entre dans une crèche municipale au 57 de la rue Blanche.

16 h 25 : M. Sarla sort de la crèche municipale avec un bébé dans les bras et l'installe dans une poussette qu'il sort d'une remise. Il quitte les lieux.

16 h 30 : M. Sarla achemine la poussette vers la rue Notre-Dame-de-Lorette jusqu'à l'arrêt de bus 74, station Saint-Georges, et attend.

16 h 35 : Arrivée d'un bus, une jeune femme en descend et va à la rencontre de M. Sarla. Elle semble avoir dans les vingt/vingt-cinq ans, porte une jupe courte et un blouson de cuir de type «Perfecto». Après un baiser sur les lèvres de M. Sarla, elle se saisit du bébé avec des attitudes maternelles.

16 h 55 : M. Sarla quitte la jeune femme et l'enfant, remonte la rue Notre-Dame-de-Lorette à pied, puis la rue Fontaine, et s'arrête dans une boutique de fourrures et cuirs sur mesure, au 17 rue Duperré. Il essaie une sorte de très longue tunique en cuir beige décorée de broderies noires ; le tailleur ajuste les manches (très larges, type «chauve-souris») ce qui nécessite plusieurs essayages.

17 h 20 : M. Sarla sort de la boutique et entre dans le métro Pigalle.

17 h 45 : M. Sarla sort au métro Sentier et se dirige vers l'angle de la rue Réaumur et de la rue Saint-Denis.

17 h 50 : M. Sarla attend au coin de la rue.

17 h 55 : Une prostituée (quarante/quarante-cinq ans) vient à la rencontre de M. Sarla. Ils parlent un moment puis s'engagent sous le porche du 148 bis, rue Saint-Denis et entrent dans un immeuble vétuste. Renseignements pris, la prostituée est connue sous le prénom de Gisèle et exerce principalement rue Saint-Denis.

19 h 45 : M. Sarla et ladite Gisèle ressortent de l'immeuble et se sépa-

rent. Il est à noter que la prostituée a une partie du visage tuméfiée (traces de coups, bleus), elle vient manifestement de pleurer et garde encore un mouchoir en main. Pendant qu'elle rejoint son secteur d'activité, M. Sarla se dirige vers la porte Saint-Denis et entre dans le métro Strasbourg-Saint-Denis.

20 h 05 : M. Sarla rejoint la place Vendôme puis entre dans le restaurant «Alibert», rue de Castiglione. Le lieu étant de haute gastronomie, les tables ne sont données que sur réservation ; la surveillance se poursuit de l'extérieur, dans un café situé en face, le Balto.

23 h 05 : M. Sarla ressort du restaurant, accompagné de deux hommes, la cinquantaine, tenues élégantes. Ils discutent un moment avant de monter chacun dans une voiture conduite par un chauffeur, une Mercedes immatriculée 450 CZH 06, et une Safrane immatriculée 664 DKJ 13. L'homme qui entre dans cette dernière propose à M. Sarla de le raccompagner, il refuse.

23 h 10 : M. Sarla quitte la rue de Castiglione.

23 h 50 : M. Sarla est rentré, à pied, à son domicile, 24, cité Germain-Pilon.

23 h 55 : Le dispositif de surveillance est maintenu à partir du 24, cité Germain-Pilon.

Paul guettait le moment précis où elle allait tourner la page.

— J'ai préféré rester, quitte à y passer la nuit. Compte tenu de son emploi du temps, j'ai imaginé que ce type avait des activités nocturnes. Et j'ai eu raison.

La nuance rosée avait quitté les joues de Brigitte pour se faire plus pâle.

RAPPORT DE SURVEILLANCE

Objet : Surveillance mardi 29 mai de M. Thierry BLIN dit Franck SARLA (et dénommé ci-après) à partir de son domicile, 24, cité Germain-Pilon, 75018 Paris.

2 h 40 : M. Sarla quitte son domicile dans la même tenue que la veille. Il s'engage sur le boulevard de Clichy.

3 h 00 : M. Sarla stationne devant le cinéma désaffecté, «Le Royal», à l'angle de la rue du Delta et de la rue du Faubourg-Poissonnière. Il

actionne une sonnette devant le grillage, et attend. Il recommence l'opération plusieurs fois et manifeste des signes d'impatience.

3 h 10 : Un homme âgé ouvre la porte battante du cinéma, puis le
grillage pour faire entrer M. Sarla.

5 h 40 : M. Sarla ressort du cinéma en compagnie de quatre femmes,
entre vingt-cinq et quarante ans, en tenue de ville, et très maquillées. Ils
attendent silencieusement, au seuil.

5 h 45 : Trois taxis s'arrêtent à leur hauteur, M. Sarla veille à ce que
chacune soit bien installée. Ils se serrent la main. Les taxis repartent.
M. Sarla descend la rue du Faubourg-Poissonnière tout en passant divers
coups de fil sur son téléphone portable.

6 h 15 : M. Sarla entre dans l'hôtel «Holiday Inn» du boulevard des
Italiens. Renseignements pris auprès du concierge, M. Sarla a pris une
chambre, seul, et a demandé à être réveillé à 14 h 30.

15 h 10 : M. Sarla sort de l'Holyday Inn et remonte le boulevard des
Italiens. Il s'arrête chez le chocolatier Deville & Charron pour y acheter
des «sarments à l'orange» qu'il mange en reprenant son chemin vers la
place de l'Opéra.

— C'était ses préférés !

Brigitte, émue, sourit.

— Parfois il faisait un détour par trois arrondissements pour
aller chez Deville & Charron et prendre des sarments. Les
meilleurs de Paris, d'après lui.

Elle soupira et reprit sa lecture. Paul, toujours accoudé à la
fenêtre, attendait, patient.

15 h 35 : M. Sarla entre dans un magasin F.N.A.C. À l'étage librairie,
M. Sarla stationne, pour l'essentiel, au rayon «Ésotérisme».

15 h 50 : Il ressort après avoir acheté plusieurs livres dont : *L'Histoire
des sectes* de Rémy Grangier, *Un gourou pour la vie* de Carina Lorajna et
L'Esprit interdit de Mark Selmer.

— Monsieur Vermeiren… Vous croyez qu'il y a un rapport
avec cette tunique incroyable qu'il a essayée chez le tailleur ?

— Comment savoir ?

15 h 55 : M. Sarla entre dans le café « Le Marivaux », situé en face du magasin. Il s'installe à une table et commande un croque-monsieur et un demi.

16 h 20 : Tout en mangeant, il consulte les livres qu'il vient d'acheter.

16 h 30 : Il reçoit un coup de téléphone, parle un instant, raccroche et demande l'addition.

16 h 35 : M. Sarla sort du café et se rend, à pied, rue Bachaumont, dans une « retoucherie », sans enseigne, sise au 61 de la rue. Il parle avec l'homme qui tient la boutique. Ils sont seuls.

16 h 55 : Un car de police s'arrête devant la retoucherie. Trois agents en tenue, deux hommes et une femme, en descendent et entrent dans la boutique. Ils sont reçus avec enthousiasme par l'homme et M. Sarla. La conversation s'engage pendant que l'homme se rend au café jouxtant sa boutique, « La Chope », et en ressort avec une théière et des tasses.

17 h 00 : Les trois agents, M. Sarla et l'homme de la boutique prennent le thé.

17 h 10 : Les agents quittent les lieux et remontent dans le car. M. Sarla reste encore un moment dans la boutique.

17 h 20 : M. Sarla sort de la boutique. Il se dirige vers la rue Saint-Denis en coupant par la rue Saint-Sauveur.

17 h 30 : Il s'arrête à l'angle de la rue Réaumur et de la rue Saint-Denis et attend.

17 h 55 : La dénommée Gisèle vient à la rencontre de M. Sarla. Ils se dirigent vers un café-tabac situé à l'angle de la rue Réaumur et de la rue de Palestro, « Le Surcouf ».

18 h 00 : Installés à une table devant un verre de bière, ils discutent. M. Sarla a la main posée sur le genou de Gisèle.

18 h 10 : Ils se séparent au seuil de l'établissement. M. Sarla prend le métro à la station Strasbourg-Saint-Denis.

18 h 30 : M. Sarla sort du métro Bastille et se dirige vers la rue du Faubourg-Saint-Antoine. Il entre dans un magasin de meubles « Alain Affaires », sis au 51. Il y retrouve la jeune femme en blouson « Perfecto » à qui, la veille, il avait confié un bébé dans sa poussette. La jeune femme est accompagnée de son enfant, que M. Sarla prend dans ses bras et embrasse.

18 h 35 : M. Sarla et la jeune femme se promènent dans le magasin en compagnie d'un vendeur. Leur choix se porte sur une armoire en bois,

type rustique, et un lit à deux places, pliant. M. Sarla s'assoit pour passer commande et fait un chèque.

18 h 55 : Dans la rue du Faubourg-Saint-Antoine, très encombrée, M. Sarla cherche un taxi en compagnie de la jeune femme à la poussette.

19 h 10 : M. Sarla installe la poussette dans le taxi, embrasse la jeune femme et l'enfant, et remonte la rue du Faubourg-Saint-Antoine à pied. Il descend dans le métro Bastille.

19 h 35 : M. Sarla sort du métro Abbesses et se rend rue d'Orchampt, dans un bar à entraîneuses, «Le Poussah». La surveillance se poursuit de l'extérieur.

22 h 45 : M. Sarla ressort du bar et retourne vers la place des Abbesses.

22 h 50 : M. Sarla s'arrête à la hauteur du square et fait volte-face. Il s'approche du fileur, repéré, et l'entraîne, sans dire un mot, à l'intérieur du petit espace vert, entièrement vide. Le fileur reçoit un coup violent derrière la nuque et perd connaissance.

— ... Il vous a frappé ?!

Paul détourna le regard, les pansements sur son visage étaient la meilleure réponse.

— Je le suivais depuis trop longtemps.

— ... Et qu'est-ce qui vous est arrivé ?!

— Lisez.

Environ 23 h 30 : Le fileur reprend connaissance dans une cave nue et très humide, il a les mains nouées dans le dos. Franck Sarla lui fait face, ils sont seuls. Il détruit la pellicule contenant les photos prises le jour même et la veille, puis il cherche à faire avouer au fileur à quand remonte sa filature et qui l'a engagé. Devant la résistance du fileur, M. Sarla lui assene de violents coups au visage.

Environ 23 h 45 : Le fileur donne le nom de Brigitte REYNOUARD à M. Sarla.

— ... Comment a-t-il réagi ?

— Quand j'ai prononcé votre nom ? Il a semblé très surpris. Il s'attendait à un tas d'autres, mais pas le vôtre. Vous com-

prendrez que, vu la situation, je n'ai pas pu lui demander
lesquels.

> Environ 23 h 50 : Après un long moment de silence, M. Sarla s'absente.
> Environ 0 h 10, le mercredi 30 mai : M. Sarla réapparaît avec un bloc
> de papier et un stylo. Il commence la rédaction d'une lettre.
> Environ 0 h 30 : M. Sarla met la lettre sous enveloppe et charge le
> fileur de la remettre à Brigitte Reynouard, puis le libère. Le fileur remonte
> un escalier et se retrouve dans la cour intérieure d'un petit immeuble
> vétuste de la rue Véron. Renseignements pris, la cave appartient à la
> copropriété qui la laisse à l'abandon, le nom de M. Sarla n'apparaît nulle
> part.
> 0 h 40 : M. Sarla s'éloigne vers la rue Lepic.

Les feuillets au bout des doigts, les bras ballants, le regard
perdu, Brigitte laissa perler une larme. Paul alluma une autre
cigarette et rangea le paquet dans son tiroir. Chaque bouffée
avait quelque chose de savoureux.

— … C'est un monstre… Cet homme est un monstre !

— Il m'a menacé si je ne cessais pas immédiatement de le
suivre. Inutile de vous dire que j'ai pris ses menaces au sérieux.
Je ne connaissais pas bien Thierry Blin, mais je peux dire que
Franck Sarla a assez d'appuis pour se débarrasser de qui que ce
soit. Personnellement, je n'irai pas plus loin.

— … La lettre ?

Il sortit du petit tiroir du bureau une enveloppe et la tendit à
Brigitte.

— Vous voulez que je vous laisse seule ?

— Non, restez, Paul.

Mademoiselle,

*Combien de temps, depuis… Depuis ce petit bureau aménagé
à la diable dans un coin d'atelier. Vous saviez vous faire
oublier. Sans doute trop. Vous auriez peut-être vécu cette histoire d'amour au lieu de la rêver, qui sait ? Nous n'avons jamais*

été amants, essayez de vous en convaincre au lieu de vouloir en convaincre le monde. Vous étiez le contraire d'une maîtresse : une confidente. Vous étiez celle à qui on peut tout raconter, même les peines de cœur et les blagues salaces. J'aimais l'idée de parler d'une femme à une autre femme. Mais vous n'étiez jamais celle dont je parlais. Nous ne serons jamais amants. Thierry Blin est mort, laissez-le en paix, et oubliez jusqu'à son souvenir. L'homme que je suis aujourd'hui n'a plus grand-chose de commun avec celui que vous avez connu. Il est dommage que vous ayez eu besoin de ce détective de mes fesses pour vous en rendre compte. Vous vous souvenez du jour où vous m'avez demandé où je me situais sur une échelle de 20 par rapport à McEnroe ? Aujourd'hui, je me situe à 20 sur l'échelle de ma propre vie et je n'en veux pas d'autre, si curieuse et terrible soit-elle. Je ne sais pas où elle me mènera, mais c'est désormais la mienne. Blin, lui, trichait. Moi, je ne triche plus.

J'ai détruit toutes les photos de votre enquêteur, je ne veux pas que l'on connaisse mon nouveau visage. Ne lui en demandez pas plus, dans votre intérêt et dans le sien. Laissez-moi en paix. N'essayez pas de me retrouver, Mademoiselle, je sais trop bien tirer parti des femmes, je ferai de vous quelque chose qui ne vous ressemblera plus.

Vos appointements ne vous permettant pas de vous offrir les services de ce M. Vermeiren, je l'ai payé, il ne devrait pas vous en demander plus. Essayez d'être heureuse, Brigitte, vous le méritez. Si un individu au monde mérite de rester lui-même, c'est bien vous.

Ne devenez jamais quelqu'un d'autre.

F.S.

Il n'avait pas été simple de retrouver l'écriture de Blin, étriquée, peu lisible. Brigitte était une des seules à pouvoir la déchiffrer. Il avait bien fallu, à force de décrypter ses comptes, ses notes, tout ce que l'atelier comptait de griffonnages. Aujourd'hui, l'écriture manuelle de Paul Vermeiren s'était arrondie, plus fluide, plus fondue. Une gymnastique comme une autre.

— Excusez-moi, Paul, dit-elle, retenant ses larmes.

— Vous voulez un café ? Quelque chose de chaud ? Ou un petit cognac ? Je dois en avoir dans la trousse de secours.

Elle ne répondit rien. Il prépara un peu de thé et la laissa mariner dans son silence. Quelque chose lui dit que Franck Sarla n'allait pas hanter très longtemps la mémoire de Brigitte.

Il lui tendit une tasse de thé brûlant, elle reprit conscience.

— Des blagues salaces... C'était son expression. « Mademoiselle, une petite blague salace ? » Je détestais ça mais j'écoutais, je souriais parfois pour lui faire plaisir. « Voilà le genre de choses que je ne peux pas raconter à Nadine. » J'ai tout retrouvé dans ces quelques lignes, ses répétitions, ses fautes d'orthographe, ses expressions comme « à la diable » qu'il utilisait à tort et à travers. Il y a tant de lui dans cette lettre...

Après un moment de silence, elle saisit un briquet sur le bureau et alluma le coin de la lettre. Ils la regardèrent se consumer, en silence, jusqu'à ce que les cendres s'éparpillent.

— Je vous dois quelque chose ?

— Sarla m'a versé de quoi couvrir les frais et acheter les pansements.

— Et moi qui pensais le connaître mieux que tout le monde...

Paul Vermeiren avait passé la nuit entière à taper le rapport. Aux premières lueurs de l'aube, Franck Sarla s'était mis à exister. Paul l'entendait débouler dans l'escalier, tout prêt à venir lui casser la figure s'il ne cessait pas de l'invoquer.

— Détruisez aussi le rapport, dit-elle, moins il y aura de traces de ce salaud et mieux cela vaudra. Merci pour tout ce que vous avez fait. J'ai enfin mes réponses. Tout va aller mieux, maintenant.

Elle se dirigea vers la porte, si vite.

— Au revoir, monsieur Vermeiren.

— Brigitte... Je voudrais...

— Oui ?

— Je voulais vous proposer de nous revoir quand tous ces fantômes auront disparu.

Elle sourit à nouveau. Surprise, sans doute un peu flattée.

— Quelque chose me plaît, chez vous, Paul. Je dirais même que je me sens attirée par... je ne sais quoi d'indéfinissable... Mais vous vivez dans un monde où l'on croise des Franck Sarla. Il y a trop de violence dans ce monde-là. Thierry faisait partie du mien. Pas vous. Je suis désolée...

Elle prit Vermeiren dans ses bras et l'embrassa comme un ami que l'on quitte.

— Adieu, Paul.

Elle disparut dans la cage d'escalier.

Il retourna vers son bureau, saisit le dossier Sarla et le brûla.

L'AUTRE

Depuis qu'il avait appris que vodka, en russe, voulait dire
« petite eau », Nicolas ne voyait aucune raison de s'en priver au
matin. En ouvrant l'œil, il sortait du lit pour boire une bière
fraîche dans la cuisine, puis se recouchait, une vodka glacée en
main, qu'il suçotait jusqu'à son complet réveil. Le désespoir
n'avait plus le temps de s'installer ; il s'était juré de ne jamais
lui laisser reprendre le pouvoir.

Décidément, il ne regrettait rien de l'époque où il était sobre,
sinon l'énergie des premières heures de la journée. Le seul véritable ennemi de l'ivresse n'était ni la cirrhose, ni l'angoisse, ni
le cancer, ni la gueule de bois, ni le chômage, ni les regards en
biais : c'était la fatigue. Il avait du mal à surmonter, dès le lever,
cette faiblesse dans tous ses membres ; il lui fallait attendre que
la petite eau fasse un tour complet dans son organisme, que la
chère molécule provoque des réactions en chaîne, et que le cerveau finisse par trouver une bonne raison de mettre le corps en
marche. Ensuite, il y avait l'épreuve du miroir.

Le masque de Gredzinski était tombé et le vrai visage de
l'*Autre* avait fini par apparaître. Il s'attendait à voir une tête de
cafard ou les traits défigurés d'une créature de l'autre monde ;
il n'y trouva que des cernes, des marbrures piquées de rouge,
des paupières tombantes, une barbe qui pèle. C'était donc ça, la
tête de son double ? Un air de ressemblance avec lui-même, mais

un air triste, comme un grand frère bouffi dont les chairs se décomposaient déjà. L'*Autre*, si éloquent, si pétillant tant qu'il restait une créature de la nuit, avait, au petit jour, le regard malade de celui qui connaît déjà sa fin. Il allait mourir ivre mort, une bouteille à la main et l'oubli en tête ; c'était toujours mieux que mourir en priant n'importe quel Dieu qu'il y ait un rab. Si Nicolas avait, sans le savoir, toujours eu peur de la mort, pour l'*Autre*, c'était la promesse lointaine d'une délivrance. Que tout cela puisse s'arrêter un jour le rassurait. Et si la vie était une étoile filante traversant une sombre éternité, chacun avait le loisir de la faire briller à sa guise. Nicolas se souvenait encore des paroles de Loraine, du ton de sa voix, du petit éclat bleu dans le fond de sa rétine qui rendait tout ce qu'elle disait malicieux : *vous avez de la chance, avec votre foie de bébé*. Elle avait raison, cette mort annoncée pouvait encore attendre. On avait vu des alcooliques de haut vol boire leur espérance de vie, jusqu'au bout, sans en perdre une seule goutte.

Pourtant, ce matin-là, Nicolas était habité par un mauvais pressentiment. Une sale impression qui n'avait rien à voir avec le dernier relent d'une nuit lourde de rêves ou la première brume de son ébriété. Une menace indéfinissable qu'il tenta de chasser d'une goulée de vodka.

Il finissait toujours par se rendre au bureau, le petit théâtre de son quotidien l'amusait encore ; cette mascarade allait cesser bientôt, mais il préférait que la décision vienne d'en haut. En attendant, il repoussait les limites comme font les enfants pour mesurer l'étendue de leur pouvoir. Il se voyait aller trop loin, i' les sentait, tous, se contenir à son approche.

— On n'attend plus que vous à la réunion du service artistique.

— Merci, Muriel.

Il fit un détour par son bureau, plongea directement dans le tiroir du bas pour s'assurer qu'il avait de quoi remplir sa flasque ; la bouteille de Wyborowa était à peine entamée. La fatigue s'était effacée dans un mouvement descendant, libérant d'abord la tête, puis les bras, et enfin les jambes. Il but une gorgée de vodka pour se préparer à la réunion du vendredi, traversa les couloirs avec une belle décontraction et entra dans l'atelier où tous l'attendaient autour d'une longue table sur tréteaux.

— Nicolas, tu as l'air fatigué, dit Cécile.

— Fatigué ? Tu es bien sûre que c'est le mot auquel tu penses ? Tu ne veux pas dire « dépressif », ou « bourré » ?

— …

— Peu importe, allons-y pour la séance de jérémiades, lequel commence ?

— …

— Je suis là pour ça, non ?

— Tu devrais peut-être te reposer, Nicolas. On a eu une pression pas possible ces dernières semaines.

— Qu'est-ce que vous connaissez de la *pression*, vous tous ? Toi, Valérie, tu passes le plus clair de la journée à tirer des lignes et choisir des typos, quand c'est pas l'ordinateur qui le fait à ta place. Toi, Jean-Jean, le drame de ta vie, c'est la disparition de ton Rotring, la dernière fois que je te l'ai emprunté, j'ai cru qu'on avait éventré ta petite sœur. Toi, Véro, tu mérites une mention spéciale pour ton vocabulaire à la con, tes vacances pour *décompresser*, tes *breaks* de déjeuner, tes *debriefings* autour de la machine à café. Et les *charrettes* de Cécile, en état de panique permanent, parce qu'elle n'est bonne qu'au *deadline*. Et Bernardo, infoutu de faire une division à deux chiffres sans son I.B.M. P.C., et Marie-Paule, la reine d'Internet, des fax et des téléphones portables, toujours prête à *communiquer*, qui ne sait plus dire que *T'es où ? Je peux te rappeler ?*

— …

— …

— …

— Tout ça serait supportable si vous ne passiez pas votre temps — mon temps ! — à vous plaindre. Vous êtes candidats pour crever à petit feu dans une usine et survivre trois semaines à votre retraite ? Vous voulez qu'on parle du chômage et son cortège de misères ?

— Qu'est-ce que c'est que ce procès ? dit Bernardo.

— Si tout le monde raisonnait comme ça ! ajouta Cécile.

— On ne vous demande pas de raisonner mais d'arrêter de vous écouter à longueur de journée. Ce n'est pas pour moi que je le dis, ce n'est même pas pour le boulot, même pas pour le secteur Com, même pas pour le Groupe. Après tout, on fait quoi, à l'année ? On habille de la marchandise, on donne des couleurs au profit, un petit logo par-ci, une plaquette par-là, tout le monde s'en fout mais ça nous fait vivre. Si je vous dis ça, c'est uniquement pour vous-mêmes, parce que si vous prenez tout ce qui se passe ici au premier degré, vous êtes mal barrés.

Il se leva, disparut dans les toilettes, s'enferma à double tour, rabattit la lunette et s'assit. Métal bleuté, faïence immaculée, halogène. Goulée de vodka. Soupir. Il aimait ces moments d'ultramoderne recueillement.

*

Le restaurant d'entreprise à l'heure de pointe ne proposait qu'une seule place libre, juste en face de Gredzinski. Il ne déjeunait plus avec les autres depuis des semaines. Autre effet paradoxal de l'alcoolisme, il était devenu exigeant sur les sujets de conversation. Tout bavardage en apparence banal devenait vite mortifère selon ses critères ; son barème de la médiocrité franchissait un seuil de tolérance quasi immédiat. Nicolas ne se sentait plus la force de faire des simagrées en attendant le dessert et décréta un beau jour qu'il s'ennuierait beaucoup moins seul.

L'après-midi s'écoula dans un calme qui aurait dû lui mettre la puce à l'oreille. Son pressentiment ne l'avait pas quitté de la journée.

— Allô, c'est Alissa, tu vas ?

— Quel bon vent ?

— Tu pourrais passer tout à l'heure chez mon boss ?

— Broaters en personne veut me voir ?

— Deux minutes, si tu as le temps, vers 17 h 30.

— Aujourd'hui ça tombe mal, dit-il pour en avoir le cœur net.

— Fais un effort.

— C'est une convocation, donc.

— Si tu veux le voir comme ça.

Après tout, ça ne pouvait plus durer. Son histoire commune avec le Groupe était arrivée à son terme. Tant mieux. Il avait d'autres territoires à parcourir, d'autres mondes à conquérir. Il se promit d'acheter, dès le lendemain, un billet d'avion pour la Nouvelle-Guinée, et dans moins d'une semaine il jouerait au cricket avec les autochtones. Il serait même le premier Occidental au monde à se faire accepter dans une équipe papoue. La vie lui imposerait ensuite de nouvelles gageures.

— C'est gentil d'avoir trouvé un moment, Nicolas. Les rumeurs ne sont que des rumeurs, mais il faut quand même s'en occuper, trouver leur origine. Vous avez eu un problème, ce matin, pendant votre briefing ?

— Les problèmes que vous avez tous les jours, Christian. Au fait, on s'appelle bien par nos prénoms, non ?

Surpris, Broaters répondit d'un léger signe de tête.

— Des témoignages me reviennent. Vous auriez des problèmes dans votre vie personnelle ? Vous avez eu un différend avec Lefébure ?

— C'est un con.

— Je vous en prie. C'est un collaborateur proche, que j'estime en tant qu'homme et en tant que professionnel.

— Vous voulez savoir si je bois ? C'est vrai.

— …

— Vodka. Une histoire d'amour.

— …

— …

— Vous comprendrez que nous ne pouvons plus vous garder. Votre comportement, les frictions dues à votre … état, excusez-moi d'être aussi cru. Vous êtes un homme intelligent, vous avez sans doute déjà compris.

— Ce n'est pas tant le fait que je boive qui vous inquiète, les résultats sont bien meilleurs depuis que j'ai pris la tête du service. J'ai arrangé beaucoup de bidons, je suis un allié précieux, et vous le savez. Le problème, c'est qu'il faut se défaire d'un homme qui n'a plus peur. Le Groupe ne peut pas admettre que l'on n'ait pas peur de quitter le Groupe. Même si elle est efficace, mon indépendance est insupportable. Vous êtes comme les dobermans, vous sentez la peur chez l'homme. Par exemple, là, tout de suite, dans ce bureau, vous sentez que je n'ai pas peur de vous, ni de vos décisions. Sous vos airs de gentleman, vous regardez les salariés avec un message très lisible dans vos yeux : *Il fait froid dehors*. Il fait froid hors du Groupe, et tout le monde peut se retrouver dehors du jour au lendemain, même un Bardane qui se croyait intouchable. Moi, je n'ai plus froid. Ce doit être la vodka, on en donnait aux soldats russes. Vous touchez combien par mois, Christian ?

— ...

— 200 K.F. ? 220 ? Mettons 240, on ne va pas mégoter. C'est très en dessous de ce que je gagne en dormant. Ce n'est pas très glorieux, mais ça me donne le droit de ne pas trembler devant vous, ni de peur ni de froid. Je n'ai pas eu besoin de faire de hautes études, de me faire bizuter, je n'ai pas eu à prêter allégeance à une confrérie, ni à jouer les chiens de garde du profit, je n'ai pas eu à nouer et dénouer des alliances, ni à licencier ni à fricoter avec le pouvoir. J'ai juste eu une idée, une invention débile et sans le moindre intérêt, je l'ai concrétisée et mise en pratique en dix minutes. J'ai joué avec l'absurdité du système, comme vous le faites tous les jours, et le système me l'a bien rendu. Il m'a mis à l'abri de lui-même. Grâce à ça, il est fort vraisemblable que je mourrai dans l'opulence.

Ne comprenant pas un traître mot, Broaters se leva en direction de la porte pour être sûr que Nicolas quitte son bureau.

— ... Il me reste encore beaucoup à faire aujourd'hui, il faut que je mérite ce salaire, hélas, bien inférieur à ce que vous imaginez. Je vais donc vous demander de sortir, monsieur Gredzinski.

— Pour mes indemnités, on fait comment ?

— ... ?

— Pour le principe.

— Voyez avec Alissa.

— Sans rancune, dit-il en tendant la main.

Broaters ne put faire autrement que la serrer. En quittant l'étage, Nicolas se demanda si le geste était fair-play ou minable. Il retourna dans son bureau et resta affalé dans son fauteuil un long moment. Curieusement, son sentiment de prémonition continuait à le poursuivre.

*

D'ordinaire le licencié quittait son bureau avec un petit carton rempli de ses effets personnels. Un ou deux dossiers, un pull, une photo des proches, un mug, un parapluie, une boîte à pharmacie. Nicolas ne trouva rien d'autre à emporter que sa collection complète de Trickpacks, une montre à gousset trouvée dans le couloir, et une carte postale que Jacot lui avait envoyée de Kauai. Lequel avait retrouvé sa robe d'avocat et ses plaidoiries depuis que les médecins l'avaient officiellement déclaré en état de rémission. Il avait retrouvé le goût de la lutte ; Nicolas pouvait s'éloigner la conscience tranquille.

Il quitta les lieux, la tête haute, non sans avoir vidé ce qui restait de la bouteille de Wyborowa dans sa flasque. Il était curieux de savoir comment on raconterait son histoire, plus tard, dans les couloirs du Groupe. *Gredzinski ? Il s'était mis à boire après sa promotion, il arrivait toujours ivre, il se cachait aux chiottes pour picoler en douce, il a fini par se faire lourder.* C'est tout ce qu'on retiendrait. Dieu que la mémoire collective était injuste. Dans le grand rush du soir, il prit l'ascenseur parmi ceux qui seraient là le lendemain. L'atrium s'ouvrit à lui, il le traversa, impérial. Son impatience d'en découdre avec le monde l'avait poussé à se jeter dehors et plus rien ne lui ferait faire machine arrière. Il passa devant le Nemrod. Il les savait là,

264

devant leur apéritif. Quelque chose le poussa à leur dire au revoir. À mesure qu'il avançait vers eux, il les entendait se taire.

— Je venais vous dire au revoir.

Les filles prièrent pour que José ou Marcheschi prenne la parole mais aucun ne se décida.

— Je sais ce que vous pensez. Pourquoi vient-il boire avec nous puisqu'il est déjà soûl ?

— Non, on ne pense pas ça, dit Régine, les yeux tristes.

— Et pas de procès d'intention, s'il te plaît, ajouta José. Personne ne t'a jamais jugé à cette table.

— Asseyez-vous et prenez un verre avec nous, peu importe si c'est le premier ou le dernier.

Marcheschi joignit le geste à la parole, attrapa une chaise d'une table voisine, tout le monde se poussa pour faire une place à Nicolas. Arnaud fit un signe au serveur qui apporta une bière. La gêne s'estompa petit à petit, et la conversation reprit telle quelle.

— Il paraît que tous ceux qui travaillent sur le 4.99 vont avoir droit à un stage de perfectionnement, dit Régine.

— Où ?

— À Nîmes.

— Ça me dérange pas, j'adore la brandade de morue.

— Ça vient de Nîmes la brandade ?

Nicolas comprit que ces petits moments volatiles ne reviendraient plus. Désormais, il n'aurait plus les mêmes références, les mêmes préoccupations, les mêmes réflexes. Il allait devoir faire sa route seul, au milieu d'une foule d'anonymes. La vodka excluait toute autre compagnie.

— La semaine prochaine, je ne serai pas des vôtres, dit Marcheschi, je pars à Seattle.

— Pour un contrat ?

— Je signe un accord avec Slocombe & Partridge, je ne vais pas rentrer dans le détail, mais c'est énorme.

— Dans ce cas c'est vous qui offrez, dit Arnaud.

Marcheschi ne s'arrêterait pas là. Nicolas regretta d'être venu leur dire adieu.

— J'avais l'Europe, l'Afrique avec Exacom, l'Asie avec Kuala Lumpur, l'Océanie avec Camberoil, je viens de décrocher le dernier continent qui me manquait !

Il était trop tard pour partir, trop tard pour revenir en arrière, pour faire comme si Marcheschi n'avait rien dit.

— Marcheschi, vous n'êtes ni un ange ni un démon, vous n'êtes ni bon ni mauvais, ni brillant ni bête, ni séduisant ni vilain. Vous êtes dans la consternante moyenne de tous ceux qui cherchent à se singulariser. L'amour que vous vous portez a quelque chose d'attendrissant, une love story qui finit toujours bien. Vous n'avez pas de génie, mais consolez-vous, personne n'a de génie, nous avons presque tous réussi à l'admettre. Même la statue que vous érigez à votre effigie est loin d'être un chef-d'œuvre. Vous n'aurez jamais la classe naturelle d'un Cary Grant, l'humour d'un Billy Wilder, les tripes en acier d'un Lucky Luciano, la détermination d'une Marie Curie, vous n'aurez jamais le courage d'un...

Marcheschi ne prit pas même le temps d'encaisser jusqu'au bout, il se leva, attrapa Nicolas par les revers et lui décocha un coup de tête. Le choc frontal fit un bruit de plomb qui les surprit tous les deux ; avant même d'avoir réalisé, ils étaient à terre, emportant table et verres dans leur chute. Marcheschi tomba sur les épaules et resta quelques secondes sans réactions, le temps pour Nicolas de porter une main à son nez qui saignait sur sa chemise. Effrayé par tout ce rouge qui lui engluait les doigts, il fut pris d'une rage instinctive et martela de coups de poing le visage de Marcheschi. Pendant ces quelques secondes, il frappa avec un bonheur et une force surnaturels, comme s'il s'affranchissait soudain de toutes les peurs éprouvées depuis son enfance, et que la bête en lui régnait enfin sur le monde. Arnaud et José, au milieu des cris, tentèrent vainement de l'arrêter, et tous restèrent pétrifiés, incapables de réagir à une violence venue de si loin. Finalement, José réussit à le faire basculer à terre et Arnaud à relever Marcheschi. Tout aurait dû s'arrêter là, mais, oubliant sa propre peur, enragé à son tour par la vision de son sang, Marcheschi tomba de tout son poids sur Nicolas qui en eut le souffle coupé. Il l'empoigna par les cheveux, souleva sa tête et la cogna plusieurs fois contre le sol. Malgré les cris, tous entendirent les os du nez craquer, les arcades se fendre. Marcheschi s'arrêta de lui-même quand le visage de Gredzinski ne fut plus qu'une bouillie rougeâtre.

Et le silence se fit.

Gestes désordonnés d'Arnaud et de José, panique de Régine, serveurs et patron ne sachant que faire. Marcheschi se releva, s'adossa un instant à un mur et, négligeant le sang qui coulait encore de son nez, sécha ses larmes avec le mouchoir qu'on lui tendait. Nicolas n'était plus dans la salle.

Il était dans une cour de récréation, en plein soleil. Il gisait à terre, cassé en deux, sans avoir conscience de la douleur. Il n'était qu'humiliation. Ceux qui l'avaient tabassé l'entouraient et regardaient, à leurs pieds, ce petit bloc de honte qui n'osait plus se relever. Ce fut sans doute son baptême de la peur, elle s'était installée en lui et plus jamais ne serait chassée.

— Il faut appeler un médecin !

Marcheschi, suivi de Régine, sortit du café, chancelant. Le cercle des regards s'était reformé autour de Nicolas. Il refusa de voir un médecin.

— Tu saignes, il faut t'emmener à l'hôpital.

Il répéta ce qu'il venait de dire en haussant le ton et tous sortirent.

— José, si tu veux faire quelque chose d'utile, ramène-moi une vodka, un verre plein à ras bord.

— Mais…

— Vite, ou je vais être obligé de le faire moi-même.

Nicolas maintenait une serviette contre son visage. À jeun, il ne se serait sans doute jamais relevé d'une pareille raclée. Protégé par son ivresse, il restait conscient et résistait. Il avait envie de pleurer, de rire, de calmer l'entourage, de jouer les détachés, de rester digne. Il serait bien temps de souffrir demain. José lui tendit le verre de vodka qu'il but d'un trait lent, comme un médicament. C'en était un. Des douleurs sourdes, innombrables, lui parcouraient le corps. Il avait perdu l'usage de certains muscles et tenta malgré tout de se mettre debout. La petite eau, à peine descendue dans l'œsophage, lui rendit l'usage de ses membres. Il avait l'impression qu'elle avait remplacé le sang et tous les flux de son corps, des pieds à la tête. Bientôt, il éprouva cette sensation dont on parle, mais qu'on a peine à croire, celle d'être ailleurs, hors de ce corps de souffrance, loin de cette honte qui aurait dû faire saigner ses plaies intérieures.

Il était soûl.

— Tu ne veux vraiment pas que…

— Non.

Il se dirigea vers la sortie. Le parvis était vide et le Groupe s'était dissous. Il fit quelques pas jusqu'à la rambarde du parking, s'y agrippa un instant, et son visage meurtri chercha la brise de ce début d'été.

Il claudiqua jusqu'au kiosque à journaux. Chaque pas lui prenait des heures. Du sang coulait sur sa manche. Quelle pouvait être la prochaine étape ? L'entrée de l'immeuble, là-bas à gauche ? Non, il allait tenter le grand saut jusqu'à l'entrée de la passerelle, puis la descendre pour rejoindre la station de taxis. Aucun chauffeur ne lui ouvrirait sa porte, c'était couru d'avance. Il prendrait donc le métro, au pire il passerait pour le clochard qu'il était devenu : hirsute, maculé de sang, ivre mort, et chômeur. Il trouva la force de s'engager sur la passerelle et la descendit doucement, ses jambes lui obéirent. Le quai de Seine était désert, il était seul à y traîner sa carcasse, et c'était mieux ainsi.

À la réflexion, il n'était pas tout à fait seul sur cette passerelle.

Tout en bas, il aperçut une petite silhouette noire, immobile. Qui attendait.

Le mauvais pressentiment, qui avait survécu à toutes les avanies du jour, se fit tout à coup plus aigu.

La silhouette, raide, figée, regardait vers lui. C'était loin d'être une illusion. Ses arcades défoncées ne lui brouillaient pas la vue, son cortex éclaté ne déréglait pas ses sens, le petit bonhomme l'attendait, droit comme un piquet, en bas de la passerelle. Une image encore lointaine mais déjà familière.

Il devina des traits sans oser les reconnaître.

Il aurait tellement préféré une hallucination, une créature maléfique remontée de ses pires cauchemars. Le petit bonhomme avait de petits yeux, de petites mains, et sans doute un petit cœur qui battait.

Le petit bonhomme était bel et bien quelqu'un, il avait le droit de se promener partout en ville. Alors que faisait-il en bas de cette passerelle, comme si le destin de celui qu'il attendait passait forcément par lui.

Arrivé à sa hauteur, Nicolas, humide de son sang, harassé, lui fit face.

— Qu'est-ce que vous voulez, Bardane ?

— …

Alain Bardane portait un costume sombre et une chemise blanche largement ouverte, sans cravate.

— Ça doit se voir sur ma gueule, dit Nicolas, je ne vais pas fort… Je fais encore un peu le malin parce que la vodka fait office d'anesthésiant mais bientôt… je…

— …

Comme il ne se décidait pas à rompre le silence, Nicolas voulut le contourner et passer son chemin, mais Bardane ne lui en laissa pas le temps et plongea la main dans la poche de sa veste.

— Restez où vous êtes.

Il ressortit sa main crispée sur un petit objet métallique et noir que Nicolas ne put identifier sur-le-champ. Et pour cause, c'était la première fois qu'il en voyait un de si près.

— C'est un revolver que vous tenez, là ?

— …

Un tout petit revolver pas plus réel qu'un jouet d'enfant. Pas de quoi avoir peur. Nicolas essaya de se maîtriser. L'alcool continuait d'alimenter le feu dans son crâne. Était-ce la lassitude ou ce voile trouble que tissait la vodka entre le réel et lui ? Il n'avait pas encore peur. Tout ça était impensable. Rien n'avait de sens.

— Je suis fatigué, dit-il. J'ai envie de disparaître. Qu'on ne me voie plus. Je veux sortir du décor. Laissez-moi passer et je vous promets que plus personne n'entendra parler de moi. Je vais prendre un avion pour un territoire impossible et ne jamais en revenir. Foutez-moi la paix.

— Les amis ont disparu les premiers. Je ne vais plus garder ma femme très longtemps. J'ai dû vendre tout ce qui pouvait se vendre. Le mot qui revient le plus souvent c'est « dépression ». Pour les médecins, « déchéance » ne veut pas dire grand-chose. « Dépression », si.

— Ils ont raison. Une dépression, ça se soigne.

— Je n'étais pas préparé à ce que tout s'arrête si vite. Les enfants pouvaient se débrouiller seuls, je me sentais dans la force de l'âge. Je n'ai jamais fait autre chose que travailler. Je suis de cette école-là. Je pouvais encore durer dix ou quinze ans. On m'a expliqué que je n'étais pas recyclable. La plupart des déchets le sont.

— Rangez ce revolver et allons en discuter quelque part.

— Au début, je pensais que c'était une question d'argent, de niveau de vie, mais ça n'a en fait que peu d'importance, je peux me passer de tout ça, mais je n'ai rien d'autre à vivre que mon travail. C'est sûrement ma faute.

— Rangez ce revolver.

Bardane se mit à sangloter. Nicolas sentit que les effets de la vodka se dissipaient et que bientôt il se retrouverait seul, plus terrifié que jamais.

— J'ai été viré, moi aussi. La place est vacante Broaters peut vous reprendre.

Nicolas disait ça tout en reculant, Bardane s'en aperçut, hors de lui.

— Ne bougez pas, Gredzinski !

— Allez lui parler, il comprendra…

Nicolas fit un autre pas en arrière, puis un autre, puis un autre, sans pouvoir s'en empêcher

— Ne bougez plus, j'ai dit !

270

Nicolas crut qu'il allait baisser le bras et pointer son jouet à terre.

Au lieu de ça, il entendit une détonation et son torse fut déporté sous l'impact.

Le souffle coupé, il porta une main à son cœur.

Tomba à terre.

Ses yeux se fermèrent d'eux-mêmes.

Il y avait sûrement une logique à tout ça, tout rentrait dans l'ordre. Il n'avait jamais eu aucun talent pour la vie. Petit, il regardait les autres vivre.

Quel dommage…

Tout aurait pu se jouer autrement.

Il lui aurait suffi de traverser cette passerelle, et tout de suite après, le monde.

Mais la nuit tombait, bien trop tôt pour la saison.

Sa joue contre le bitume.

La peur des peurs, la peur tant redoutée depuis toutes ces années… Ce n'était donc que ça ? Rien de plus ?

Dans quelques minutes, Nicolas Gredzinski n'allait plus avoir peur de rien, il avait devant lui une longue éternité pour se remettre de cette farce. Là-bas, il serait inaccessible, le petit coyote n'y était pas admis, ni les fâcheux d'aucune sorte.

Un liquide chaud qui suintait par le cœur lui coula jusque dans le cou.

C'était donc ça ? Rien de plus ? J'ai passé mon temps à avoir peur de… ça ?

Une fine nappe lui mouillait le menton et les lèvres.

Il allait connaître le goût de son sang avant de mourir.

La pointe de sa langue rencontra une goutte, à la commissure.

Chaud et piquant à la fois.

Oui, c'était chaud.

Mais pourquoi piquant… ?

Pourquoi son sang était-il piquant ?

Ce n'était pas du sang.

Ce n'est pas du sang…

Il connaissait ce goût.

Je connais ce goût... C'est...

C'était bien ce qu'il pensait que c'était.

De la vodka... ?

C'était bien de la vodka.

Son cœur suintait la vodka.

Le paradis ? L'enfer ? Quel était cet endroit où la vodka remplaçait le sang ?

Il passa en revue toutes les parties de son corps ; les bras, les jambes, les poumons, la tête, tout marchait. Au ralenti, cassé, brisé, désarticulé, mais tout marchait. Il pouvait même essayer d'ouvrir les yeux.

Il faisait clair.

La nuit était encore loin.

Il réussit à se lever et se retrouva au bas de la passerelle. Plus personne ne venait faire obstacle.

Il regarda sa poitrine et n'y trouva pas la moindre trace de sang. Il plongea la main dans la poche intérieure de sa veste et en ressortit sa flasque, ruisselante, percée d'un trou.

L'alcool tuait depuis toujours. Mais, parmi les millions de vies qu'il prenait, il lui arrivait, peut-être, d'en sauver une de temps à autre.

*

Il colla son front contre la vitrine du magasin en attendant qu'elle se retourne.

Elle finit par sortir et l'examina de pied en cap pour constater l'ampleur des dégâts.

— ... Tu me manques, Loraine.

Elle ne dit rien d'alarmant. Rien de drôle non plus. Juste :

— On va chez moi.

ÉPILOGUE

Ils avaient dit 21 heures.

Nicolas s'en souvenait, malgré son état cette nuit-là. Comment oublier cette sensation de reprendre sa vie en main, comme un esclave affranchi, tout surpris par sa soudaine liberté. Durant les trois années écoulées depuis ce 23 juin-là, il avait connu l'ivresse des cimes et celle des profondeurs, il avait déchaîné ses forces trop longtemps contenues, il avait même regardé la mort en face : tout aurait pu contribuer à lui faire manquer ce rendez-vous auquel il n'avait jamais cru.

L'annonce dans le journal de la disparition de Blin l'avait poussé à venir. Il voyait dans cette *disparition* la confirmation et la suite logique d'une histoire dont il avait été le prétexte. Seul un mort, revenu du royaume des morts, pouvait respecter les termes de leur pari.

Nicolas arriva largement en avance et ce n'était pas un hasard, il avait envie de faire un tour au club de tennis des Feuillants, entre pèlerinage et nostalgie, celle de sa forme physique qui peut-être ne reviendrait plus. Si l'alcool n'avait jamais fait trembler ses mains ni coupé ses jambes, il avait distendu ses réflexes et sa motricité générale. Son médecin avait beau le rassurer, sa bonne vieille inquiétude avait repris le dessus, il se voyait déjà comme un vieillard essoufflé et bientôt incapable de monter un étage à pied. En retournant aux Feuillants, il avait envie de voir les joueurs bouger, faire des accélérations, marquer des points gagnants. La magie du tennis allait peut-être réveiller quelque chose en lui et lui redonner goût à l'effort. Il resta quelques minutes devant un double mixte qui, en âge, totalisait dans les trois cents ans. Des septuagénaires tout de blanc vêtus échangeaient des balles redoutables et des noms d'oiseaux pour les points litigieux. Exactement le spectacle dont il avait besoin. Puis il fit le tour du club à la recherche d'un peu de virtuosité, en trouva çà et là, au hasard des courts. L'envie de jouer le reprit.

20 h 40 à sa montre. Son rendez-vous, même symbolique, ne souffrait aucun retard. Il prit sa voiture, retourna dans ce fameux bar américain qui n'avait pas changé d'un iota, s'arrêta au seuil pour jeter un coup d'œil panoramique vers la salle afin qu'aucune silhouette ne lui échappe. S'il avait beaucoup bu ces derniers mois, divagué jusqu'à plus soif, embrasé sa mémoire, oublié celui qu'il avait toujours été, il se souvenait encore du visage de Thierry Blin. Une petite tête ronde de brun aux yeux roublards, recouverte de barbe et de cheveux en friche. Dans ce bar, à 21 h 5, personne ne ressemblait à ça. Il se cala dans une banquette, les bras croisés, heureux d'être là sans se l'expliquer. Personne ne lui demanda ce qu'il voulait boire. De nouveaux visages apparurent, des cadres, des couples, quelques touristes, rien qui ressemblât au disparu Thierry Blin.

À 21 h 40, il finit par se résigner ; le fantôme n'apparaîtrait plus et c'était mieux ainsi ; il y a des mystères qui ne gagnent rien à être éclaircis, et des secrets dont il vaut mieux ne pas être le dépositaire.

Il était temps de retourner vers la femme qu'il aimait. Il se leva, résigné, sans doute un peu déçu, et jeta un dernier regard dans la salle. Il ne remettrait plus jamais les pieds dans cet endroit qui avait vu sa vie basculer en quelques heures ; une histoire ancienne. Ses yeux s'attardèrent sur une tête, ou plutôt une nuque, entièrement glabre, immobile, dressée sur un corps vêtu de lin clair. L'homme était là depuis son arrivée, courbé sur le comptoir, les doigts posés sur un immense cocktail orange et bleu. En s'approchant de trois quarts, Nicolas reconnut un des membres des Feuillants qu'il venait de voir jouer une heure plus tôt.

— Excusez-moi, je m'appelle Nicolas Gredzinski, j'ai vu quelques-uns de vos échanges, tout à l'heure, aux Feuillants.

— ... Et ?

Gredzinski ne reconnut rien de ce visage, pas même les petits yeux roublards.

— J'ai eu une impression étrange en vous regardant frapper dans la balle. Vous me permettez de dire le fond de ma pensée ?

— Je vous en prie.

— Vous avez une certaine aisance dans vos coups, vous ne ratez aucune balle facile, mais on sent bien qu'à la moindre accélération, vous avez un temps de retard.

— Voilà qui est sincère.

— En un mot, vous êtes un joueur honorable, mais vous ne pourriez passer un classement de 15.

— Je n'ai jamais essayé pour éviter d'en avoir la preuve.

— Et pourtant. Il y a quelque chose d'unique dans votre jeu : le revers décroisé.

— ... ?

— Un geste magnifiquement contrarié, saisissant de vitesse, avec un angle droit incroyable. Un coup de champion.

— ...

— Il n'y a que deux individus au monde capable de maîtriser un pareil atout. Il y avait Adriano Panatta, notamment pendant le tournoi de Roland-Garros en 1976. Et puis il y avait un type, aujourd'hui disparu, qui s'appelait Thierry Blin.

Paul Vermeiren ne dit rien, retint un sourire et, d'un geste de la main, fit signe à Gredzinski de s'asseoir sur le tabouret près du sien.

Le serveur s'approcha de lui-même.

— Je vais prendre une vodka dans un petit verre bien glacé, dit Vermeiren, et vous ?

Nicolas réfléchit un instant, se laissa submerger par la tentation Plus tard dans la soirée, il avait prévu d'ouvrir une bouteille de vin de pays débusqué par Loraine ; il avait décidé de ne plus boire qu'en sa présence ; elle serait là, désormais, pour partager ses moments d'euphorie, et pour longtemps peut-être.

— Rien, merci.

Ils gardèrent le silence jusqu'à ce que Vermeiren fût servi.

— Je pensais bien avoir gagné ce pari, dit-il. J'ai dupé tout mon petit monde, mais si mon masque tombe devant un inconnu !

Nicolas sourit, flatté.

— Vous vous souvenez de l'enjeu ? dit Paul.

— Bien sûr.

— Malheur au vaincu, demandez-moi ce que vous voulez.

Nicolas n'y avait jamais réfléchi. Surpris, il s'entendit répondre :

— Ma revanche au tennis.

Paul éclata de rire et se reprit très vite :

— Quand ?

— Pourquoi pas tout de suite, qu'on en finisse.

— Le club va fermer, il fait presque nuit, dit Vermeiren er regardant sa montre.

— Le court n° 4 est équipé de spots pour les tournois. Avec un gros pourboire, Maurice nous sortira le grand jeu.

Paul leva son verre sans avoir besoin d'ajouter un mot.

Une demi-heure plus tard, ils échangeaient quelques balles d'échauffement. Nicolas était de retour sur le court bien plus tôt qu'il ne l'avait imaginé. Il avait appris à saisir les occasions, or celle-ci ne se présenterait plus. Après tirage au sort, Paul choisit de servir. Chacun des deux se jura de vaincre.

Composition Bussière
et impression Bussière Camedan Imprimeries
à Saint-Amand (Cher), le 22 mars 2002.
Dépôt légal : mars 2002.
1ᵉʳ dépôt légal : décembre 2001.
Numéro d'imprimeur : 021496/4.
ISBN 2-07-076396-X./Imprimé en France.